CLARTÉ NOCTURNE

SORCELLERIE À RAVENWOOD, TOME 3

CARRIE ANN RYAN

CLARTÉ NOCTURNE

SORCELLERIE À RAVENWOOD, TOME 3

Carrie Ann Ryan

Clarté nocturne
Sorcellerie à Ravenwood
Par Carrie Ann Ryan
© 2021 Carrie Ann Ryan
eBook ISBN : 978-1-63695-231-4
Print ISBN: 978-1-63695-232-1
Traduit de l'anglais par Sophie Salaun pour Valentin Translation

Ceci est une œuvre de fiction. Les noms, les lieux, les personnages et les incidents sont le produit de l'imagination de l'auteur et sont fictifs. Toute ressemblance avec des personnes réelles, existantes ou ayant existé, des événements ou des organismes serait une pure coïncidence.

Pour plus d'informations, abonnez-vous à la LISTE DE DIFFUSION de Carrie Ann Ryan.
Pour communiquer avec Carrie Ann Ryan, vous pouvez vous inscrire à son FAN CLUB.

CLARTÉ NOCTURNE

Dans le dernier tome mouvementé de la série *Sorcellerie à Ravenwood*, de Carrie Ann Ryan, auteure de best-sellers au classement du New York Times, la paisible bourgade magique va comprendre que la guerre peut être un début... et une fin.

Rowen Ravenwood est la dernière sorcière de sa lignée, la seule qui se dresse encore devant Oriel, le sinistre nécromancien qui souhaite faire main basse sur la magie de la ville. À chaque nouvelle bataille et chaque mort de plus, Rowen se rapproche de la défaite ultime. Elle n'a pas d'autre choix que de faire confiance au seul homme dont elle refuse de tomber à nouveau amoureuse. Quand des secrets de famille éclatent au grand jour, elle ne peut plus retarder l'inévitable.

La malédiction dont souffre la famille d'Ash Christopher le frappe plus fort qu'on ne pourrait l'imaginer. Il se comporte avec détachement et automatisme, et se contente de ressentir le strict nécessaire pour survivre.

Son pouvoir s'est renforcé, mais il a tout perdu au profit de son ambition... y compris Rowen. Après tout, un homme ne peut pas avoir d'âme sœur s'il ne possède pas d'âme lui-même.

La ville de Ravenwood se meurt, et alors que se profile le dernier combat, la victoire, si elle est encore possible, s'apprête à exiger tout le courage d'une communauté qui renaît de ses cendres, la force d'une union brisée et un amour digne que l'on se batte pour lui.

CHAPITRE
UN

ASH

Avant

Rowen était mon éternité.

La lumière des étoiles dansait sur son visage ; ses yeux brillaient alors que la magie coulait entre nous. J'avais du mal à suivre le rythme de l'énergie qui tourbillonnait en elle, et ce n'était pas peu dire. La magie de la terre cascadant le long de ma peau s'enfonça jusqu'à mon âme, et je tendis les mains. Le vent souffla dans les cheveux de Rowen, ses mèches flottaient comme si elles volaient. Elle était magnifique, dans son élément, et pas seulement au cœur de la magie.

C'était ce qu'elle était censée être, et j'étais simplement reconnaissant qu'elle me laisse être présent. Et d'aimer la femme devant moi de toute la force de mon être.

— Tu es prêt ? me demanda Rowen d'une voix douce.

— Toujours, chuchotai-je.

Elle ouvrit la bouche, la magie étincela entre nous alors que nous entamions le sortilège.

— *Alors que nous nous éloignons du passé et que nous nous dirigeons vers l'avenir,*

Sachez que nous sommes les observateurs et ceux qui poussent jusqu'à la nouvelle saison.

Faites naître une nouvelle vie, de nouveaux espoirs et de nouveaux choix,

Éloignez-vous du passé qui vous hante,

Et dirigez-vous vers l'avenir qui fait naître la déesse et la lumière.

Puissions-nous entrer dans la nouvelle saison et la nouvelle vie.

Qu'il en soit ainsi.

La chaleur se diffusa vers nous deux et je souris, m'abaissant pour poser mes lèvres sur les siennes. Elle avait des traits vifs, une mâchoire puissante et des yeux de chat d'un gris profond qui m'attiraient toujours, quoi qu'elle fasse.

Je m'inclinai, pris son poignet et déposai un baiser sur le symbole de Ravenwood imprimé sur sa peau. Elle s'était fait tatouer avant ses dix-huit ans, quand sa tante avait le dos tourné.

Je m'étais contenté de sourire et m'étais fait faire le même sur la poitrine.

Je portais la lignée Ravenwood sur mon corps, même si je n'en faisais pas partie. J'étais un Christopher, l'une des trois familles fondatrices de notre petite ville de Pennsylvanie.

La magie infusait la région, et ses résidents connaissaient les sorcières, les métamorphes, les faë, et autres êtres magiques. Et c'était la force de nos liens en tant que cercle qui gardait les secrets intacts et nous protégeait. Rowen était la dernière de sa lignée, maintenant, la dernière sorcière de Ravenwood. Je savais qu'elle avait encore du chagrin pour sa famille, mais elle était la force incarnée et était prête à protéger son peuple, quoi qu'il arrive. Et mon travail, c'était de la protéger, elle.

Rowen tendit la main et suivit le symbole de Ravenwood, celui de notre cercle de sorcières, sur mon torse.

— J'apprécie que tu aies jeté ce sort avec moi alors que tu es torse nu. Ça m'a donné un formidable point de repère.

Je levai les yeux au ciel et elle se pencha en avant pour embrasser le pentagramme sur mon avant-bras. Je secouai la tête et l'embrassai encore, la poussant en arrière. Elle laissa échapper un petit rire, et je lui mordillai la lèvre avant de glisser mes doigts entre ses jambes. Elle gémit, et je relevai légèrement sa jupe pour avoir un meilleur accès. Elle était chaude, humide et toute à moi.

Elle me gratifia d'un sourire lascif et satisfait, comme un chat couvert de crème.

— Est-ce la magie qui te rend comme ça ? Ou quelque chose d'autre ?

— Tu me rends toujours comme ça, Rowen, dis-je

doucement avant de prendre à nouveau ses lèvres, plongeant mes doigts entre ses replis humides.

Elle gémit encore, écartant ses cuisses pour moi, et je me plaçai entre elles, déposant des baisers sur sa peau, puis sur le pentagramme à l'intérieur de sa cuisse, qui m'était exclusivement réservé.

— Je dois dire que je suis heureux que tu te sois servi de la magie pour ce tatouage, sinon j'aurais dû tuer la personne qui te l'a fait.

Elle glissa les mains dans mes cheveux et soupira.

— On est possessif, hein ?

— Je suis toujours possessif avec toi, Rowen. C'est là le problème.

Je me calai entre ses jambes, repoussai sa culotte sur le côté et la léchai. Elle se cambra contre moi, plaçant ses cuisses autour de mes épaules alors que je commençais à l'embrasser intimement. J'écartai ses replis. J'avais besoin d'elle, je voulais la goûter. La magie s'installa autour de nous, comme des lucioles bourdonnant dans l'atmosphère. Elle était l'air, et moi la terre. Elle était le chef de notre cercle, et j'étais son serviteur, toujours.

Je remontai sa robe plus haut, et elle se pencha en avant pour la faire passer par-dessus sa tête. Elle était allongée presque nue dans l'herbe, les arbres nous protégeant du regard des autres, la magie entre nous préservant l'intimité de ce moment derrière sa maison ancestrale.

Son ancre, des graines de pissenlit soufflées sur ses épaules et son corps, se mouvait dans un tunnel de vent autour de sa peau, chatouillant la mienne alors que je continuais à la laper.

Mon ancre, une véritable forêt de séquoias d'encre, pulsait le long de mon corps. J'avais les bras couverts de tatouages, la même forêt dans le dos et sur les cuisses. Tous les mois de l'année écoulée, un autre arbre avait jailli, et ma magie était devenue plus forte. Ce n'était pas un phénomène inédit pour un sorcier puissant, mais c'était surprenant. Seulement, je ne m'en préoccupais pas trop à cet instant.

Je continuai à me délecter de son parfum épicé, et quand elle jouit, la magie fit trembler l'air. Je m'assis entre ses jambes, j'avais besoin de son goût, j'avais besoin de tout.

—Ash, chuchota-t-elle.

Je me penchai en avant, parcourant ses courbes tentatrices de mes mains, et je l'embrassai.

Elle ronronna avec moi, ses cuisses se pressant contre mes hanches. Et quand elle fit disparaître mon pantalon en marmonnant un sort, nous éclatâmes de rire. Alors, je roulai sur le dos, la laissai me chevaucher et prendre le contrôle. Elle était ma prêtresse, après tout, mon tout. Puis elle croisa mon regard et se glissa sur moi. Je gémis, sa moiteur était serrée et brûlante autour de mon membre. Elle se frotta contre moi, remuant légèrement les hanches alors que j'agrippais ses flancs en la pénétrant. Sa bouche s'entrouvrit ; je levai les yeux et je sus qu'elle m'appartenait.

Nous n'avions peut-être que dix-huit ans, ce qui était

jeune aux yeux de certains, des chefs de cercle aux yeux d'autres, mais je m'en fichais.

Elle était la femme que j'épouserais, celle avec qui je me lierais.

La femme qui briserait la malédiction des Christopher, quoi qu'elle soit devenue. Nous connaissions le sort que celle-ci avait infligé à chacun des membres de ma famille, mais nous ne savions pas encore ce qu'elle me réservait. Pourtant, je savais qu'avec Rowen à mes côtés, nous pourrions survivre à tout. À n'importe quelle malédiction, aux ténèbres que les prophéties nous avaient annoncées.

Avec Rowen à mes côtés, nous pouvions être n'importe qui et n'importe quoi.

Elle s'abaissa, ses seins sur mon visage, alors j'aspirai un mamelon rosé dans ma bouche.

—Ash, murmura-t-elle.

—Jouis pour moi, jouis sur moi, Rowen. Encore une fois.

—Toujours. Pour toi.

Et elle jouit, son corps prenant une teinte rosée magnifique, et je glissai mes mains autour de sa nuque, l'attirant plus près de moi, tandis que je la remplissais et que nous laissions notre magie nous envelopper. Alors, un lien si ancien et parfait que j'avais du mal à respirer se mit en place.

C'était le bonheur. C'était la vérité. Mon âme chanta pour elle.

Les yeux de Rowen s'écarquillèrent alors qu'elle me regardait, et nous sourîmes. Le lien d'accouplement se manifesta entre nous deux comme s'il avait toujours été là, attendant ce moment. Ce n'était pas la première fois que nous étions ensemble, mais la première où nous avions l'impression que ce serait pour toujours.

Des larmes roulèrent sur ses joues, et je les essuyai, l'embrassant lentement alors que nos âmes s'enroulaient l'une autour de l'autre.

— C'est vrai. Tu es à moi.

Je me redressai, le corps toujours tremblant de mon extase, mon membre profondément enfoui en elle. Je l'entourai de mes bras.

— Je t'aime.

— Je t'aime tellement, Ash ! Je n'arrive pas à croire que je suis aussi heureuse.

Elle afficha un grand sourire, comme si le monde s'offrait à elle, et c'était le cas. C'était vrai pour nous deux. Ensemble. Alors, je l'embrassai plus fort encore, le lien entre nous irradiant d'espoir, d'un futur et d'amour. Je n'avais pas l'impression d'être moi-même, mais merde, j'adorais ça !

Nous refîmes l'amour, puis nous rhabillâmes quand Rowen fit réapparaître mon pantalon par magie. Entre-mêlant nos doigts, j'embrassai le sommet de sa tête et la raccompagnai chez elle.

— Je dois retrouver les triplés et Jaxton. Je leur ai promis que nous allions revoir quelques trucs. Tu vas bien ?

— Évidemment que je vais bien. On se voit bientôt ?

Elle semblait si innocente, comme si elle craignait

que tout change. Et bon sang, ce serait le cas, mais cela ne me gênait absolument pas !

Nous allions bientôt commencer l'université, mais nous irions tous ensemble. Rowen et moi suivrions notre cursus à celle juste à l'extérieur de Ravenwood. Le trajet allait être difficile, mais nous savions ce qui se passerait lorsque nous nous y étions inscrits. Nous avions besoin de cours, de nos diplômes pour commencer nos vies humaines, tout en nous connectant aux paranormaux qui se trouvaient à Ravenwood. D'innombrables familles fondatrices l'avaient fait avant nous, et nous le ferions à notre tour.

Ensemble.

Je l'embrassai une dernière fois, car j'avais besoin d'elle. Puis je la quittai sous son porche, ses cheveux gonflés de magie, le sourire éclatant, le regard complice. Elle portait une robe gris foncé qui flottait dans la brise ; elle avait l'air d'une déesse, ma déesse. Ma sorcière.

Et je l'aimais du plus profond de mon être.

Je frottai mon poing sur le symbole de Ravenwood sur ma poitrine, me demandant pourquoi il me brûlait légèrement. Peut-être avions-nous utilisé trop de magie pendant notre accouplement et le sort en lui-même. Je secouai la tête et me dirigeai vers l'endroit où se trouvaient les ours. Je souriais en songeant aux triplés et au fait que Trace et moi avions prévu de faire une surprise à ma sœur plus tard dans la journée. Je secouai la tête une nouvelle fois et trébuchai, sans comprendre d'où venait ce vertige.

Je me grattai la poitrine, me demandant ce qui

pouvait bien se passer. J'ouvris la bouche et voulus crier, mais aucun son ne sortit.

Au lieu de cela, un engourdissement commença à se répandre en moi, partant du bout de mes doigts, remontant lentement le long de ma peau, comme si je percevais la présence de quelque chose, quelque chose qui m'étirait.

Je voulus respirer, faire quelque chose, en vain. Je tombai à genoux, plongeant les mains dans la terre en aspirant de grandes bouffées d'air, essayant de reprendre mon souffle.

Quelque chose n'allait pas.

Le pentagramme sur mon avant-bras palpita, tout comme le symbole Ravenwood sur ma poitrine. D'autres arbres apparurent sur mes bras. C'était en train de s'intensifier, comme si ma magie augmentait, mais je ne ressentais rien. Il n'y avait rien.

Je retombai sur le flanc, les mains cramponnées à ma poitrine tandis que j'étais secoué de tremblements. J'avais la bouche sèche, et la bile me monta à la gorge.

Alors, je *sus*... Parce qu'il n'y avait rien d'autre.

Aucune connexion, aucun lien, plus de désir de cette chaleur que j'avais laissée derrière moi. Plus besoin de me demander ce qu'était cette chaleur.

Je me remis debout, laissant derrière moi à chaque pas les vestiges de celui que j'avais été. Je rentrai à la maison que j'occupais avec Laurel et montai en titubant jusqu'à l'étage, ignorant le cri de ma petite sœur.

Je croisai mon regard dans le reflet du miroir de ma salle de bains, ces yeux bleus qui avaient été autrefois des piscines sombres, mais qui étaient maintenant parsemés de gris et d'argent, et je *sus*.

La malédiction des Christopher m'avait pris quelque chose. Tout comme elle était en train de prendre Laurel.

Et pourtant, je m'en fichais.

Après tout, je n'avais pas d'âme.

Je n'étais plus là. Je n'étais plus personne.

Une partie de moi hurla, suppliant l'être qui me regardait dans le miroir de mettre un terme à tout ça. De se battre. De ne pas laisser cette chose se briser, de lutter plus fort.

Mais il n'y avait rien.

Il ne pouvait rien y avoir.

Trace, Laurel et Jaxton se tenaient dans l'embrasure de la porte derrière moi, les yeux écarquillés.

— Que s'est-il passé ? demanda ma petite sœur.

Je soufflai.

— Rien. Il ne s'est rien passé. Va-t'en. Décide lequel des deux tu veux, et laisse-moi tranquille, putain !

J'entendis les mots sortir de ma bouche. Ils étaient cruels, insensibles. Ce n'était pas moi.

Arrête ça. Bats-toi pour toi-même. Ne joue pas au con. Dis-leur. Dis-leur que tu as perdu ton âme. Ils doivent savoir. Ils doivent trouver un moyen de la récupérer. Nous ne pouvons pas protéger Ravenwood. Nous ne pouvons pas protéger Laurel. Nous ne pouvons pas protéger Rowen sans notre âme. Bats-toi pour ce lien. Pourquoi tu ne luttes pas ?

Je repoussai la petite voix dans ma tête, les cris.

Cela n'avait pas d'importance. Cela ne pouvait pas en avoir.

Les autres criaient après moi, mais je me frayai un chemin entre eux, me servant de la force de ma magie contre mes amis et ma famille. Ils retombèrent contre le mur, les yeux écarquillés, en se redressant, tendant la main vers moi. Mais je les repoussai comme si c'étaient des mouches.

Je n'avais pas besoin d'eux. Je n'avais besoin de personne.

Pourquoi ne s'en rendaient-ils pas compte ? Pourquoi ne voyaient-ils pas que je n'avais pas besoin de cette prophétie, cette ville, ce cercle ?

J'étais le dernier sorcier mâle restant de cette ville. J'étais le pouvoir.

Je n'avais besoin de personne.

Je sortis avec l'intention d'aller jusqu'à ma voiture et d'abandonner la lie de cette ville.

Et Rowen se tenait là. Sa poitrine montait et descendait comme si elle avait couru, et des larmes ruisselaient sur ses joues.

— Ash, qu'est-ce qui ne va pas ? Pourquoi je ne te sens pas ? Qu'est-il arrivé à notre lien ?

J'inclinai la tête pour la regarder. Une partie de moi hurlait, et l'autre savait que je me montrais plus cruel que je ne le serais jamais de toute ma vie.

Mais il fallait que ce soit ainsi.

Ne comprenait-elle pas ? Il fallait que ce soit comme ça.

— Je m'en vais. Je quitte cette ville, ce cercle. J'ai l'intention de faire quelque chose de moi. Et je n'ai pas besoin de Ravenwood pour ça.

Les autres criaient, tout comme la voix dans ma tête, mais une fois de plus, je l'ignorai.

— Ash ! Tu ne peux pas dire ça.

Elle s'avança, mais je reculai hors de sa portée et me dirigeai vers mon véhicule.

— Au revoir. Je veux dire, c'était sympa et tout, mais comme tu peux le voir, je vais très bien me débrouiller sans toi et cette ville. Grandis, Rowen. Sois la petite sorcière que tu es censée être.

Elle me gifla, sa main laissant une brûlure dans son sillage. C'était la première fois que je ressentais quelque chose depuis une heure.

— Espèce de salaud ! Que se passe-t-il ?

— La malédiction, lança ma petite sœur dans mon dos. C'est la malédiction, Rowen.

Celle-ci se tourna vers Laurel, puis vers moi, les yeux écarquillés et se remplissant de larmes.

— Non. Ash ! Combats-la ! Bats-toi pour moi ! Nous pouvons le faire. Nous pouvons ramener ton âme, je te le promets.

J'inclinai la tête et la dévisageai avant de sourire. Et c'était un sourire cruel, dont je savais que je ne l'utiliserais plus jamais parce que je ne le pouvais pas. Parce que cette voix criarde dans ma tête, en dépit de mes efforts pour ne pas l'entendre, ne me laisserait jamais refaire ça.

— Pourquoi me battrais-je ? Pour qui me battrais-je ? Oh, Rowen, tu ne peux pas être mon âme sœur ! Comment avoir une âme sœur quand on n'a pas d'âme ?

Puis je m'éloignai d'elle alors qu'elle tombait à genoux et s'effondrait et que les autres la réconfortaient.

employée pour la journée. Esmeralda sourit également et se mit à parler à un touriste banal, quelqu'un dépourvu de talent magique et qui ne connaissait pas les forces magiques sous la surface.

Ravenwood, en Pennsylvanie, était une ville spéciale. Ceux qui vivaient dans les frontières de la ville et y avaient grandi savaient exactement ce qu'elle avait de spécial, ils étaient au courant pour la magie. Ils voyaient au-delà du masque des faë, connaissaient le pouvoir des sorcières et du cercle. Ils connaissaient l'existence des métamorphes et voyaient les ours et les rares loups qui arpentaient la ville sous leur forme animale. Plus les protections étaient fortes, plus nos métamorphes avaient de liberté. Avec le cercle des trois, Laurel, Sage et moi, nous étions capables de produire une magie plus puissante, et donc nos enchantements étaient en mesure de cacher des métamorphes sous leur forme d'ours se promenant sur un trottoir à côté d'un humain qui n'avait aucune idée de qui était à proximité.

Cela faisait partie de la bizarrerie et du cœur de Ravenwood. C'était ce pour quoi nous étions capables de nous battre jusqu'à la mort. Cela et la magie sous nos pieds, qui pouvait détruire le monde si elle tombait entre de mauvaises mains.

— Passez une belle journée, dit doucement Esmeralda à deux femmes, qui rirent en sortant.

Je leur souris également, et elles baissèrent la tête, rougissant avant de s'enfuir et de s'entasser dans la petite voiture compacte garée le long du trottoir devant mon magasin.

Je me tournai vers Esmeralda, sourcil relevé, et elle éclata de rire. L'anneau qu'elle portait au sourcil étincela sous la lumière du plafonnier.

— Laisse-moi deviner. Elles cherchent des pierres et des cristaux pour les aider à surmonter une rupture ?

— Oui, elles ont demandé des potions, mais je n'étais pas sûre que tu approuves.

Je hochai la tête et jetai un coup d'œil à la zone des cristaux, en notant ce qui manquait. Rien pour l'amour, mais pour la protection et la force, et pour voir à travers l'obscurité. J'adressai un signe de tête approbateur à Esmeralda en allant derrière le bureau antique qui servait de comptoir.

— C'est bien, et non, pas de sorts spéciaux pour traverser l'amour et les peines de cœur.

Esmeralda gloussa et afficha un large sourire.

— Ça n'a jamais fonctionné, et il y a toujours un désastre à la clé si on s'en sert. Comme un miroir brisé ou une permanente ratée.

Je ricanai et passai les reçus en revue tandis qu'Esmeralda se dirigeait vers un carton près d'elle et commençait à le déballer. Esmeralda était une sorcière, mais elle n'appartenait pas au cercle. Son sang était si dilué qu'elle n'avait pratiquement aucun pouvoir, mais elle pouvait quand même ressentir des choses à travers certains cristaux. Elle s'entraînait chaque semaine avec moi pour concentrer ce pouvoir. Elle ne pouvait pas invoquer d'élément, ne pouvait pas accomplir la plupart des rituels et des sorts, mais elle était quand même une sorcière.

Cependant, comme elle n'avait pas la puissance nécessaire pour assurer la sécurité des protections autour de Ravenwood, son âme n'était pas irrévocablement liée à celle de la ville comme l'était la mienne.

Je ressentis une légère brûlure au creux de la poitrine, et je fronçai les sourcils, me demandant pourquoi cela ne cessait pas. Je n'avais même pas réalisé que j'avais placé ma main sur ma poitrine jusqu'à ce qu'Esmeralda me lance un regard.

— Les protections sont encore trop dures à supporter ?

Je secouai la tête, laissant retomber ma main. J'attrapai la pince que j'avais fixée à la ceinture épaisse de ma jupe fluide et je relevai mes cheveux à la base de ma nuque. La légère ondulation de ma chevelure d'un brun foncé presque noir m'agaçait, aujourd'hui.

— Tout va bien. Je suis juste en train de me concentrer.

— Eh bien, c'est un mensonge, mais je n'insiste pas. Parce que je sais que Sage et Laurel ne te laisseront pas mentir longtemps.

Je plissai les yeux en la regardant.

— Tu deviens effrayante, mademoiselle.

— Dit la sorcière.

Elle me fit un clin d'œil quand deux autres touristes entrèrent, toutes deux banales et incapables de repérer la magie autour d'elles. Mais elles ne ricanèrent ni ne gloussèrent pas. Au contraire, elles semblaient curieuses, et alors que je laissais ma magie du vent s'installer autour de moi, me concentrant sur cette attitude, je hochai la tête en signe d'approbation avant de laisser Esmeralda faire ce qu'elle faisait de mieux.

Beaucoup de profanes et d'autres personnes venaient dans notre boutique pour voir une sorcière. J'avais beau en avoir l'air, avec mes jupes fluides et ma frange arrondie, ou même quand je me la jouais PDG avec mes pantalons de tailleur foncés et mes hauts de travail, je n'étais pas ce que la plupart des gens recherchaient. Esmeralda était la parfaite incarnation de la sorcière de la fin et du milieu des années 90 de l'un de nos films préférés. Elle avait des piercings, des cheveux noirs hérissés, des bottes épaisses et une courte robe noire qui bougeait autour de ses hanches lorsqu'elle marchait. Elle ressemblait à une sorcière naturelle, et les touristes adoraient ça. J'avais l'air d'une femme d'affaires ou d'une diseuse de bonne aventure, selon les jours. Aujourd'hui, je me situais plutôt entre les deux et je m'en fichais éperdument. Je n'avais pas dormi la nuit précédente, assaillie de rêves de vie passée.

Je savais pourquoi, bien sûr. *Ash*. Dès qu'Ash avait posé le pied à Ravenwood pour protéger sa sœur, les souvenirs de ce que nous avions été autrefois étaient apparus. Je me souvenais encore du jour où nous nous étions pleinement offerts l'un à l'autre. Pas uniquement nos corps, car nous l'avions déjà fait auparavant, mais d'une manière purement magique, un mélange de ce que nous pouvions être et de ce qui nous reliait tous les deux.

À cause de cela, je l'avais perdu.

Ma poitrine me fit de nouveau souffrir, et je fis de mon mieux pour l'ignorer, car j'avais vraiment peur de ce qui allait se passer ensuite. Non pas que je permette à la peur d'être la seule chose à m'atteindre. Il fallait que je sois plus forte que ça. Je ne pouvais pas laisser la peur décider de qui j'étais.

Mais je ne pouvais pas ne pas penser à Ash. Pas quand il hantait mes rêves et qu'il était toujours là. Quoi que je fasse, il était là. Même s'il ne mettait les pieds dans ma boutique que pour être avec le cercle et le reste de nos amies, j'avais l'impression qu'il était toujours là.

Je ne voulais pas penser à lui, alors je n'allais pas le faire. À la place, je me mis à travailler dans mon magasin, avec les herbes et tout ce dont j'avais besoin pour être une femme d'affaires à part entière. J'avais ouvert la boutique après le départ d'Ash. Après avoir été abandonnée non seulement par lui, mais aussi par les autres. Après tout, il fallait que quelqu'un reste à Ravenwood pour assurer la sécurité des protections, et ma tante ne pouvait pas le faire toute seule. Quand elle était morte, j'étais restée la seule. La dernière Ravenwood.

Cela semblait impossible dans une ville qui portait le nom de ma famille, mais tous les autres étaient partis. Ils n'avaient plus de connexions. Et vu la manière dont se déroulait ma vie, je serais la dernière des Ravenwood. Aucune autre génération ne viendrait après moi.

L'unique personne censée être mienne, mon âme sœur, était partie. Oh ! La coquille vide de ce qu'il aurait pu être autrefois errait toujours dans la ville, mais Ash n'était pas à moi. Je ne pouvais pas avoir une âme sœur, je ne pouvais pas avoir d'avenir avec un homme sans âme.

Sur cette pensée, je me dis que ce serait la dernière fois que je songeais à Ash.

Je retournai au travail, discutai avec quelques touristes supplémentaires et avec Frank, le vieux jaguar métamorphe, qui arriva en boitant. Il avait été blessé lors d'une attaque quelques mois plus tôt, et je savais qu'il souffrait encore, mais qu'il allait mieux. Il me sourit alors que je descendais l'escalier en colimaçon qui menait à mon bureau, et je vins vers lui pour le serrer fort dans mes bras.

— Tu as l'air en pleine forme, Frank.

Il remua les sourcils avant de m'embrasser sur la joue.

— Rien que pour toi, Rowen.

— Eh bien, j'apprécie ! Je peux faire quelque chose pour toi ?

— Je suis juste passé te faire un coucou avant d'aller à la boulangerie de Sage. J'ai une folle envie de torsades au miel.

La joie se lisait dans son regard, et je souris. C'était plus fort que moi. C'était un vieux jaguar grincheux qui n'était peut-être plus capable de courir aussi vite qu'avant, mais c'était un homme âgé et gentil que j'adorais. Je ne savais pas ce que j'aurais fait si nous l'avions perdu dans cette attaque.

— Tu ferais mieux d'être prudent. J'ai vu quelques oursons là-bas tout à l'heure. Tu risques d'être à court de torsades au miel.

Il s'esclaffa.

— Sage en garde toujours une pour moi. Elle sait les

cacher des grands ours. Même avec leur odorat, ils ne se frottent pas au jaguar.

Il remua encore les sourcils et j'éclatai de rire, me sentant plus légère quand il partit.

— C'est un homme tellement gentil ! dit Esmeralda alors que nous nous retrouvions dans une boutique vide.

C'était une chose qui arrivait fréquemment ces derniers temps, la boutique vide, les temps calmes entre les *rushs* d'activité. Ravenwood était en train de mourir, et nous le savions tous. Oui, les habitants de la ville pouvaient nous maintenir à flot, avec leurs emplois à l'extérieur et nous qui faisions de notre mieux pour les retenir ici. Cependant, la chose qui malmenait nos protections, laissant une nappe huileuse qui me prenait de plus en plus d'énergie au fil des jours, semblait repousser les touristes.

Concrètement, même si je détestais l'idée de devoir un jour fermer quelques-unes des boutiques de Main Street si nous ne faisions pas attention, j'étais reconnaissante qu'il n'y ait pas de touristes, parce qu'ils auraient servi de chair à canon pour les revenants. Les morts-vivants contrôlés par les nécromanciens.

Les nécromanciens étaient des sorciers qui s'étaient tournés vers leur côté obscur et avaient altéré leur magie, ils avaient donc un lien avec les morts. Ils conservaient leur magie élémentaire, mais elle était pervertie et faisait appel aux âmes, aux enveloppes et aux corps de ceux qui avaient péri. Ils contrôlaient ces revenants qu'ils envoyaient dans la ville pour qu'ils s'efforcent de tuer tout le monde sur leur passage. Les plus forts, dont Oriel, savaient aussi contrôler les ombres, les véritables esprits de ceux qui étaient morts, plutôt que ce qui restait après le départ de l'esprit.

Oriel et son équipe de sorcières et de nécromanciens avaient profané de nombreuses tombes pour constituer leur armée de revenants. Ils se servaient de sites en dehors de Ravenwood même, des cimetières que nous ne pouvions pas protéger. Certaines agences de presse avaient déjà repéré le pillage de tombes. Cependant, en dehors de certains cercles restreints, personne ne faisait le rapprochement. Oriel était trop intelligent pour ça, et alors que j'aurais voulu qu'il fasse une erreur qui nous aiderait à l'attraper, je ne souhaitais aucunement que cela attire les yeux du monde extérieur sur Ravenwood. Nous devions protéger ses secrets, même si nous n'étions pas préparés à ce qui arriverait si Oriel se révélait plus fort.

La cloche au-dessus de la porte tinta à nouveau, et j'offris un large sourire à Sage et Laurel quand elles entrèrent.

Les cheveux de Laurel, d'un roux éclatant, entouraient son visage d'une masse de boucles, comme si elle n'avait pas pris la peine de les sécher ce matin-là. Elle était magnifique et si pleine de vie que je l'enviais presque. Mais je ne pouvais qu'être reconnaissante, car nous avions failli la perdre. La malédiction des Christopher qui m'avait pris son frère avait failli me l'enlever aussi. Elle avait failli nous prendre son compagnon, aussi. Elle me fit un clin d'œil, une flamme dans les yeux, sans rapport avec un excès de pouvoir qu'elle n'aurait pas pu contrôler, mais avec le bonheur dans son regard. Oui, nous étions sur le point de livrer une autre bataille, la guerre se rapprochant de nous bien trop rapidement, mais Laurel était heureuse.

Tout aussi heureuse que la femme aux cheveux châtains à côté d'elle. Sage était une sorcière plus récente, qui ne connaissait pas ses pouvoirs avant de mettre le pied à Ravenwood. Un sort, sans nul doute l'œuvre d'Oriel, l'avait tenue éloignée de nous pendant un temps infini. Ce n'est que lorsque le charme avait été rompu à dessein que Sage avait pu arriver ici, brisée et en quête d'une famille. Et c'est ce qu'elle avait trouvé en nous.

Mais aujourd'hui, elle était là, avec un élément eau fort, et qui se fortifiait davantage chaque jour. Nous formions le cercle, assurions la sécurité de la ville, et nous étions assez fortes pour éliminer Oriel.

Quoi qu'en disent mes rêves.

— Je ne savais pas que vous viendriez si tôt, vu que vous avez du boulot toutes les deux, leur dis-je en les serrant dans mes bras.

Je m'écartai pour qu'Esmeralda puisse faire de même, puis ma salariée me poussa dehors.

— Va, profite du reste de ta journée avec tes amies. Je peux gérer.

— Je pensais que c'était moi, la patronne, la taquinai-je.

— C'est le cas. Maintenant, va t'entraîner, renforce-toi, je peux m'occuper des détails des touristes.

Elle me fit un clin d'œil et je secouai la tête, pris les mains de Sage et de Laurel et sortis.

— Tu vois, j'aime bien ce plan.

— Tu as des poches sous les yeux, et des cernes profonds et noirs, murmura Laurel. Pourquoi tu ne dors pas ?

Je relevai le menton, agacée que celle-ci voie si facilement en moi.

— J'aime le fait que même à travers mes artifices, tu es toujours très douée pour me faire savoir exactement de quoi j'ai l'air. Merci de me rappeler que je ressemble à une loque.

— Ce n'est pas ce qu'elle voulait dire, intervint Sage avant de grimacer. D'accord, c'est peut-être ce qu'elle voulait dire. Tu as l'air fatiguée, Rowen. Tu n'as pas dormi ?

— Je vais bien.

Ma magie me poussa, elle n'était pas d'accord.

— Tu vas bien parce que tu ne pouvais pas dormir à cause de quelque chose d'autre, ou parce que les protections continuent de te faire souffrir ?

Je lui jetai un regard noir.

— C'est quoi, ce franc-parler ?

— Je suis toujours franche. En général, tu es plus diplomate. C'est ça qui m'inquiète plus que le reste.

Mais avant que je puisse dire quoi que ce soit, un cri retentit sur le pont, et nous nous retournâmes à l'unisson, notre magie remontant vers la surface.

— Des revenants, chuchota Sage, et je hochai la tête en observant les remous du brouillard qui arrivait.

C'était une brume sombre, des ombres, révélatrices de la magie d'Oriel et de son équipe.

Nous avions eu un sursis le mois précédent, pendant que le nécromancien rechargeait son pouvoir. Après tout, nous avions tué plusieurs membres de son équipe, et son second avait été blessé, presque tué par Laurel pendant la dernière bataille de feu et de flammes.

Mais apparemment il était de retour, et alors que le premier revenant s'avançait, son corps formant un angle dur comme si son dos avait été brisé, sa peau glissant sur ses os, je tirai sur la magie et priai pour que nous soyons assez fortes.

Mais quand le deuxième, le troisième et la douzaine suivante se présentèrent, j'eus le sentiment que nous ne serions pas suffisamment nombreuses.

TROIS

ASH

Mes pieds battirent le pavé alors que je courais vers la brume qui dissimulait les revenants. Je jurai à mi-voix en essayant de me déplacer plus rapidement, la magie de la terre en moi se concentrant vers la perturbation.

Un faucon croassa au-dessus de nos têtes, et je reconnus Jaxton qui volait vers Laurel et les autres.

Rome sortit du bureau de l'avocat local, Ariel, son bêta, à ses côtés. L'ours alpha hocha fermement la tête avant que tous deux se mettent à courir près de moi.

— Des revenants ? grogna-t-il.

Je hochai la tête.

— On dirait. Les filles gèrent, mais elles ne sont pas obligées de le faire seules.

Rome me jeta un regard, et je me retins de hausser les épaules. Parce que je n'éprouvais aucun sentiment. C'était un constat. Clair. Le cercle tel qu'il était dans cette version pouvait gérer les choses par lui-même. Mais il n'y était pas obligé. C'était un gaspillage de ressources que de ne pas les aider. Ce n'était pas mon empathie qui ressortait. Je n'en avais pas. J'étais un homme sans âme.

Le premier revenant s'approcha de Sage alors que la jeune sorcière étendait les bras et que l'eau du ruisseau en contrebas claquait sur les côtés du pont. Elle se concentrait sur son pouvoir et y parvenait bien mieux que lors de notre première rencontre, mais elle était encore en train d'apprendre.

D'un mouvement du poignet, je tirai sur le lit de roches sous l'eau et projetai les pierres sur les revenants. Sage se tourna vivement vers moi par-dessus son épaule avant d'écarquiller les yeux et de faire un signe de tête. Puis elle reprit son combat contre le morceau d'os et de chair pourrie qui se trouvait devant elle.

— Merci, chuchota Rome avant de se transformer.

Ses os et tendons se tordirent pour le changer en un grand grizzly. Rome était énorme, le plus grand ours métamorphe que j'aie jamais vu. Non, ce n'était pas tout à fait vrai, en y repensant. Trace et Alden faisaient la même taille. Des triplés liés à jamais, même si deux d'entre eux étaient partis à présent. Cela aurait dû m'être douloureux de penser à Trace et Alden, les gamins devenus des hommes avec lesquels j'avais grandi. Mais je ne ressentais rien. Je ne pouvais rien ressentir.

Cette voix familière criait après moi, même si j'étais capable de l'ignorer, maintenant. Après tout, cela faisait longtemps que j'avais réduit au silence tout ce qui cherchait à me parler à travers l'immensité vide qu'était mon cœur. La malédiction avait fait son œuvre, et j'étais seul.

Je poussai ma magie dans la terre une nouvelle fois, observant les pierres se déliter derrière le pont.

— Tu essaies de faire s'effondrer Ravenwood au passage ? s'écria Rowen, dont les cheveux noirs flottaient dans *son* vent.

Elle était belle, éblouissante. Je n'avais pas besoin d'une âme pour savoir qu'elle était la plus belle créature qui soit. Et sa manière d'user de sa magie ne faisait qu'intensifier cette beauté intrinsèque.

—Je sors les poubelles. Tu vas me le reprocher ?

Je parlais d'une voix froide, éduquée, la même voix qui m'avait fait accéder aux plus hautes sphères des conseils d'administration et qui m'avait permis de gagner mon premier million à l'âge de vingt ans. Je n'avais pas besoin de morale pour gagner mes milliards, même si Laurel était celle qui me responsabilisait. C'était elle qui faisait en sorte que mon entreprise ne fasse pas de mal aux autres. Cette petite partie qui hurlait en moi aurait pu s'en soucier. Le reste de ma personne, non. Cependant, j'étais un Christopher, tout comme ma sœur, et je faisais ce qu'elle voulait afin de protéger le nom de notre famille.

Je repoussai mon travail loin de mon esprit, car il ne comptait pas pour l'instant. En revanche, il fallait que je me concentre sur la magie qui coulait dans mes veines et que je protège la leader du cercle, la femme que j'avais aimée autrefois. Je ne pouvais plus l'aimer, mais elle était la force incarnée, même si elle faisait de son mieux pour faire disparaître les cernes sous ses yeux. À moi, elle ne pouvait pas les cacher. Elle n'avait jamais pu, que j'aie une âme ou non.

— Il nous faut l'ensemble du cercle, haleta Laurel, son épée flamboyant à ses côtés. Il doit y en avoir des dizaines d'autres, et nous ne pouvons pas les cacher aux touristes plus longtemps.

Je hochai la tête fermement en regardant les trois femmes se réunir tandis que leur magie palpitait.

— Ash, on a besoin de toi, appela Laurel.

Rowen tourna la tête vers ma sœur.

— Non, c'est faux. Nous avons besoin du *cercle*.

Ma sœur se renfrogna, des flammes dans les yeux.

— Nous avons besoin du pouvoir des quatre éléments. Nous n'avons pas le temps de nous disputer à ce sujet. Ash ! Viens ici !

— Vous avez besoin des quatre éléments. Tu l'as entendue. Je suis la terre. Ce n'est pas parce que tu me détestes qu'il faut que tu ignores ma magie.

Je serrai fermement la main de Laurel et Rowen se renfrogna avant de se détourner. L'expression de son visage me disait que j'allais en entendre parler plus tard. Tant mieux. J'allais adorer me battre avec elle. C'était la seule chose qui suscitait une réaction en moi ces derniers temps. Même la magie qui m'habitait ne me faisait plus grand-chose.

La terre palpitait sous mes pieds, me cherchant, comme toujours. C'était compliqué de se concentrer uniquement sur la magie et rien d'autre de ce qui m'entourait. C'était comme si ce vide en moi cherchait désespérément à être comblé. Sauf qu'il n'y avait rien, et que je ne pouvais pas laisser mes pensées suivre ce chemin.

— Répétez après moi ! s'écria Rowen par-dessus les cris des revenants.

— *Seigneur et Dame travaillant pour moi et à travers moi, oignez cette sorcière en cette période de besoin. Augmentez sa force, plantez la graine. Par l'air et l'eau, la terre et le feu, bannissez les ténèbres en ces temps sinistres. Apportez-lui la paix, baignez-la de lumière, donnez-lui votre main cette nuit même. Avec le pouvoir du cercle et les trois bénédictions, telle est ma volonté, qu'il en soit ainsi.*

Ma magie m'échappa, la terre se mit à trembler sous nos pieds alors que nos quatre éléments s'unissaient. C'était un phénomène rare quand nous jetions des sorts, et les revenants furent repoussés, la force de notre magie étant bien plus intense qu'elle ne l'était une semaine plus tôt.

Avec la petite sorcière ainsi que les nouveaux pouvoirs de phénix de Laurel, nous étions plus forts. Mais il fallait que Rowen s'estime capable de travailler à mes côtés.

Elle me lâcha la main comme si elle l'avait brûlée et je l'ignorai, comme si je ne ressentais rien. Je pressai mes mains l'une contre l'autre, laissai le pouvoir m'envahir et fis ressortir la magie sous la forme d'une dague de terre. Elle plongea dans le revenant devant moi, et je poussai encore, décapitant le monstre. Ç'avait été un humain autrefois, il avait eu une âme, des sentiments, des espoirs, des rêves, des peurs. Et pourtant, tout comme moi, il n'était plus que la coquille de ce qu'il avait été. Il était fait de chair pourrie sur des os brisés, et moi de marbre sur de la glace. Je me rendais compte que les différences étaient minimes. J'étais presque un revenant moi-même, et pourtant, je combattais aux côtés de ma famille.

De mon cercle.

De Rowen.

Et ce n'était que grâce à cette voix qui hurlait en moi, que je n'entendais pas vraiment, que je restais de ce côté.

Je continuai à repousser les autres revenants alors que les faë, les métamorphes et le cercle luttaient et détruisaient le reste des sans-âme. Je ne sentais pas la magie du nécromancien, alors je ne savais pas s'il s'agissait de Renee, le lieutenant qui avait perdu son compagnon et avait failli périr dans l'autre bataille, ou d'Oriel lui-même. Cette ordure refusait de se battre avec nous en face à face, et nous n'avions su qui il était qu'en nous battant contre ses laquais.

D'autres revenants s'effondrèrent l'un après l'autre, nous commençâmes à faire le ménage.

Rowen s'écarta de moi sans dire un mot ni prendre le temps de me regarder. Je ne soupirai même pas. Cela n'aurait servi à rien. C'était ce qu'elle voulait, que je sois là pour aider, mais sans faire partie de quoi que ce soit. Et peut-être que si j'avais été capable de me concentrer sur autre chose que moi-même, j'aurais su que c'était ce que je méritais. C'était très compliqué à faire. J'avais déjà du mal à me concentrer sur le fait de distinguer ce qui était la voie du bien de celle qui ferait de moi un monstre tel qu'Oriel.

C'était le problème quand on n'avait pas d'âme. J'étais à un mauvais sort, à une mauvaise décision de devenir Oriel. Et si j'avais été capable de ressentir de la peur, je m'en serais inquiété.

— Rome et les autres se chargent de la population qui aurait pu voir quelque chose qu'elle n'aurait pas dû. Tu veux m'aider à réparer ce pont ? me demanda Jaxton alors que le faucon enfilait son pantalon.

Je soupirai en regardant cet homme qui avait été mon ami. Je n'étais pas certain de pouvoir l'appeler ainsi maintenant, alors que de la glace coulait dans mes veines et que je ne ressentais rien à moins de m'y contraindre.

— De quoi as-tu besoin ?

— Il te reste assez de magie pour aider à sécuriser la base ? Je sais que ce n'est pas ta magie qui a repoussé une partie des blocs de soutènement, mais entre l'érosion, les revenants et les sorts qui se succèdent, ils auraient bien besoin d'un coup de remise à niveau.

Je hochai la tête et roulai les manches de ma chemise. Les ancres autour de mon poignet remuèrent légère-ment, les arbres s'agitant dans leur propre vent. À un moment, j'avais pensé qu'il venait de Rowen. Que nos ancres s'étaient unies et que leur brise soufflait dans les arbres, envoyant des vibrations à ma magie de la terre. Mais sans un lien entre nous, je savais que ce n'était pas possible. Nous étions des entités séparées qui ne seraient jamais plus liées.

— De quoi d'autre as-tu besoin ? demandai-je.

Jaxton croisa mon regard.

— Tout ce que tu as à donner, Ash. Ça a toujours été le cas.

Je me retins de me renfrogner, me demandant où il voulait en venir, mais je me mis au travail. C'était quelque chose que je pouvais faire. Je nettoyai les dégâts, que j'avais peut-être moi-même causés, puis, une fois les fondations du pont remises en place et les pierres solidement arrimées, j'allai aider à réparer une partie de la barrière en ciment que certains auraient pu croire destinée à contenir les inondations, mais qui servait à diriger une partie de l'eau magique de Sage. Quand les vagues passaient par-dessus le pont, cela créait des dégâts, alors nous avions fait de notre mieux pour canaliser l'eau à certains endroits, de façon à pouvoir nous en servir contre les revenants.

Que notre ville devienne lentement un champ de bataille, y compris avec les changements d'infrastructures nécessaires, aurait dû m'inquiéter, mais à ce stade, c'était devenu routinier.

Les autres parlaient encore, discutant de points de la bataille ou de plans futurs. Personne ne vint me voir. J'avais été autrefois le meilleur ami de Rome, Jaxton, Trace et Alden. Et aujourd'hui, il n'en restait plus rien. Rowen s'était éloignée pendant que Rome tenait la main de Sage, et ma sœur se pencha contre son compagnon. Ces quatre formaient un tout, leur propre cercle au sein de celui des sorciers, et je n'avais rien.

Je réfrénai un soupir et repris le chemin de chez moi.

La maison des Christopher avait depuis longtemps brûlé, nos malédictions s'abattant sur tout ce qui s'approchait. Laurel vivait dans une maison ancienne qu'elle avait rénovée au fil du temps. Parfois, elle y restait avec Jaxton. Parfois, ils séjournaient avec l'aile, au-dessus du sol, dans le nid avec les autres faucons.

J'avais acheté un genre de manoir au bout de Main Street. À l'exact opposé de la maison familiale de Rowen. Je ne l'avais pas fait exprès. À moins qu'une partie de moi s'en soit chargée. Cet endroit était bien trop grand pour moi, et il produisait de l'écho quand je parlais, mais il me plaisait. J'avais travaillé longtemps et très dur pour en arriver là. C'était agréable de voir les fruits de mes efforts.

Je venais de tourner dans le chemin quand un petit couinement me parvint. Je me figeai, me demandant d'où il pouvait provenir. Un gémissement retentit à travers les arbres, et je me précipitai.

Le grognement me frappa en premier, la bouillie baveuse du revenant qui rampait vers le louveteau coincé sous une branche tombée.

D'après ce que je comprenais, le monstre s'était éloigné des autres et avait piégé ce minuscule loup avec l'arbre lui-même. Je jurai et marmonnai doucement.

— *Terre, air, eau, feu, apportez-nous ce que nous désirons. Arrêtez ce mal, purgez ce fléau, bannissez cette mort dans la nuit la plus sombre. Seigneur et Dame, les ancêtres aussi, prêtez-nous votre force pour ce que nous devons faire. Emparez-vous de ces ténèbres afin que nous puissions être libres. C'est notre volonté, qu'il en soit ainsi !*

Je n'avais pas la force du cercle ni cette magie, mais ce sort créa une bulle autour du louveteau ; ensuite je m'emparai d'une branche, la brisai et décapitai le revenant.

Le bébé loup glapit, poussa un tout petit aboiement, mais quand le sort se dissipa, il courut vers moi à quatre pattes et sauta dans mes bras. Il redevint un jeune enfant nu, et je le serrai contre moi, me demandant où étaient ses parents.

— Bonjour, gamin, dis-je d'une voix sans émotion.

— Merci ! me dit le petit, qui cala sa tête sous mon menton en pleurant.

— Lucas ! Lucas ! cria une femme en courant vers moi.

Je ne savais pas que d'autres loups s'étaient installés dans la région, puisque nous étions une ville à prédominance d'ours, et lorsqu'elle me vit tenir son enfant, elle dut avoir une mauvaise impression. Je ne pouvais pas lui en vouloir, après tout.

Des crocs jaillirent de ses gencives, ses griffes sortirent, et elle plissa ses yeux dorés.

— Posez mon fils.

— Si vous regardez à gauche, vous verrez le revenant mort dont je me suis occupé. Votre enfant semble indemne, mais la branche de l'arbre aurait pu lui faire du mal. Je ne suis pas sûr, mais d'après ses gémissements, je pense que c'est de la peur.

Je tendis les bras et la femme me prit le petit enfant, les yeux écarquillés.

— Maman. Ash m'a sauvé.

Le regard de la femme cessa aussitôt de briller, ses

griffes se rétractèrent, et elle serra son petit enfant contre elle.

— Merci. Je suis désolée.

Je secouai la tête.

— Ne vous inquiétez pas. Ce doit être surprenant de trouver un étranger qui porte votre enfant dans la forêt.

— Non, je n'aurais pas dû penser au pire. Vous êtes Ash. Vous faites partie du cercle.

— Je suis un sorcier, mais c'est ma sœur qui fait partie du cercle.

Je n'étais pas certain qu'elle saisisse cette petite subtilité.

— Alors, vous êtes nouveaux en ville ?

Elle hocha fermement la tête.

— Mon amie a déménagé il y a quelque temps avec ses triplés. Il nous fallait un endroit où vivre, où nous pourrions être libres, et Rome s'est montré très accueillant.

J'acquiesçai.

— Il est comme ça. Gardez un œil sur votre enfant. Nous sommes en guerre, et même si les métamorphes sont plus en sécurité ici qu'ailleurs, ce n'est quand même pas une ville sûre.

— Je comprends, dit-elle avec un air compréhensif avant de regarder derrière moi. Rowen, Ash a sauvé mon fils. Merci de l'avoir cherché avec moi.

J'avais senti que Rowen arrivait par-derrière. Je le sentais toujours. Sa magie me grattait, laissant une blessure à vif dans son sillage. Cela et son parfum épicé me mettaient toujours les nerfs en éveil, même si je n'en étais plus vraiment conscient.

— Je suis heureuse qu'il soit en sécurité. En ce moment, ne quittez pas Lucas des yeux. Nous essayons de maintenir la sécurité de la ville à l'aide des protections, mais comme vous le savez, la magie trouve toujours une faille.

La femme hocha la tête.

— Merci, Rowen, dit-elle avant de se tourner vers moi. Merci, Ash. Sincèrement. Merci. Lucas est mon cœur.

—Au revoir, Ash. Merci, Ash.

Le petit fit un signe de la main, et la femme et son fils s'éloignèrent, me laissant avec un revenant mort à mes pieds, et Rowen à côté de moi.

— Pourquoi étais-tu dehors tout seul ? me balança Rowen, et je soupirai.

— Vraiment ? Tu veux jouer à ça ? Je viens de sauver un enfant, et pourtant, j'ai des ennuis parce que j'étais seul dehors ?

—Tu es parti.

—Tout comme toi. N'oublie pas ça, leader du cercle.

Elle me jeta un regard noir, et le vent s'intensifia dans les arbres.

—Ash.

— Calme-toi. Je sens palpiter ta magie. Elle attend.

—Et tu n'es qu'un con.

Je ricanai, mais sans humour.

— Je n'ai jamais prétendu ne pas l'être. C'est toi qui es partie pour t'occuper de tes affaires. Je rentrais chez moi pour aller travailler. J'ai sauvé un petit enfant. En quoi suis-je en tort ? demandai-je.

— Elle croyait que tu faisais partie du cercle.

— Et pourquoi ce n'est pas le cas ? m'exclamai-je d'un ton mordant.

Elle me fit un geste de la main avant de me jeter un regard noir, habituel chez elle ces derniers temps.

— Pourquoi es-tu ici, Ash ? Pourquoi tu rends toujours les choses si difficiles ?

— Je suis ici pour protéger cette ville. Et ma sœur. Je n'ai peut-être plus d'âme, mais j'ai des responsabilités. Il est temps que tu le comprennes.

Je marquai un temps d'arrêt alors qu'elle ouvrait la bouche, sûrement pour crier encore après moi.

— Et il est temps que nous fassions quelque chose à ce sujet. Je suis déjà venu chez toi pour te le dire, et tu m'as ignoré. Nous n'avons plus de temps.

Elle fit un grand geste avec ses mains, signe d'une émotion plus intense qu'à l'ordinaire. Elle était très douée pour faire semblant d'être calme et posée, la sage sorcière, mais elle ne l'était pas toujours.

— Ça te tuera.

— Et en quoi est-ce pire que ce que nous affrontons déjà ? C'est le truc, Rowen. Je suis peut-être mort depuis bien plus longtemps que tu le penses. Qui sait ? Mais quelque chose en moi hurle. Quelque chose doit changer. Nous sommes censés travailler ensemble.

Elle pinça les lèvres.

— Tu n'en sais rien.

— Nous le savons tous les deux. Et il est temps que tu l'acceptes. Je peux aider.

— Ça fait bien longtemps que tu as fui cette responsabilité. Ne fais pas semblant de t'en préoccuper tout d'un coup.

— Ne prétends pas que tu as complètement cessé de t'en soucier.

Sur ces mots, je m'en allai, ne sachant une fois encore plus comment discuter avec Rowen. Il était temps que nous changions les choses. Il est temps de remettre les pendules à l'heure.

Il était peut-être temps que nous trouvions un moyen de récupérer mon âme.

Et cela signifiait qu'il était temps pour moi de mourir.

QUATRE

ROWEN

Je savais que j'étais capable de mettre en colère, mais je n'avais pas compris qu'il pouvait la déclencher aussi vite. La colère brûlait en moi comme le feu de la magie qui incendiait les veines de Laurel. Je me tenais dans mon jardin, laissant l'air frais effleurer mon visage, essayant d'atténuer la chaleur qui embrasait mes joues.

Tout me faisait mal. Mon cœur, ma tête et mon âme. Mon lien avec Ravenwood.

J'avais l'impression d'avoir consacré ma vie entière à garder cette ville en vie, à assurer sa sécurité, et même avec le cercle aujourd'hui, j'échouais.

Je savais que je ne pouvais pas laisser les autres penser cela, que je ne pouvais pas non plus penser à l'histoire qui se cachait derrière mon nom et à ce que j'étais exactement. À la place, je me concentrai sur le fait que j'étais vraiment en colère contre Ash.

Il s'était mis en danger en marchant seul dans les bois, et je ne pouvais pas lui en vouloir, parce qu'il avait sauvé Lucas. Le louveteau et sa mère avaient récemment emménagé en ville, car Ravenwood était censé être un espace sûr pour les métamorphes, les faë et les magiciens, et pourtant, je n'étais pas assez forte pour les protéger tous.

Le cercle était censé les protéger, s'élever ensemble pour que le monde reste sûr et garder le secret sur qui nous étions. Et pourtant, quelque chose déformait ça. Quelqu'un parcourait la trame de notre magie et la démêlait brin par brin, comme s'il savait exactement comment fonctionnaient nos sorts ancestraux.

Les Prince, les Christopher et les Ravenwood étaient les trois familles fondatrices de cette ville. Ensemble, elles avaient tissé une couverture complexe de protections pour sécuriser ceux qui en avaient besoin. Et pourtant, quelqu'un semblait comprendre et connaître les subtilités du fonctionnement des sorts en eux-mêmes. Et savait pertinemment comment toucher un fil pour qu'il se dénoue. Je dépensais beaucoup trop d'énergie à le reconstituer, à recoudre les pièces qui n'étaient pas entièrement tissées. Je ne faisais pas de *patchwork*. Je faisais du tri.

Et les autres l'ignoraient. Ils savaient que quelque chose n'allait pas, mais je ne pouvais pas compter sur eux. Ce n'était pas par manque de confiance. Ils étaient mon cœur et mon âme et tout ce que je pouvais désirer. Ils étaient ma famille. Mais Sage n'était pas encore assez forte. Oh, elle l'était mille fois plus que quand elle était arrivée à Ravenwood et avait sauvé la vie de son compagnon ! Sa magie évoluait à pas de géant, et elle devenait qui elle devait être. Chaque jour, elle nous offrait, à cette ville et à moi, de plus en plus de force. Mais nous ne pouvions pas tout prendre. Elle ne siphonnait pas assez de puissance. Elle ouvrirait son cœur et laisserait tout partir, et elle deviendrait l'enveloppe de ce qu'elle était autrefois, comme une ombre qu'un nécromancien pourrait manier.

Laurel s'épanouissait enfin après une vie entière passée à mourir à cause de sa magie. La malédiction des Christopher l'avait fait mourir lentement jour après jour, goutte d'acide après goutte d'acide, alors qu'elle utilisait sa magie. Avant, je ne pouvais pas lui demander de se servir de sa magie pour protéger la ville. Le simple fait de respirer la tuait, alors se servir de la magie pour garder en sécurité le cœur de Ravenwood ? Cela aurait été du suicide.

Ainsi, je m'étais retrouvée seule pour protéger le cœur de la magie. Personne d'autre ne pouvait le faire. Ni les métamorphes ni les faë. Je savais que mes grands-parents avaient tenté de le faire, et que l'échec avait été retentissant. Ils avaient voulu se servir des forces combinées du cercle qu'ils avaient. Ils avaient beau être plus de trois, ils étaient plus faibles que nous à cause de leur magie. Elle n'était pas suffisante, même ajoutée à celle des faucons et des ours métamorphes. Même l'ancienne meute de loups qui avait vécu là avant de partir dans une autre ville avait essayé d'aider. Et cela n'avait pas suffi. La meute de loups était partie à cause de ses propres problèmes de politique et de hiérarchie. Il semblait que ceux-ci soient en passe d'être résolus à nouveau, car certains membres revenaient à Ravenwood.

Comment pouvais-je proposer un refuge sûr alors qu'il ne l'était pas du tout ? Un enfant avait failli mourir aujourd'hui, et je n'avais pas été là.

Un revenant avait quitté les rangs, s'était glissé entre les arbres comme s'il faisait partie de la brume elle-même, et avait presque tué Lucas. Seul le fait qu'Ash soit rentré seul chez lui à ce moment-là avait protégé l'enfant. Aurais-je été capable d'attraper ce revenant si j'étais restée avec les autres ? Cette question me hanterait jusqu'à la fin de mes jours, car je savais que j'étais partie, et pas parce que notre tâche était accomplie. Non, j'étais partie à cause d'Ash. Je m'étais éloignée car le regarder était douloureux. Et je n'allais pas le dire à qui que ce soit. Oh ! Ils avaient tous deviné et parlaient dans mon dos, et je les laissais faire. C'était ce que faisaient les amis. Ils s'inquiétaient, essayaient de trouver des réponses qui n'existaient pas.

Ils connaissaient tous mes douleurs les plus profondes, et je ne pouvais pas leur confier d'autres secrets. Je ne pouvais pas leur dire que quand je voyais Ash, je contemplais la pire des trahisons. Le bord dentelé d'un couteau qui s'enfonçait dans mon cœur en découpant des morceaux de moi.

Mon Ash n'était plus là, et cette statue de marbre froid qui était revenue en ville n'était pas l'homme que j'avais aimé.

Lorsque le lien s'était rompu entre nous, j'avais eu l'impression de mourir. Maintenant, je regardais dans les yeux d'un homme qui ne me reconnaissait plus comme étant sienne, ou même comme quelqu'un qui pourrait être de son côté. J'avais envie d'en rejeter la responsabilité sur lui. Je voulais le tenir pour responsable de tout. Mais je ne pouvais pas parce que c'était la malédiction des Christopher. Alors que Laurel avait rompu la sienne, le mécanisme même de la malédiction empêchait Ash de lutter contre ce qui le tuait lentement, pas à pas.

Je comprenais les ramifications des pouvoirs qui nous dépassaient, vraiment, et pourtant, je ne pouvais qu'en vouloir aux dieux et au destin de m'avoir donné un compagnon qui ne pouvait pas m'appartenir. Une âme sœur sans âme n'était pas un compagnon. Il n'était pas à moi, et pourtant, il avait failli mourir aujourd'hui. Il aurait pu être seul. Et j'étais tellement en colère de m'en soucier ! De ne pas pouvoir laisser tomber sans que mes erreurs passées et mon chagrin d'amour me soient jetés à la figure chaque fois que je tentais de reprendre mon souffle. Je me tenais sur la terre de mes ancêtres, dans un jardin que je passais des heures et des heures chaque jour à essayer de faire croître, de nourrir et de faire vivre, et je pleurais.

Je laissais les larmes couler, des larmes que je ne laissais jamais personne d'autre voir. Je devais leur montrer un chef de cercle fort, qui mettait ses émotions de côté, ne se laissait pas abattre devant les autres. Il leur fallait une épaule sur laquelle s'appuyer, et je ne pouvais pas m'incliner et me briser sous leurs yeux.

Alors j'étais là à contempler ce bâtiment d'un étage de l'époque coloniale. Je l'avais repeint récemment, un noir profond avec des reflets bleus pour qu'il ressemble à la parfaite maison de sorcière qu'on aurait pu voir sur internet, et les gens disaient : « Oui, c'est le genre de maisons qu'elles aiment. » Mais ils ne comprenaient pas que c'était mon foyer. La grand-mère de la grand-mère de ma grand-mère avait vécu ici. Les Ravenwood avaient construit cet endroit, avaient imaginé les tourelles et le porche qui courait tout autour de la maison, et le grenier avec nos sorts et pentagrammes. Ils avaient pensé à tout ce qu'ils pouvaient faire en leur temps pour construire un avenir à ceux qui auraient besoin de protection.

Mais avec le temps, le pouvoir ultime corrompt. Ou peut-être qu'il s'estompait. Je n'avais pas pu repérer un seul exemple dans les histoires que je lisais sur les Ravenwood pour m'indiquer à quel moment nous avions commencé à échouer. Les Christopher avaient été maudits, et c'était une grande affaire, car les enfants des enfants commençaient à périr, et la magie n'apparaissait que trop tard, voire pas du tout.

Les Prince avaient été chassés de la ville, seule Penelope étant restée après tant d'années. Mais ensuite, elle était morte des mains du bras droit d'Oriel, Faith. Cette dernière avait fini par périr, mais pas sans avoir emporté bien trop d'entre nous.

Je soufflai, songeant à tous ceux qui étaient décédés. Il restait encore du sang des Prince dans le monde, comme de celui des Christopher. Même si c'étaient des cousins au deuxième degré, ou des oncles et tantes très éloignés. Mais ils existaient. Et même s'ils ne pratiquaient pas la magie, il restait de l'espoir au fond de leurs âmes. Et cet espoir faisait naître la magie du cercle. C'était ainsi que la magie ancestrale fonctionnait.

Et si nous survivions à ces ténèbres prédites par mes ancêtres, les fondateurs de Ravenwood même, il y aurait d'autres générations.

Sage et Rome donneraient naissance à des enfants puissants, même s'ils n'étaient pas de purs sorciers ou métamorphes. L'amour qu'ils recevraient leur conférerait une puissance suffisante. De même avec les faucons et les sorciers lorsque Laurel et Jaxton auraient des enfants.

Même si jamais je ne leur aurais dit d'avoir des enfants pour le bien du cercle, je savais que les deux couples en désiraient profondément et voulaient un avenir. Jamais Laurel n'aurait cru qu'elle survivrait et qu'elle pourrait donner naissance à un enfant, et elle aurait encore moins voulu en avoir un avec la malédiction des Christopher, mais elle l'avait brisée pour cette partie de sa lignée et ne pouvait pas la transmettre. Un enfant Christopher qui naîtrait de l'union de Jaxton et Laurel ne serait pas maudit. Il aurait son propre avenir pour s'épanouir.

Ash était la dernière personne à souffrir de la malédiction. Sa mort la briserait-elle ? Je frissonnai à cette froide pensée et glissai ma main dans les fleurs d'hibiscus, laissant mes doigts danser sur les pétales. Je respirai leur parfum sucré, puis observai le lierre qui courait sur le treillage près de la tourelle de ma maison. Il fallait que je travaille davantage sur le jardin, mais je n'arrivais pas à me concentrer. J'entendais sans cesse les cris de ceux qui avaient failli être blessés par les revenants. Nous étions tous parvenus à rester indemnes. Ces revenants qui nous avaient été envoyés par Oriel, ou Renee, ou une autre personne que nous ne connaissions pas et qui travaillait avec Oriel lui-même n'étaient pas résistants, cette fois-ci. Ils étaient au bout du rouleau, leur présence était faible. Et je ne pouvais pas m'empêcher de me demander si cela n'avait pas été une diversion. Si quelque chose d'autre n'allait pas nous arriver.

Je me baissai vers le sol, plantai les doigts dans la terre, et fis appel à ma magie.

— *Seigneur et dame, entendez ma supplique. Envoyez la lumière et la croissance en harmonie.*

Terre, vent, eau, feu, nous sommes ceux que la magie désire.

Apportez l'espoir, la croissance et l'avenir.

Vous le ferez, qu'il en soit ainsi.

La magie bourdonna en moi, et je souris, faisant savoir à la terre que j'étais là, et que j'étais aussi entière que possible.

J'essuyai une nouvelle larme, mais je l'ajoutai à ma terre. Les larmes des perdus pouvaient être magiques en soi. J'étais en train de tout perdre. J'avais tout perdu.

Chaque fois que je travaillais dans mon jardin, je pensais à lui. Au Ash qui m'aiderait à planter tout ça, m'aiderait ensuite à désherber ce qui ne pousserait plus. Il avait aidé cet endroit à prospérer : il nous appartenait à tous les deux, pas seulement à moi. Car il était de la terre, et moi de l'air. Notre eau nous avait manqué, mais Sage était maintenant très forte et pouvait tout faire. Je le savais.

Mais Ash n'était pas là pour aider, alors tout ceci me revenait.

J'entendis une branche se briser et pivotai, mains tendues, prête à me battre. Le premier revenant apparut, ma magie hurla, en appelant à mon cercle, espérant qu'il entende. C'était un nouveau sort sur lequel nous travaillions et qui nous connectait par le biais de liens qui faisaient de nous le cercle. Nous, les trois femmes, pouvions alors communiquer avec nos âmes sœurs. Ou plutôt, Laurel et Sage pouvaient informer leurs âmes sœurs, auxquelles elles étaient liées, qu'il y avait un danger. Et nous allions où notre présence était requise, pour protéger la ville dans son ensemble plutôt que ce seul endroit où nous combattions.

Seulement, personne ne pourrait prévenir Ash.

Je chassai rapidement cette idée de mon esprit, car ce n'était pas productif. Me languir d'un homme qui n'avait jamais été à moi n'aurait fait que me conduire à ma mort. Et alors que le premier revenant sortait, bien plus frais et fort que les précédents, je m'emparai de la pelle à côté de moi. Je ne voulais pas utiliser toute ma magie, lancer sort après sort ne ferait que prendre du temps pour essayer de les combattre. Il me fallait du temps et de l'espace pour créer un sort. Par conséquent, j'employai toutes les armes de mon arsenal, y compris la magie de l'air que je pouvais transformer en petites tornades ou brises, afin d'atteindre celui qui arrivait.

Il se dirigea vers moi, les doigts recourbés en griffes alors qu'il se précipitait. J'envoyai de l'air sur ma pelle en le frappant avec, le faisant reculer d'un mètre et rouler sur ses pieds. C'était rapide, méthodique, et je jurai tout bas.

Un autre revenant s'approcha de moi, portant un costume sur mesure, comme s'il avait été enterré dedans et récemment déterré. La bile me monta à la gorge, et je m'efforçai d'ignorer qui cet homme avait été, sa famille ou ce qu'il avait pu traverser dans sa vie. On aurait dit un jeune homme, au début de la vingtaine, avec toute la vie devant lui. Et maintenant, il était mort et son corps avait été profané par un nécromancien.

Quelle que soit la puissance que la magie noire pouvait procurer, je n'avais jamais songé à emprunter cette voie. Je savais qui j'étais et ce que le cercle attendait de moi. Jamais je ne pourrais devenir cette noirceur, même si elle me procurait la force nécessaire pour me garder en vie.

Devenir une sorcière noire vous orientait vers la nécromancie et vous perdiez votre âme, mais pas comme Ash. La sienne lui avait été arrachée dans une étreinte hurlante, tandis qu'un nécromancien conservait dans une cascade ardente l'âme pourrie et sombre de celui qui entrerait dans notre version de l'enfer.

Je fermai le poing gauche, puis l'ouvris rapidement, laissant passer une bouffée d'air qui vint frapper l'homme. Il retomba en arrière, titubant, mais revint rapidement à la charge. Je jurai à nouveau cette fois en tendant ma paume, le soulevant dans les airs, puis en redescendant dans un mouvement de découpe, envoyant une vague d'air vers l'autre homme. Il retomba sur un autre revenant, mais ils arrivaient encore, une nouvelle dizaine se glissa hors des arbres, tous très forts. *Tellement forts.* Je pouvais à peine respirer. Je poussai ma magie vers le cercle, espérant que mes sœurs entendraient ma supplique. Qu'elles sauraient que j'étais seule. Les protections intérieures de ma maison se brisaient peu à peu, et je ne comprenais pas comment. Comment Oriel avait-il pu passer si vite ? Les seuls capables de passer à travers ma protection si rapidement étaient ceux qui connaissaient ma magie, et cela n'avait aucun sens. Comment ce nécromancien pouvait-il endurer autant de magie en même temps ?

Je frappai avec ma pelle, décapitant un revenant, puis je l'enfonçai dans la poitrine d'un autre. Je lançai les deux mains vers l'avant, et la pelle me fut arrachée. Un souffle d'air puissant frappa deux autres monstres, mais il en venait d'autres. L'un d'eux saisit mon bras, ses griffes s'enfonçant en moi, et je criai alors que mon sang coulait à flots. Je plantai mes pieds dans le sol, et un tunnel d'air se créa entre nous. Je faillis tomber en arrière, sachant que c'était le seul moyen pour qu'il me lâche. Puis un autre arriva, et un autre encore, et je fus submergée. Ils m'entouraient, mais hormis celui qui m'avait attrapée, qui m'avait blessée, ils se contentaient de m'encercler. Cela n'avait aucun sens. Jamais je ne les avais vu agir avec un tel contrôle. Que voulaient-ils ?

Je sentis le goût de la peur sur ma langue alors que je tournais sur moi-même, me préparant à projeter mon air à n'importe quel moment, mais je sentis autre chose arriver. C'était une sensation le long de ma colonne, et j'inspirai brusquement quand un homme en costume sombre arriva. Ses cheveux noirs retombaient sur son front, ses yeux étaient sombres avec un léger bord rouge, comme s'il avait utilisé trop de magie noire sur sa ligne de vie et que c'était lui qui pourrissait de l'intérieur plutôt que les revenants.

Je m'interdis de crier ou de réagir, mais que faire d'autre qu'appeler à l'aide ? Parce que je savais qui c'était. Cet homme en costume sombre, avec une légère barbe sur sa forte mâchoire, et un sourire pervers qui me disait qu'il l'utilisait pour des choses lubriques.

Je tentai de maintenir mon équilibre en regardant celui que je savais être Oriel.

Le nécromancien noir.

Il sourit doucement et j'en eus la chair de poule.

— Bien joué. Pour une femme seule, tu sais comment te battre.

— Ordure ! Tu laisses d'autres personnes mourir pour toi alors que tu es là tout d'un coup ? On a dû tuer tous tes autres alliés.

Sa mâchoire tiqua, et je sus que j'avais touché un point sensible. Bien. Parce que si je pouvais le faire parler, peut-être que les autres arriveraient à temps. J'étais forte, sacrément forte, et si j'utilisais la puissance combinée de mes propres réserves de magie, je pourrais peut-être l'éliminer. Seulement, je sentais le pouvoir des revenants qui m'entouraient, me mettaient en cage, ainsi que la magie d'Oriel lui-même, et j'avais terriblement peur de ne pas être à la hauteur.

— Tu paieras pour Faith, et peut-être pour le faucon. Mais Renee est vivante. Mon lieutenant. Tu as fait de ton mieux avec elle, avec cette garce de feu, mais Renee est vivante. Et elle aura sa vengeance contre le faucon et sa foutue phénix.

Il fallait que je le fasse parler.

— Tu n'arrêtes pas de bavarder, et pourtant je n'entends rien. Quel pouvoir crois-tu avoir pour débarquer dans ma ville, dans mon lieu de naissance et penser que tu peux nous écraser ? Nous sommes Ravenwood. Nous sommes plus forts que toi. Peu importe la magie que tu invoqueras, tu ne seras jamais nous.

Oriel rejeta la tête en arrière et éclata de rire, et l'air autour de nous trembla.

Et alors, je sus quel genre de magie ce sorcier possédait.

Je sus qui il pouvait être.

Il avait l'air, comme moi. Et il était fort. Bien plus fort qu'il n'aurait dû l'être dans l'air, étant donné que sa magie noire entraînait la nécromancie, et non l'air lui-même.

— Oh, chérie, tu es tellement naïve !

— Qui es-tu ? demandai-je, comprenant progressivement avec effroi, tout en essayant de reprendre mon souffle.

L'homme se contenta de sourire, et remonta légèrement ses manches. Le pentagramme sur son avant-bras reflétait celui d'Ash, et je déglutis en regardant les runes gravées sur ses bras qui, je le savais, remontaient jusqu'à son torse. Il les dissimulait probablement quand il était en public, mais je savais ce que c'était. Des runes de nécromancien qui le menaient du côté des ténèbres, qui lui conféraient son pouvoir.

Mais c'était cette mâchoire, ces pommettes, ces yeux. Parce qu'ils ne venaient pas des ténèbres, je les connaissais.

C'étaient les yeux de mon père.

— Qui es-tu ? répétai-je d'une voix presque rauque.

— Oh, chérie ! Tu en mets, du temps ! Ton cher papa ne t'a jamais parlé de moi ?

— C'est ça, crachai-je, mon monde s'écroulant autour de moi alors que ses mots s'ancraient en moi.

— Tout va bien. Tout va vraiment bien. Ton père était un enfoiré, tout comme moi, n'est-ce pas ? Il m'a eu bien avant de rencontrer ta très chère mère. Mais il n'est jamais revenu pour moi. Donc, tu vois, tu n'es pas la dernière des Ravenwood, ma chère sœur. Je suis plus âgé. Je suis l'héritier légitime du pouvoir de Ravenwood. Je devrais être le chef du cercle et le détenteur du cœur de cette ville. Et parce que tu ne sembles pas être en mesure de le faire toi-même, je vais devoir faire ce qui a toujours été mon droit. Je vais le prendre.

— Tu te fais des illusions si tu penses que c'est la vérité. Rien de ce que tu as dit n'est vrai.

— Regarde au fond de ton cœur, ma chère sœur. Ressens ma magie. Tu sais que nous sommes liés. Et tu n'es pas la dernière des Ravenwood. Tout ce que tu pensais vrai était un mensonge. Mais qu'aurais-tu pu vouloir ? Tu n'es rien. Et tu vas mourir ici un jour, comme tu l'as toujours pensé. Seule, à te vider de ton sang, à te demander si c'était le moment où tu aurais pu tout changer. Où tu aurais pu te ranger à mes côtés et régner en tant que ma sœur, les Ravenwood de la ville, qui détiennent le pouvoir de contrôler la magie de ce monde.

Je n'arrivais pas à croire ce qu'il disait. Il mentait forcément. C'*était* un menteur. Seulement, cette fois, j'avais peur que ce ne soit pas le cas.

— Va te faire voir !

Oriel sourit alors même que j'essayais d'encaisser ce qu'il me disait. Cela n'avait aucun sens. Impossible. Ce n'était pas vrai. Et pourtant, je sentais que ça l'était, et j'avais envie de vomir.

C'était mon frère ? Le fils de mon père. Il n'avait pas dû le savoir. Il n'avait pas pu savoir. Et pourtant, je connaissais ces yeux. Je connaissais cette magie. Je la goûtais.

C'était pour cela qu'il avait pu entrer si facilement dans la ville, qu'il pouvait tordre la trame des protections et qu'il pouvait se trouver sur ma propriété.

Parce qu'il était notre sang.

J'avais lié les protections et la sécurité de cette ville à mon sang parce que j'étais la dernière des Ravenwood.

Et cette erreur allait nous coûter très cher.

— Tu es tellement mignonne, mais tu vas mourir bientôt. Pas aujourd'hui. Je n'en ai pas encore fini avec toi. Mais bientôt.

Je poussai toute ma magie du mieux que je pouvais, invoquant le pouvoir de Ravenwood même, creusant dans le cœur, chose que je faisais rarement parce que c'était douloureux et que cela emportait une partie de moi. Et j'expulsai ma magie aérienne, coupant chacun des revenants en deux. Oriel rejeta la tête en arrière et rit une fois encore avant de se transformer en un loup sombre aux yeux noir et rouge.

Le loup que Sage avait vu quand elle était arrivée en ville.

C'était réel.

Je hurlai quand le loup bondit, enfonçant ses crocs dans mon épaule, et alors qu'il déchirait ma chair, je poussai ma magie de l'air, repoussant Oriel, et il s'enfuit d'un bond, fuyant dans la brume et dans la forêt. Je tombai, les jambes coupées.

Je haletai alors que le sang chaud s'infiltrait dans mes vêtements, et je m'étendis sur les cadavres des revenants qui ne bougeaient plus.

Alors que le feu de mon sang, de ma vie se répandait dans le sol, je fis appel à mon cercle une fois encore.

Mais une fois encore, il ne vint pas.

CINQ

ASH

Quelque chose tiraillait l'intérieur de ma poitrine, et je frottai la brûlure, me demandant ce que cela pouvait bien être. Je fronçai les sourcils, car mes pieds se mirent à bouger avant même que je me rende compte que je courais. Je sortis en claquant la porte d'entrée, sautant presque du patio couvert, et galopai à travers la forêt derrière les maisons et les commerces de la rue principale. Je ne voulais pas avoir à subir des regards interrogateurs ou que quelqu'un m'arrête pour me demander où j'allais. Les autres me craignaient parce qu'ils savaient ce que j'avais perdu et avaient peur que je sois à un pas de devenir Oriel. Je ne pouvais pas me concentrer sur leurs désirs ou ce qu'ils voulaient. Ou sur la personne qu'ils pensaient que j'étais. Je ne pouvais me concentrer que sur la douleur que je ressentais. C'était comme si une source inconnue tirait sur le lien lui-même, pourtant je n'*avais* pas de lien. Il était brisé depuis longtemps, mais l'écho de ce qu'il avait été autrefois hurlait à l'agonie, alors je courus.

Je poussai plus fort sur mes jambes, en appelant à ma magie. Les vrilles de ce que j'étais en tant que sorcier et de la magie que je pouvais détenir en tant qu'homme plongèrent dans la terre elle-même, se déployant en éventail pour trouver ma destination, et pourtant, je savais. Je savais ce qui m'appelait.

Qui m'appelait.

Je franchis la ligne des arbres et je faillis m'effondrer en la voyant là. Les corps gisaient en morceaux, en tas, cependant, ce furent ses cheveux noirs que je vis en premier, le sang qui couvrait son cou, ses épaules, ses bras, le fait qu'elle était étendue sur un revenant mort.

Je jurai à mi-voix et courus, tombant à ses côtés alors que je l'arrachais doucement du cadavre et la tenais contre moi. Elle ouvrit les yeux, et sa bouche s'entrouvrit, le gris de son regard teinté de choc, de peur et d'incertitude. Sa peau était moite au toucher, et je passai mes mains le long de son corps pour vérifier qu'elle n'avait pas d'os cassés. Je faillis m'effondrer de soulagement en constatant qu'elle ne présentait que quelques coupures et contusions à l'extérieur, mais je ne savais pas ce qui avait pu lui arriver à l'intérieur.

Comment pouvais-je la lire si facilement après tant d'années d'absence ? C'était comme des souvenirs d'un passé lointain, et pourtant je savais que c'était le présent, et qu'elle était blessée.

— Ash, chuchota-t-elle, du sang sur les lèvres.

Je jurai encore et la soulevai contre moi, conscient qu'elle était couverte d'un sang qui n'était pas le sien. Et pourtant, il y avait bien trop de choses qui lui appartenaient.

— Je te tiens, chuchotai-je, même si l'engourdissement reprenait sa place dans ma poitrine, perdant toute trace de notre lien.

— Le cercle. Elles ne sont pas venues.

Je fronçai les sourcils à cette idée, comme si quelque chose clochait. Jamais Laurel et Sage n'auraient laissé Rowen en danger et sans protection, à moins d'avoir été retenues.

— Que s'est-il passé ?

— Pourquoi ne sont-elles pas venues ?

Je déposai Rowen sur l'îlot de la cuisine, sachant qu'elle aurait détesté que je mette du sang sur son canapé. Elle allait probablement être contrariée que je l'aie installée là de toute façon. Je m'en fichais.

— Rowen. Parle-moi. Que s'est-il passé ?

Je pris son visage dans mes mains et croisai son regard. Elle cligna des yeux comme si elle sortait d'une sorte d'hébétude, et déglutit difficilement.

— C'était Oriel. Il était ici.

Ma peau se couvrit de rage, et je laissai une fureur froide me consumer.

— Il était ici ? C'est lui qui t'a fait ça ?

— Il a envoyé les revenants.

Elle déglutit encore alors que je sortais la trousse de premiers secours. Cette trousse lui était propre, comme dans la plupart des maisons de sorcières, car elle contenait des herbes et des cataplasmes mélangés à des bandages et autres médicaments occidentaux.

Je fis de mon mieux pour ne pas me laisser contrôler par ma colère. Je n'étais peut-être pas capable de faire de bons ou de mauvais choix, mais je pouvais quand même haïr. Je pouvais quand même avoir envie d'arracher la tête de quelqu'un qui osait porter la main sur elle.

— J'ai vu les revenants. C'est toi qui as fait tout ça ? Les éliminer, je veux dire ?

Elle grimaça, et ses doigts frôlèrent le bord de la marque de morsure. *Une foutue marque de morsure.*

— J'ai tiré sur le cœur de la ville, Ash.

Je jurai à mi-voix, prenant un instant pour réfléchir aux soins dont elle avait besoin.

— C'était douloureux ? Tu vas bien ? Merde, Rowen, tu sais que tu n'es pas censée faire ça ! Nous ne maîtrisons pas les ramifications ni les conséquences de l'utilisation d'une magie que nous ne comprenons pas, et qui est bien plus vaste que le cercle lui-même.

Je prononçais ces mots, et pourtant je n'arrivais pas à m'en soucier vraiment. Il n'y avait rien en moi, juste de la colère et du silence, et pourtant, je ne détestais pas cette situation. Parce que rien en moi ne m'autorisait à le faire.

— Je devais le faire. C'était le seul moyen sans le cercle.

— Et Oriel était ici ? Je suppose que c'est lui, la morsure ? Il s'est transformé en loup ? demandai-je avec ironie.

Ses yeux s'écarquillèrent.

— Comment le sais-tu ?

L'incertitude et la peur dans son ton auraient dû me transpercer, mais ce ne fut pas le cas. C'était impossible.

— Nous avons toujours pensé que si Oriel était un véritable nécromancien, avec le pouvoir qu'il avait, il avait la capacité de se transformer.

Elle plissa les yeux en me regardant.

— Nous pensions que c'était possible, pas une fatalité. Pourtant, c'est un loup. Le loup que Sage a vu.

Je hochai la tête en nettoyant la plaie.

— La bonne nouvelle, c'est que tu ne peux pas être changée en métamorphe.

— Je n'apprécie pas ce ton, lâcha-t-elle sèchement.

— Je n'apprécie pas d'être forcé à venir ici par un lien qui n'existe pas.

Elle se figea, et j'aurais pu me frapper pour l'avoir évoqué.

— Tu m'as sentie. C'est pour ça que tu es là ?

Je soupirai et pansai la blessure après avoir ajouté une partie de son sort.

— Oui. Quelque chose m'a tiraillé. Apparemment, le fait de rester dans la ville aussi longtemps a permis à la magie de s'infiltrer dans mes pores. Bien plus que d'habitude. Je ne sais pas si ça me convient.

Elle me regarda alors, les lèvres pincées.

— Dis-le. Dis-le simplement.

— Que veux-tu que je dise ? Merci ? De m'avoir sauvé la vie, je suppose. Comme tu peux le constater, je me suis bien débrouillée toute seule. Oriel est parti, pour l'instant. Et je dois parler au cercle.

Je ne pus réfréner un rictus.

— Et pas à moi ? Comme c'est gentil ! Et oui, tu devrais me dire merci. Après tout, je suis en train de nettoyer tes blessures.

— Et de laisser un désordre sanglant dans ma cuisine. Tu sais que j'ai un atelier pour ça.

Je fronçai les sourcils.

— En fait, non. Tu l'as ajouté après mon déménagement ?

Elle me regarda comme si je l'avais giflée. Je retins un autre soupir.

— Je te présente mes excuses.

Elle secoua la tête et leva la main, son visage reprenant un peu plus de couleurs qu'auparavant. Bien sûr, comme elle avait eu l'air d'un foutu cadavre au milieu des revenants, ça ne voulait pas dire grand-chose.

— Non, j'ai mal, et je suis grognon. J'aurais bien besoin d'un verre.

— Je peux faire ça. Vin ou whisky ?

Elle me fixa un moment avant de détourner le regard, la douleur au bord de ses yeux me chagrinant plus que je ne voulais bien l'admettre.

— Prends le whisky. Je veux bien un coup de fouet, même si je n'aime pas ça.

— C'est toujours au même endroit ?

Elle hocha la tête, et j'allai au meuble à alcool pour verser à chacun de nous deux doigts du liquide ambré. Je lui tendis son verre, trinquai avec le mien et le descendis d'une traite. Une brûlure ardente dévala ma gorge, je reposai le verre de cristal sur le comptoir à côté d'elle et secouai la tête.

— D'autres blessures dont je dois m'inquiéter ?

— Tu as guéri celles de mon cou et de mes bras. Je devrais aller bien. Je demanderai au cercle de m'aider à guérir complètement plus tard.

— Encore une fois, pas à moi.

Ma mâchoire se contracta.

— Tu ne fais pas partie du cercle. Tu le sais, Ash.

— Bien sûr que si ! J'en ai toujours fait partie. Ça avait toujours été un problème, même si nous n'en avions jamais discuté.

La porte s'ouvrit à ce moment-là et ma sœur fut là, ses cheveux roux flamboyants flottant autour d'elle comme si elle avait elle-même tiré le vent, même si ce n'était pas son élément. Je fus surpris de ne pas voir une traînée de feu derrière elle.

— Nous avons vu les revenants. Pourquoi ne nous as-tu pas appelées ? demanda Laurel en entrant, Sage sur ses pas.

La petite sorcière secoua la tête en regardant ma sœur.

— Laurel. Ne crie pas après elle ! Oh, mon Dieu ! Tu es blessée.

Les deux femmes s'avancèrent à côté de Rowen, lui prenant les mains, et je m'écartai du chemin, sachant que je n'étais plus désiré.

— Que s'est-il passé ? demanda Rome avec un regard dur en regardant les femmes avant de poser les yeux sur moi.

— Elle devra vous le dire elle-même. Il est intéressant, cependant, qu'aucun d'entre vous n'ait senti son appel jusqu'à maintenant. Fascinant.

— Je dirais qu'il est intéressant que tu sois ici alors que je sais pertinemment que tu étais chez toi jusqu'à récemment. Vu que nous venons juste de parler, dit Jaxton, et je haussai les épaules.

— Encore une fois. Parle-lui.

— Je vois que c'est l'heure de l'apéro, dit Laurel après un moment, son regard passant entre nous, avant de hocher la tête fermement et de sortir quatre autres verres. Je vais avoir besoin d'un verre pour ça ?

Rowen passa une main dans ses cheveux noirs.

— Oui. Je crois qu'il m'en faut encore.

— Non, pas avec tes blessures. Tu ne vas pas guérir complètement si tu es ivre, grognai-je, sans réaliser que je prononçais ces mots avant de les entendre de ma bouche.

Qu'est-ce qui n'allait pas chez moi ? Je n'avais pas réagi comme ça depuis des années, et pourtant, j'étais là, à m'emporter alors que je n'aurais même pas dû m'en soucier.

— Je sais ce que je dois faire de mon propre corps, merci beaucoup, gronda à son tour Rowen.

— Je ne veux pas me mêler de ça, mais je suis d'accord avec Ash sur ce point, à l'exception de tous les grognements, ajouta Sage en grimaçant. Je suis désolée. Tu es en train de guérir. Manifestement, tu es blessée, même si Ash semble avoir fait du bon boulot pour s'occuper de tes plaies. Pourquoi ne pas t'installer sur le canapé avec une couverture et un thé chaud ?

— Et peut-être que nous ajouterons du whisky au thé si tu es sage, renchérit Laurel alors que Sage levait les yeux au ciel.

— Bien. Très bien.

Sage laissa échapper un petit grognement qui fit tressaillir mes lèvres avant que nous nous dirigions tous vers le salon.

Enfin installée, Rowen soupira.

— Vous ne m'avez pas entendue vous appeler ?

— Jusqu'à présent, nous ne savions pas que quelque chose clochait, répondit Laurel. Pourquoi ne pas commencer par le début ?

Je m'appuyai sur le mur en face des autres, légèrement à l'écart. La maison de Rowen était différente de ce qu'elle était lorsque nous étions plus jeunes. Même si j'étais entré ici depuis mon retour, en particulier cette nuit où nous avions discuté de mon âme et de ce qui devait être fait, je n'avais pas encore vraiment pris conscience de tout cela.

Il y avait des antiquités partout, et une grande partie de la disposition, des moulures et des cheminées provenait de la maison d'origine, ou du moins d'une modernisation datant de cent ans, mais Rowen avait ajouté sa propre touche. Elle avait installé des plantes partout, ainsi que de petites touches de pots en cuivre et des décorations noires et grises. Elle lui ressemblait, ou du moins à celle que j'avais connue autrefois. Elle avait toujours voulu faire du jardinage, elle s'était beaucoup investie dans cette partie de sa maison. Cependant, c'était quelque chose que nous avions l'habitude de faire ensemble, en raison de mon affinité pour la terre alors qu'elle n'avait que l'air.

J'avais aimé cette maison dès l'instant où j'y avais mis les pieds. À un moment donné, j'avais été jaloux que la maison de la famille Ravenwood soit toujours debout alors que celle des Christopher avait été incendiée avant ma naissance. Cependant, je ne pouvais pas être envieux d'un endroit où Rowen s'était épanouie.

Et maintenant, je ne pouvais pas l'être, parce qu'il fallait se soucier des autres pour ça. Et mon manque d'âme m'en empêchait, je ne cessais de me le répéter ces derniers temps.

— J'étais dans le jardin en train de désherber et de m'occuper d'autres choses quand les revenants sont arrivés.

— Combien ? interrogea Jaxton.

— Au moins une douzaine. Leurs corps sont toujours là.

Rowen laissa échapper un souffle, et Sage s'avança pour lui prendre doucement la main.

— Que s'est-il passé d'autre ? s'enquit Rome d'une voix grave.

Il se plaça en sentinelle derrière Sage et j'enviai presque la facilité avec laquelle la petite sorcière se collait à lui, comme si elle lui faisait confiance de tout son être. Rowen avait-elle déjà été comme ça ? Je n'étais pas sûr. Elle avait toujours été indépendante, une force et un pilier à cause de son devoir et de son nom. J'avais toujours été en périphérie de ça, même si je ne m'en étais rendu compte que quand j'étais parti.

— Ils étaient plus forts que les revenants que nous avons combattus tout à l'heure. Si forts, en fait, que même avec une pelle et ma magie aérienne, j'avais peur de ne pas être assez puissante. Je vous ai appelées, mais apparemment, vous ne pouviez pas m'entendre. Ils étaient organisés et compétents. Organisés au point de m'encercler et de ne plus bouger. Au lieu de ça, ils ont attendu qu'Oriel se montre.

Des alarmes se déclenchèrent, je m'avançai, incrédule face à ce que j'entendais.

— Quoi ?

— Tu m'as entendue. Ils se sont placés autour de moi et l'ont attendu. Je ne pouvais pas tous les combattre, et Oriel le savait. Il m'a envoyé des revenants forts avec un contrôle précis, puis il m'a acculée. Et il a dit...

Elle ne termina pas, et je m'avançai, me plaçant près de Rome.

— J'ai fini par le rencontrer. Je sais exactement à quoi il ressemble, et maintenant, je sais pourquoi il a pu pénétrer nos protections.

Je déglutis avec difficulté et me penchai en avant, sans savoir si j'avais vraiment envie d'entendre la réponse. Mais je savais que j'en avais besoin. Que nous en avions tous besoin.

— Comment, Rowen ?

— Parce que c'est mon frère.

Ce fut comme si elle avait jeté une pierre dans un étang, l'effet de vague envoya des ondes de choc à travers nous tous. Je cillai, essayant d'accepter ce qu'elle venait de dire. Pourtant, cela ne semblait pas aussi farfelu ou dingue que ça aurait dû l'être. Non, les choses commencèrent à se mettre en place, et j'eus la nausée.

— Avant que ton père ne revienne en ville.

Rowen croisa mes yeux alors que les autres nous jetaient des regards curieux. Je connaissais ses secrets depuis que nous étions plus jeunes. Je connaissais une grande partie de l'histoire de Ravenwood parce que j'y avais vécu longtemps avant que la malédiction des Christopher ne se réalise.

C'était comme si le temps s'était arrêté et que nous étions à nouveau des adolescents, discutant de nos familles et de ce que nous pensions qu'il adviendrait par la suite. Quand nous imaginions à quoi pourraient ressembler les ténèbres.

Elle me regarda alors et pinça les lèvres.

— C'est mon demi-frère. Je ne sais pas si mon père l'a vraiment connu. Je ne pense pas. Mais il était là tout ce temps. Il a une affinité avec l'air, tout comme moi, et les runes gravées sur sa peau témoignent d'un pouvoir qui s'est construit au fil des ans. C'est un nécromancien, et c'est un Ravenwood. Plus vieux que moi de quelques années.

Je laissai échapper un nouveau juron.

— Ça ne fait pas de lui l'héritier. Tu le sais.

— Il est plus âgé. De droit, c'est à lui d'être *le* Ravenwood.

— Non, ce n'est pas comme ça que les choses fonctionnent, intervint Sage, et Rowen eut un rire sans joie.

— C'est ainsi que ça a toujours fonctionné dans le

passé. L'aîné des Ravenwood, celui qui avait le plus de pouvoir, c'est lui qui contrôlait le cercle.

Je secouai la tête.

— Et pourtant, c'est un nécromancien. Par conséquent, il ne peut pas détenir le titre ni le pouvoir de protéger la ville. Tu le sais.

Je n'avais jamais vu Rowen aussi perdue que maintenant. Si j'avais eu une âme, elle se serait brisée à cet instant.

— Vraiment ? Je ne suis pas assez puissante. Nous le savons. Nous savons ce que cette ville me fait subir. C'était comme ça même avant ton retour. Je n'étais pas capable de quitter les limites de la ville plus d'une heure sans m'affaiblir en même temps que les protections. Et oui, nous sommes plus forts ensemble, mais aurions-nous été plus forts avec lui ici ?

— Arrête ça ! m'écriai-je, et elle croisa mon regard ; l'air entre nous grésilla de sa magie.

— Ne me dis pas ce que je dois faire, Ash. Tu as perdu ce droit. Non, en fait, tu ne l'as jamais eu.

Un grognement m'échappa avant que je puisse le retenir et je n'étais pas certain d'en avoir envie.

— Tu peux bien me lancer tes piques, mais tu sais que tu es simplement effrayée.

— Arrête ça ! répéta-t-elle.

— Non. Oui, c'est choquant de savoir que ton père a eu un bâtard, et pourtant, c'est arrivé. Ce n'est pas parce qu'Oriel possède une magie similaire qu'il est *le* Ravenwood. C'est impossible. Il n'a pas été formé aux arts comme tu l'as été. Il n'a pas renoncé à autant de choses pour protéger cette ville. Je n'ai pas d'âme, Rowen, et pourtant je comprends les sacrifices que tu as faits pour cette maudite bourgade. Peut-être que si les choses avaient été différentes, il aurait pu être à tes côtés, mais il n'aurait jamais été *le* Ravenwood. Il veut corrompre. Il veut le pouvoir. Nous le savons. Nous l'avons entendu de la bouche de ses subalternes, et maintenant, il s'est montré ici pour te le prouver. Nous pouvons nous défendre. Tu ne comprends donc pas ?

— Il a accès à tout ce que j'ai. J'ai été si naïve de me servir de mon propre sang pour ériger les protections, avec le cœur, avec tout ! Je me suis servie du pouvoir de Ravenwood pour nous protéger, et maintenant, ça va nous détruire.

— Alors, sers-toi du pouvoir du cercle. De la magie elle-même. Sers-toi des Christopher et des Prince. Utilise-les tous. Pas seulement Ravenwood. Cette ville porte peut-être ton nom, mais tu ne portes pas seule la responsabilité de la protéger.

Je n'avais jamais compris le besoin qu'avait Rowen de faire ça seule et pourtant, je savais qu'elle ne m'écouterait jamais. Pas après tout ce que je lui avais fait dans le passé.

— Je suis d'accord avec Ash, lança Laurel, et Rowen lui jeta un regard prouvant qu'elle se sentait trahie. Quoi ? Je suis enfin assez forte, et Sage aussi. Nous sommes là. Pour te protéger.

Alors, je m'avançai, mais sans la toucher. Elle n'aurait plus voulu que je m'approche.

— Tu ne le vois donc pas ? Nous sommes là les uns

pour les autres. Dis-nous comment nous pouvons aider, merde ! Je connais aussi les sorts. J'ai accès au même grimoire. Nous protégerons cette ville, et nous nous assurerons qu'Oriel ne puisse pas accéder au pouvoir. Qu'il ne puisse plus faire de mal à aucun d'entre nous.

— C'est mon frère, chuchota-t-elle, et si j'avais pu ressentir les bonnes émotions, je me serais brisé de la voir ainsi.

Au lieu de cela, ses paroles me firent plisser les yeux.

— Il est ton frère de sang, mais il est parti tellement loin qu'il n'est pas celui que tu crois qu'il aurait pu être.

— Tu es en train de dire qu'il est une cause perdue ? murmura Rowen en croisant mon regard, et je sus que nous n'étions plus en train de parler d'Oriel.

— Il était une cause perdue à partir du moment où il a franchi ce pas. Nous le savons tous les deux.

— Nous avons besoin du cercle, intervint Sage, et je savais qu'elle essayait de briser la tension entre nous, mais ça ne marcherait jamais.

C'était le problème.

— Oui, le *cercle*, dis-je sèchement.

— *Tous* les membres du cercle, ajouta Laurel.

Rowen plissa les yeux.

— Tu sais que ce sont les trois. C'était la prophétie.

Je fis un grand geste des mains et grognai.

— Bien. Vous trois formez le cercle, je comprends bien, mais qu'en est-il de la terre ? Qu'en est-il du quatrième élément ? Tu ne comprends pas ? Ça a toujours été l'air, l'eau et le feu. Mais la terre ? La terre, c'est la base pour que vous puissiez vous épanouir. Et jusqu'à ce que tu intègres ça, Ravenwood pourrait tomber. Peu importe que ton frère ou je ne sais qui vienne ici avec sa magie noire pour essayer de s'emparer de la ville. Tant que vous n'utiliserez pas ce qui est à votre disposition, vous échouerez. Et c'est ton problème, Rowen. Tu portes le poids du monde sur tes épaules, et pourtant, c'est toi qui t'imposes ce fardeau. Personne d'autre.

Et sur ces mots, je partis, les laissant derrière moi, avec une colère familière au fond des tripes.

M'éloigner était ce que je faisais de mieux, et il était temps que je m'en souvienne.

CHAPITRE

SIX

ORIEL

Les pattes d'Oriel glissèrent dans la terre avant qu'il n'étire son dos et ne reprenne sa forme humaine. Il tira sur les manches de sa chemise et sourit. L'après-midi avait été *très* productif. Son plan se mettait en place presque trop facilement, maintenant.

Renee était assise dans une chaise en acier sur le porche et lui sourit, bien que ce sourire n'atteigne pas ses yeux. Il ne savait même pas si ç'avait été le cas avant qu'elle perde William, et il s'en fichait. Tout ce qui comptait, c'était que Renee soit en vie, et qu'il puisse se servir de sa magie et de son chagrin pour se venger du cercle. Plus elle était en colère, plus Ravenwood tomberait vite. Bien sûr, elle serait le pion dont il avait besoin pour le sort final, mais elle ne le savait pas.

— Comment va-t-elle ? demanda Renee d'une voix rauque.

Les cordes vocales de la sorcière du feu avaient été

brûlées par cette garce de phénix. Oriel avait fait de son mieux.

— La première étape a commencé. Ils vont se détruire de l'intérieur, ce secret qui leur a été caché si longtemps est maintenant dévoilé au grand jour.

— Et je pourrai avoir son scalp ? demanda Renee, et il rit d'une demande si perverse.

— Bien sûr. Tu auras ton petit phénix et son petit oiseau. J'aurai la ville et ma sœur. Nous devons nous assurer que celui qui n'a pas d'âme reste.

— Un peu comme toi ? demanda Renee.

Oriel haussa un sourcil.

— Un peu comme moi. Comme tu peux le constater, j'ai le pouvoir du monde entre mes mains grâce à ce que je suis et à l'âme qui m'a été enlevée. Lorsque l'autre sans-âme comprendra de quel côté il devrait se trouver, nous serons enfin prêts pour l'étape suivante.

— Bien. Parce qu'il est temps, j'en ai assez d'attendre.

— Il sera temps quand je le dirai. Rappelle-toi qui est le chef, ici.

Renee laissa échapper un grognement avant de se lever et de boiter pour rentrer dans la maison.

Faible. Elle était faible. Mais Oriel avait besoin d'elle. Faith n'était plus là, la seule personne à qui il ait pu vraiment faire confiance, en tout cas dans la limite de la confiance qu'il était capable d'accorder. Cependant, elle disparue, Oriel avait besoin de Renee. Au moins le temps qu'il lui faudrait pour attirer le sans-âme de son côté. Ensemble, Ash et Oriel allaient détruire Ravenwood. C'était la prophétie, après tout.

Oriel fit rouler ses épaules en arrière et entra dans la maison, les sons des cris s'interrompant brusquement. Il se dit que Renée en avait fini avec son petit animal de compagnie, la panthère solitaire qui avait essayé de venir chercher de l'aide à Ravenwood.

Cette pauvre ville ne se rendait même pas compte que les métamorphes qui espéraient y trouver refuge n'arrivaient pas à franchir les protections. Rowen tenterait de changer ces protections pour empêcher les Ravenwood d'y pénétrer comme il l'avait déjà fait, mais elle n'était pas aussi forte que lui. Une fois qu'elle l'aurait compris, la prochaine étape se poursuivrait.

Et enfin, Oriel aurait Ravenwood. Il aurait son pouvoir.

Et il aurait le monde.

CHAPITRE
SEPT
ROWEN

— La magie répare pendant que les bougies brûlent, la maladie prend fin et la santé revient. Que personne ne souffre, nous le décrétons. C'est notre volonté, qu'il en soit ainsi !

La magie grésilla le long de mes bras et de ma colonne vertébrale, et je respirai lentement, laissant le reste du sort faire son travail.

Le cordon qui me reliait à cette protection particulière palpita un peu, comme s'il n'était pas sûr d'être assez fort, mais je savais qu'il devait l'être. Il n'existait pas d'autre option. Alors, je laissai entrer la magie et sortir l'inquiétude et le doute.

— Ça a grésillé, dit Laurel avec un léger rire, et je tournai les yeux vers ma meilleure amie, qui roulait ses épaules en arrière, puis secouait ses mains.

— Nous sommes de plus en plus fortes.

Sage sourit doucement et tira ensuite ses cheveux en arrière, les tressant lâchés sur une épaule.

— Je veux dire que j'ai l'impression de devenir plus forte, donc j'espère que je contribue à renforcer davantage les protections.

Je hochai la tête et regardai mon petit jardin, faisant de mon mieux pour ne pas paniquer. Ou au moins ne pas montrer aux autres que je paniquais.

Parce que les protections ne devenaient pas plus puissantes, mais *nous* étions plus fortes. Notre cercle et la magie dans nos veines se développaient à pas de géant. Pourtant, quelque chose clochait. Et je savais ce que c'était.

J'avais relié les protections à mon sang parce que j'étais la fille de la fille de la fille des Ravenwood.

J'avais donné mon sang à la ville, pensant que j'étais la dernière. Je m'étais montrée très naïve, pourtant, je ne pouvais rien faire. Parce que notre cercle de trois ne serait pas assez fort. Pas alors qu'Oriel avait un accès indirect à tout ce qui concernait le cœur de la ville et ses protections.

— C'est quoi, ce regard ? me demanda Laurel en se plaçant devant moi, me tirant de mes pensées.

— Rien.

— Non, tu n'as pas le droit de mentir. Nous ne nous mentons pas les unes aux autres. Donc tu vas me dire ce qui ne va pas.

Elle scruta mon visage, puis sa peau pâlit terriblement.

— Ça ne marche pas, chuchota-t-elle, sa voix dépassant à peine un murmure.

— Mais si, niai-je.

— Non. C'est faux. Ça ne fonctionne pas. Certes, nous sommes plus puissantes, et oui, Sage et moi mettons davantage de nous dans les protections, mais nous passons à côté de quelque chose d'important. C'est obligé.

Je secouai la tête alors que ma magie s'estompait.

— Non. Ce n'est pas ça.

— Ne nous mens pas, intervint Sage. Mentir ne pourra que nous porter préjudice. Parle-nous.

Je croisai les regards de mes compagnes du cercle, plaquai mes mains sur mon visage et hurlai.

— Eh bien, ça, c'est une nouveauté ! marmonna Laurel en s'avançant pour écarter mes mains de mon visage. Parle-nous.

— J'ai fait une erreur. J'ai tout fait de travers. Tu ne comprends pas ? Oriel peut traverser nos protections comme un couteau plonge dans du beurre. C'est pour ça qu'il a pu envoyer les revenants comme il l'a fait. Comme ça qu'il a pu faire franchir les protections à Faith. Et comme ça qu'elle a pu atteindre non seulement Penelope, mais aussi Trace. Même Alden. Elle s'est servie de son esprit et de ses insécurités qu'elle a manipulés pour qu'il trahisse ses frères. Il a fait tout ça. Parce qu'Oriel avait la capacité de franchir nos protections sans que nous nous en rendions compte. Parce que je me croyais seule. Et que j'avais tort.

Une Sage en larmes s'avança pour essuyer mon visage.

— Tu n'es pas responsable pour la mort de Trace,

d'Alden ou de ma tante. Ne sois pas en colère après toi-même.

— Comment pourrais-je ne pas m'en vouloir alors qu'ils sont morts ? Ils sont partis. Et si je m'étais servie d'un autre sort, il n'aurait pas pu passer.

— N'importe quoi !

Je me retournai en entendant Laurel, les yeux écarquillés.

— Pardon ?

— Tu dis n'importe quoi ! Tu n'as rien fait de mal. Tu as contribué aux protections de Ravenwood. Tu as lié ton âme à cette ville pour protéger son pouvoir et ses habitants. Quand j'étais incapable de fournir plus d'énergie, et quand Sage n'était pas là à cause d'un sort qui la tenait à l'écart, le sort d'Oriel, devrais-je ajouter, tu as failli mourir pour cette ville. Et ce n'était pas Oriel qui drainait l'énergie. C'était la ville elle-même. Parce que nous n'étions pas un vrai cercle. Mais maintenant, nous le sommes. Donc nous allons trouver un foutu moyen de faire en sorte que ça marche.

— Si tu veux rejeter la faute sur quelqu'un, pourquoi pas sur moi ? Je n'étais pas là.

Sage me regardait, les dents serrées.

Je secouai la tête.

— Un sort t'a repoussée. Tu ne pouvais pas réaliser ton droit de naissance.

Sage ne recula pas.

— Alors, nous pourrions en vouloir à ma mère. Ou au sort qui a emporté ma mère. Ou peut-être que je n'étais pas assez forte au départ, et que c'est pour ça que je n'ai pas pu lutter contre la contrainte de rester en dehors de Ravenwood ni comprendre que la magie était réelle.

Je clignai des yeux.

— Sage, tu sais que ce n'est pas vrai. Pourquoi penses-tu une chose pareille ?

— Tu te reproches ce que tu penses être un échec et tu continues à culpabiliser d'avoir failli mourir à cause d'une malédiction dont tu n'es pas responsable. Nous serions tous stupides de nous rendre responsables de ces circonstances. Nous faisons ce que nous pouvons et essayons de sauver cette ville et les gens que nous aimons. Ne tourne pas ça en dérision en te blâmant toi-même.

— J'aime quand elle devient toute fougueuse comme ça. On dirait que c'est elle, le feu, et pas moi.

— L'eau peut noyer et éteindre ton feu, alors, fais attention.

Sage avait un air si distingué quand elle le dit que je ne pus m'empêcher de sourire.

Nous nous tînmes en cercle, toutes les trois, mon cercle de sorcières, mes sœurs, mon destin.

Je les aimais de tout mon être, et pourtant, j'avais peur de ne pas être assez forte.

— Nous devons faire un autre sort, dis-je au bout d'une minute. Pour renforcer nos défenses, pour mettre un sort de protection autour du cœur.

— Je sais, nous avons dit que nous le ferions. Nous allons le faire maintenant.

Laurel posa les yeux sur moi. Elle avait un regard inébranlable.

— Tu es notre sœur. Nous n'allons pas laisser Oriel empoisonner ton esprit. Il est peut-être de ton sang, mais pas de la famille. Il n'est rien d'autre qu'un petit con égoïste qui n'a pas eu ce qu'il voulait dans son enfance. Et même si une partie de moi le plaint parce qu'il n'a peut-être pas été aimé étant enfant, ça n'excuse pas ce qu'il a fait. Il a complètement basculé dans la magie noire. Il a souillé son âme et l'a probablement même arrachée complètement.

Ses yeux s'écarquillèrent alors que je déglutissais.

— Je ne pense pas qu'il ait une âme. Je pense qu'il a dépassé même les nécromanciens noirs et qu'il n'a même plus la partie souillée.

— Il n'est pas comme Ash, ajouta rapidement Sage, et je la regardai.

— De quoi tu parles ?

— Tu fais des comparaisons. Ou lui les fera. Il n'est pas comme Ash. Ash a été victime d'une malédiction qui lui a arraché son âme. Et nous allons trouver un moyen de la ramener.

Je ne leur dis pas qu'Ash et moi en avions déjà discuté, que nous savions que le seul moyen d'y arriver serait de procéder de la même manière que pour briser la malédiction pour Laurel.

Seulement, il n'existait pas de porte de sortie pour Ash. Il n'existait pas de lien entre frère et sœur et compagnon. Pas comme avec Laurel. Parce qu'Ash et moi avions vu notre lien brisé, il n'y avait pas de retour possible. J'avais peur que ramener son âme ne tue Ash. Et malgré tout, je n'étais pas capable de le faire.

Peut-être étais-je la plus faible.

— Qu'est-ce que tu ne dis pas ? chuchota Laurel.

Je secouai la tête.

— Nous devons faire le sort.

— Rowen, arrête de tout prendre sur toi et de dissimuler des choses. Parle-nous !

Je relevai le menton, ma peur rendant mes mots plus tranchants que je ne l'aurais voulu.

— Parle à ton frère. Je n'ai pas le courage pour le moment. D'accord ?

Elle croisa de nouveau mon regard, puis acquiesça :

— Très bien. Je te laisse tranquille. Pour l'instant. Mais je vais discuter avec Ash.

— C'est bien. Mais nous devons protéger le cœur.

— Et nous le ferons.

— *La magie répare pendant que les bougies brûlent, la maladie prend fin et la santé revient. Que personne ne souffre, nous le décrétons. Protégez ce qui nous appartient. Ce qui est juste. Faites briller la puissante magie. C'est notre volonté, qu'il en soit ainsi !*

Une vague de vertige s'abattit sur moi, et je titubai en arrière, mes pieds glissant dans la boue, et je tombai. Mes mains rencontrèrent la terre humide, le point culminant de nos éléments, et je déglutis fortement, claquant des dents.

Laurel et Sage furent à mes côtés en un instant, essayant toutes deux de me tenir, de me stabiliser, et je les repoussai. J'avais besoin d'air.

— Je vais bien. J'ai juste besoin d'un moment pour respirer.

— Tu ne vas pas bien. Je n'ai jamais vu un sort te frapper comme ça, chuchota Laurel, les yeux écarquillés par la peur.

Comme cette peur résonnait en moi, je ne lui en voulus pas à ce moment-là.

— J'appelle Rome, dit Sage en s'éloignant, sortant son téléphone de sa poche.

Je tendis la main vers elle pour lui dire de ne pas s'inquiéter, mais un seul regard à Laurel et je fis une moue pincée.

— Ne fais pas ça. Nous trois ici faisons de la magie grâce à ce que nous sommes ensemble. La seule raison pour laquelle ils n'étaient pas là au départ, c'est qu'ils devaient s'occuper de nettoyer les dégâts de la dernière attaque.

Je hochai la tête, je comprenais. Rome et Jaxton, bien qu'alpha et leader ailé de leurs métamorphes respectifs, étaient aussi les nettoyeurs de Ravenwood. Tout ce que la magie ne pouvait pas retenir ou dissimuler, ils le nettoyaient. Parfois, c'étaient des fenêtres cassées. Parfois, c'était un foyer brisé. Cela m'avait rendue malade de penser qu'à un moment donné, ils avaient dû aider à nettoyer des tombes à cause de ce qu'Oriel et sa clique avaient fait avec les revenants. Cependant, nous nous servions de la magie et d'un antique sort tiré d'un des grimoires de mes ancêtres pour protéger la terre et le terrain sur lesquels se trouvaient ces sépultures. Plus personne de Ravenwood ne pourrait être utilisé de cette manière, à moins que nous ne puissions les atteindre en premier.

Parfois, mes rêves étaient hantés par l'idée que quelqu'un autour de nous pourrait être tué et ensuite utilisé au profit d'Oriel. Parfois, Frank, notre vieil ami jaguar, boitait vers moi dans mes rêves, mi-métamorphe, mi-homme, laissant échapper un grognement inhumain et essayant de m'arracher la gorge. D'autres fois, c'étaient Esmeralda ou Esther, la vieille sorcière qui n'avait qu'une seule goutte de pouvoir. Elle ne pouvait rien faire d'autre que de ressentir qui elle était, et pourtant, elle n'hésitait pas à mettre sa vie en danger chaque jour pour protéger cette ville. Mais dans mes rêves, elle venait à moi, une ombre plutôt qu'un revenant. Son corps se décomposait, mais quelqu'un se servait de son âme et la tordait au profit de sa propre magie.

En réalité, Esther s'était servie de cette seule goutte de magie pour m'aider à fortifier les protections. Tout comme les sorcières de la ville, toute personne ayant un pouvoir héréditaire qui n'était même pas un pouvoir. Ces gens ne pouvaient pas faire partie du cercle, car cela les aurait tués. Le recours à leur magie leur aurait ôté toute force vitale. Ce n'était donc pas sans danger, mais chaque fois que j'avais besoin d'eux, ils étaient là pour moi. Ils formaient mon cercle spécial, et je me battrais et mourrais pour les protéger.

— Ils sont en route, dit Sage au bout d'un moment, et Laurel acquiesça.

— Bien, ça veut dire que je n'ai pas à les appeler, dit une voix familière et grave dans mon dos, et je me relevai.

Je détestais être couverte de boue, de sueur et d'épuisement.

Ash releva le menton et nous jeta un regard noir.

— Vous ne devriez pas faire de magie comme ça sans un observateur. Je vous ai dit que je serais votre base, et vous faites quand même ça ? Regardez-vous ! Regardez Rowen ! C'est en train de la vider, vous ne le voyez pas ?

— Ash ! lança sèchement Laurel.

Il tendit la main.

— Je n'ai pas besoin d'avoir une âme pour comprendre ce que ça lui fait. Chaque fois que vous vous servez de la magie pour protéger cette ville, ça assèche la vie en elle. Vous voyez les cernes sous ses yeux, le fait qu'elle n'est même plus capable de courir dans l'escalier comme elle le faisait. Elle se bat encore avec tout ce qu'elle a, mais que reste-t-il ? Nous devons faire quelque chose. Vous le savez.

Mon cœur se serra et je soufflai.

— Quoi ? Qu'y a-t-il à faire ?

— Sers-toi du sort, cracha-t-il.

— Quel sort ? demanda Sage à voix basse.

— Le sort pour ramener mon âme.

Laurel me poussa avec un regard assassin.

— Il y a un sort pour ramener mon frère ? cria-t-elle, la voix brisée. Et tu ne m'as rien dit ? Toi, entre tous, tu ne m'as rien dit ?

Je secouai la tête, les larmes menaçant de couler.

— Ça le tuera. C'est un sort pire encore que celui qui t'a ramenée.

— Et je suis revenue en tant que phénix.

— Et tu as tué Jaxton pour y parvenir, m'écriai-je avant de mettre ma main sur ma bouche, choquée d'avoir prononcé ces mots.

Laurel tituba en arrière comme si je l'avais frappée, et c'était peut-être le cas. Elle secoua la tête, les larmes coulant librement, maintenant.

— Tu as raison. J'ai tué la seule personne que j'aimais. Ensuite, je suis morte à mon tour. Mais le destin a trouvé un moyen. Le destin a forcément un moyen.

Son regard passa d'Ash à moi.

— Vous êtes des compagnons.

— *Non, c'est faux.*

Le fait que je le dise en même temps qu'Ash ne m'échappa pas, et une fois de plus, mon cœur se brisa en mille morceaux, la souffrance incessante étant presque un onguent rafraîchissant pour la douleur de mon âme. Au moins, c'était quelque chose de familier.

— Tu te mens à toi-même parce que tu souffres, et je le comprends. Mais s'il y a un sort pour ramener mon frère, alors, nous devons le faire.

— Tu dis ça comme si je n'étais pas là, marmonna Ash.

— Ne joue pas sur les mots avec moi, Ash. Tu n'es plus le Ash que tu étais autrefois, et bien que j'aime quand même ce Ash, je veux mon frère. Ravenwood a besoin de mon frère.

Elle fit une pause tandis qu'une nouvelle larme coulait.

— Rowen a besoin de toi, Ash.

— Ça suffit ! dis-je sèchement. Le sort va le tuer. Je

dois trouver autre chose, quelque chose de plus fort pour l'ancrer ici. Parce que ce n'est pas moi.

Je n'avais pas l'intention de dire la dernière partie, mais maintenant, les mots étaient sortis, et je n'avais aucun moyen de les retirer.

Je redoutais vraiment que le lien qui nous unissait, Ash et moi, le souvenir de ce lien que j'avais enfoui au plus profond de moi-même n'ait pas la force de l'attacher à ce monde. Pire, je savais que mon corps pourrait se briser sous le poids de ce lien et du lien avec la ville elle-même.

Je ne suffisais pas.

Même si j'avais consacré ma vie à ça.

— Alors, lisons le sort, intervint Sage, me sortant de mes pensées. Cacher ça et prétendre que ce n'est pas un souci ne rendra pas les choses plus faciles.

— Je sais. Je sais, dis-je avant de soupirer. Nous étions tellement préoccupés par tout le reste que je l'ai relégué au second plan.

— Merci pour ta confiance et ton aide, dit sèchement Ash, et je le fis taire d'un geste.

— Tais-toi ! Ferme-la !

— Tout ce que tu voudras, sorcière. Comme toujours.

Jaxton et Rome accoururent à ce moment-là, les yeux écarquillés en observant la scène. Nous étions dans un sale état, et comme je sentais la tension dans l'air, je savais que les métamorphes le pouvaient aussi.

Rome s'éclaircit la gorge.

— Je demanderais bien ce qu'on a manqué, mais j'ai un peu peur de le faire.

— Nous pouvons commencer par le fait que chaque fois que nous utilisons la magie ces jours-ci pour protéger cette ville, ça tue lentement Rowen. Encore une fois.

Sage releva le menton alors que j'expirais, les mains à nouveau moites.

— Je sais que nous pouvons protéger les gens en les évacuant ou en faisant autre chose, mais ce n'est pas tout, n'est-ce pas ? demanda Sage, et je secouai la tête.

— Effectivement. Parce que Ravenwood se trouve au-dessus du cœur de la magie. C'est la magie du cercle qui est à l'origine de son développement, cette puissance et cette impulsion de magie brute qui n'a pas été pratiquée et qui est inconnue. À chaque génération qui passe, davantage de magie provenant de métamorphes, de faë et de sorcières s'est mélangée à ce pouvoir. Il n'est pas instable. Il ne détruira pas la terre s'il n'est pas contrôlé. Ce n'est pas ça.

— Mais ce sont ceux qui détiennent le pouvoir qui le creusent. Ce sont eux qui seront corrompus, ajouta Ash.

— Peut-être. Ou peut-être que le cœur explosera, tout simplement, et qu'il ne se passera rien. Peut-être qu'il se dissipera dans le monde entier, la magie reprenant le dessus comme elle le devrait en raison de la loi de la thermodynamique, mais nous ne savons pas. Et le fait que nous ne soyons pas fixés signifie que nous devons l'éviter à tout prix. C'est mon devoir en tant que dernière Ravenwood.

Je balbutiai les mots et fronçai les sourcils.

— Ou c'était mon devoir en tant que fille de mon

père. Je suppose que je ne suis plus la dernière Ravenwood.

— C'est de la sémantique, intervint Ash. Mais tu as besoin du cercle des trois avec ton ancre. Et je ne parle pas du tatouage gravé sur ta peau, dit-il en relevant le menton. Il faut qu'on récupère mon âme, et même si la plus grande partie de moi ne comprend pas pourquoi, l'infime partie de moi qui hurle est plus bruyante que jamais.

Je fronçai les sourcils, confuse. Jamais Ash ne m'avait parlé comme ça avant, et je ne comprenais pas ce qu'il disait. D'après les expressions de tous les autres, eux non plus.

Il se contenta de secouer la tête sans développer.

—J'ai besoin de mon âme, et nous devons trouver cet Oriel et en finir une fois pour toutes. Ravenwood a besoin de nous, ou du moins il a besoin de toi. Alors, faisons en sorte que ça se produise.

Je le regardai alors, ainsi que mes amis, et lorsqu'une impulsion de magie frappa les protections, une simple petite brise, je titubai à nouveau, tombant, cette fois. Je savais qu'Ash me soutenait pendant que je tombais, mais je m'en fichais. Je laissai la magie s'estomper, et je sombrai.

Cette obscurité était bien plus paisible que celle qui tentait de nous assassiner.

Du moins, c'est ce que je racontai à mon subconscient.

Ensuite, je dormis.

CHAPITRE
HUIT

ASH

J e n'étais pas coupé de mes émotions. J'étais simplement coupé de tout le reste. C'était une chose que je me rappelais en permanence. Je n'étais pas un revenant. Je n'étais pas non plus une ombre. Mais j'étais le résultat de mon propre travail. Ou peut-être les conséquences de celui de mes ancêtres.

Calé sur ma chaise, je faisais tourbillonner le liquide ambré dans mon verre tout en regardant la maison que Laurel m'avait aidé à construire après mon départ. Une partie de moi n'avait pas voulu abandonner complètement Ravenwood, et je ne savais pas si c'était la nécessité de la prophétie ou une affaire inachevée. Ou peut-être qu'une petite partie de moi avait toujours voulu régner sur tous les endroits où j'étais. J'avais le penthouse à Manhattan, le manoir à Malibu. Un autre chalet de montagne à Aspen. Et une parcelle de terre dans le Tennessee, où je bâtissais un domaine. En plus de ceux-ci, je disposais de quelques endroits dans le monde où je pouvais me rendre facilement, même si j'avais passé la plupart de mon temps près de Ravenwood, près de Rowen. Je ne vivais pas dans l'un de ces endroits, ces derniers temps. Non, cette maison relativement plus petite par rapport aux autres que je possédais, même si elle était la plus grande de Ravenwood, était mon toit pour le moment.

Elle disposait d'un étage, ainsi que d'un grenier total et d'un sous-sol. C'était bien trop grand pour une seule personne, et Laurel levait les yeux au ciel chaque fois qu'elle en parlait. Quelques métamorphes de l'aile de Jaxton en étaient les gardiens et aidaient à la maintenir en état et propre. Ils me permettaient de chauffer les tuyaux pendant les hivers glacés et de les aérer pendant les printemps et les étés. Ils s'occupaient aussi du jardin, même si je savais que c'était en partie l'œuvre de Laurel. Elle avait beau être une sorcière du feu alors que j'étais de la terre, ma sœur avait toujours été douée avec les plantes. Peut-être pas autant que Rowen, mais toutes les sorcières avaient une affinité pour quelque chose.

Comme Sage avec sa pâtisserie. Elle infusait déjà une partie d'elle-même dans sa nourriture, une magie chaude qui venait de l'intérieur bien avant de réaliser qui elle était et d'où elle venait.

Même si la magie d'Oriel avait éloigné Sage de nous bien plus longtemps que nous ne l'aurions cru, elle ne pouvait pas la dissimuler pour toujours.

Je me demandais depuis combien de temps Oriel était au courant de l'existence de Sage. Après tout, la mère de celle-ci avait quitté Ravenwood à l'adolescence, et Oriel était plus jeune qu'elle. Peut-être que la prophétie elle-même avait apporté sa propre tournure à cette magie, et Oriel n'avait fait qu'ajouter de la substance à la malédiction.

Beaucoup de sorciers de Ravenwood quittaient la ville. Surtout quand ils comprenaient que leur magie ne serait jamais comme celle de Rowen. Ou même comme celle de Penelope. Penelope était une gentille sorcière avec un petit pouvoir, mais elle ne pouvait vraiment exploiter ce qu'elle avait en elle que pour les sorts que Rowen écrivait pour elle. Elle n'avait même pas d'affinité pure comme le reste d'entre nous.

Mais la tante de Sage avait donné sa vie pour protéger cette ville et sa nièce.

D'autres sorcières restaient, même si elles n'avaient pas de pouvoir. Bien qu'en réalité, étant parmi les seules d'entre nous à avoir parcouru le monde, les sorcières qui venaient s'installer à Ravenwood en possédaient bien plus que beaucoup de celles qui se réclamaient de cet art.

Je bus une gorgée de mon whisky, la brûlure ardente glissant dans ma gorge pendant que je me concentrais. J'avais besoin de parler à Rowen. Encore. Et pourtant, je n'arrivais pas à chasser de mon esprit l'image d'elle s'évanouissant dans mes bras. Je ne ressentais rien pour cette femme. Néanmoins, cette partie hurlante en moi ne pouvait s'empêcher de vouloir assurer sa sécurité. Si elle mourait, la ville mourait. C'était mon héritage. Et j'avais besoin de cette rationalisation pour vouloir qu'elle vive.

Un sort me briserait, et pourtant, n'étais-je pas déjà

brisé ? N'étais-je pas déjà des débris de ce verre qui s'était brisé bien avant que je ne tombe amoureux de Rowen ?

Parce que je savais que quelque chose allait arriver. Que la malédiction tomberait. Elle avait brisé quelque chose de ma famille chaque fois. Et s'était intensifiée à chaque génération. Le fait que j'avais failli perdre ma sœur en était un parfait exemple. L'homme qui avait une âme s'était avéré être un tel con égoïste qu'il avait laissé Rowen tomber amoureux de lui, sachant pertinemment que quelque chose pourrait l'achever rapidement. En quoi était-ce mieux qu'un homme sans âme ?

Et pourtant, je savais que pour parfaire la magie et faire en sorte que ma place dans le cercle soit à sa base et à sa force, j'avais besoin de mon âme. Ma magie était défectueuse sans elle. C'était de la simple science. Un raisonnement simple. Je n'avais pas besoin d'une âme pour ressentir. Je n'avais pas besoin d'une âme pour Rowen.

J'en avais besoin pour être le meilleur homme possible. À cause de la magie elle-même. Pas à cause de l'homme que je voyais dans le miroir ni de la femme qui ne voulait jamais me parler.

Mais il lui arrivait quelque chose, quelque chose au-delà des protections ou de son épuisement à combattre les revenants. Quelque chose qu'elle nous cachait. Et en tant qu'homme qui avait dissimulé trop de choses, qui s'épanouissait dans ces secrets, je le sentais. Et pourtant, je savais que ce n'était pas suffisant.

J'avais traversé Ravenwood par la force des choses,

sans me soucier de ceux que j'avais tailladés et malmenés en chemin.

Les seuls qui étaient restés debout étaient ceux que j'avais le plus blessés, et pourtant, ils étaient là, continuant à se battre pour Ravenwood. Je pouvais faire la même chose parce que j'étais assez fort. Âme ou pas, j'étais cet homme. Et les autres devaient le comprendre.

Ce n'était pas ma faute si l'une des ancêtres de Sage était tombée amoureuse de l'un des miens. Elle était tombée amoureuse d'un homme de ma lignée avec tant de force innocente que lorsqu'elle avait découvert qu'il ne l'aimait pas en retour, elle s'était brisée de chagrin, et le pouvoir s'était déchaîné sur la lignée des Christopher. C'était un geste inconscient, un geste qu'elle n'avait pas eu l'intention de faire. Et pourtant, les suites de cette chute avaient été catastrophiques pour ma famille. À chaque génération, le pouvoir de la malédiction envoyait un nombre croissant d'entre nous à la mort, et la magie se répandait de plus en plus dans nos veines au point de nous faire brûler. Ma sœur avait littéralement brûlé vive à cause de l'amour d'une jeune fille pour un homme.

J'avais perdu mon âme comme un sorcier noir, comme un nécromancien, parce qu'une jeune fille était tombée amoureuse.

Les Prince n'avaient pas perdu leur âme. Non, ils avaient vécu pour voir la malédiction évoluer. Pour regarder le cœur de la ville renforcer la malédiction parce que c'étaient eux qui l'avaient bâtie au départ.

Ils se servaient de la magie de leur cercle, de la magie de leur famille, la combinaient avec d'autres espèces et construisaient cette ville. Ils protégeaient, soignaient et créaient un pouvoir que personne ne pouvait contrôler. Un pouvoir que les autres convoitaient et exigeaient.

Et maintenant, nous étions la dernière défense, la dernière ligne.

Et il fallait que je retrouve mon âme, même si je n'avais que faire d'en avoir une.

Parce que je devais agir ainsi.

J'ingurgitai le reste de ma boisson, me préparant à ce que j'avais à faire, quand l'odeur épicée familière me parvint aux narines. Je me levai, posant le verre vide à côté de moi alors que Rowen entrait chez moi comme si l'endroit lui appartenait. J'avais verrouillé ma porte, bien sûr, j'avais employé mes propres protections pour empêcher les autres d'entrer, mais Rowen avait toujours été capable de se glisser à travers, tout comme je le faisais avec les siennes.

Parce qu'après tout, l'homme que j'avais été lui avait appartenu.

— Bonjour.

J'inclinai la tête en étudiant son visage, me demandant pourquoi elle était là. Et je me demandais pourquoi elle m'attirait, même si je savais que ce n'était que l'écho d'un lien qui avait existé.

— Tu es tellement en colère que j'entends tes cris d'ici.

Je ricanai, puis bougeai pour soulever mon verre.

— Boire seul alors que l'incendie fait rage, ça te fait ressembler à un enchanteur, plus que je l'aurais imaginé.

Mes lèvres tressaillirent.

— J'ai toujours détesté ce nom démodé pour les sorciers. Je suis un sorcier. Sans âme, mais un sorcier quand même. Enchanteur, c'est un pas de plus vers les ténèbres. Du moins, c'est ce que mon père avait l'habitude de dire.

J'attrapai le verre, puis la carafe, et me servis trois doigts de whisky. J'en emplis un autre, que je lui tendis.

Elle haussa un sourcil en voyant la quantité de liquide.

— Tu veux me saouler pour avoir cette conversation ?

Je ricanai, mais elle prit le verre quand même.

— Je n'ai pas besoin que tu sois ivre pour quoi que ce soit, Rowen. Tu as toujours su ce que tu voulais dire et ce que tu désirais dans la vie. Aucune quantité de boisson ou de magie qui coule dans tes veines ne changera ça.

Elle fit un léger sourire avant de secouer la tête et de descendre le whisky d'une traite.

Je grimaçai en voyant son expression et soupirai en buvant le reste du mien.

— Sache qu'on ne boit aussi vite que quand c'est de la piquette. Ça, c'est du bon. C'est le genre qu'on déguste.

— Eh bien, je n'ai jamais été douée pour le whisky, même si j'en ai chez moi ! Tu t'en souviens.

Je ricanai.

— Oh, que oui ! Que pouvaient bien faire deux jeunes de seize ans qui buvaient du whisky bon marché ?

Elle plissa les yeux.

— Je me souviens exactement de ce que nous avons fait cette nuit-là.

— La magie que nous avons produite était assez puissante.

Un sourire ironique se dessina sur ses lèvres.

— Peut-être que ça avait à voir avec le whisky.

Je secouai la tête et bus une nouvelle gorgée avant de reposer mon verre.

— Maintenant que j'y pense, tu devrais vraiment boire ?

— Pardon ? demanda-t-elle d'une voix si offensée que je souris.

— Tu as failli t'évanouir combien de fois aujourd'hui ? À moins que le mot « failli » soit de trop ? Tu es tombée dans mes bras. Tu t'es pâmée comme une femme de la Régence avec un corset trop serré. Celles qui ne pouvaient pas manger de toute la journée parce qu'elles devaient rentrer dans leur robe pour être remarquées par un prétendant. Rien qu'un peu de limonade fade et des petits gâteaux au goût de farine et de beurre.

— Tu as lu combien de romans d'amour Régence, Ash ? demanda-t-elle avant d'éclater de rire.

— Je voulais savoir ce que Laurel voyait en Jaxton. Ce que Sage voyait en Rome. Je voulais savoir ce que je ratais.

On aurait dit que je l'avais frappée, et elle reposa son verre vite.

— Tu es un bâtard, tu le sais ?

— Non, mes parents étaient mariés lorsque j'ai été conçu et que je suis né. Mais je suis un enfoiré. Tu le sais. J'étais déjà un enfoiré avant ce petit incident avec la malédiction des Christopher.

— Le petit incident. Eh bien, je suppose que c'est pour ça que je suis ici !

— Vas-tu enfin te considérer comme prête pour le sort ? Ce sort pour lequel je sais que tu es assez forte ?

— J'ai toujours été assez forte pour ça, Ash. Ça n'a jamais été le problème. Tu le sais.

— Alors, donne-moi ma putain d'âme ! crachai-je.

Elle écarquilla soudain les yeux, et je jurai à mi-voix.

— Je ne t'ai pas entendu aussi passionné depuis... disons un certain temps.

— Je n'ai pas eu l'air aussi passionné depuis quoi ? La dernière fois que je t'ai sautée ? Je me souviens, Rowen. Je me souviens de tout. Ce n'est pas parce qu'il y a un voile sur tout ça aujourd'hui qui fait que je ne comprends pas que ça efface les souvenirs. Je me souviens du goût que tu as, de ce que ça fait de t'avoir contre moi. Je me souviens de la façon dont tu rougis quand tu jouis. Je me souviens de tout.

— Va te faire voir ! grogna-t-elle.

— Je croyais qu'on parlait d'autre chose, mais je m'égare. On peut s'envoyer en l'air quand tu veux, Rowen. Ça permettrait peut-être d'alléger le choc. Ça aiderait à soulager cette tension. À l'évidence, l'alcool ne fait pas l'affaire. Peut-être que tu as simplement besoin d'un coup rapide.

J'aurais dû m'attendre à recevoir la gifle. Je la méritais.

Rowen recula, baissa les yeux sur sa main et se mit à trembler.

— Je ne sais pas pourquoi. Je sais que tu dis ces mots

pour me provoquer. Pour faire ressortir ma magie. Je sais que c'est parce que la personne que je connais est partie. Et pourtant, je n'ai jamais frappé un autre être humain autrement qu'en état de légitime défense. Sauf toi. Quel genre de monstre cela fait-il de moi ? C'est moi qui ai l'âme, et pourtant, je me déchaîne.

Je m'approchai d'elle sans réfléchir et pris son visage entre mes mains.

— Je suis celui qui fait ressortir le pire en toi. Je le sais. Et je ne sais pas pourquoi je réagis comme je le fais. Ça n'a aucun sens, tu ne comprends pas ? Je n'ai aucun lien avec ce monde, et pourtant je crie après toi, je te bouscule. J'ai besoin que tu sois là, et je ne comprends pas pourquoi. Pourquoi, Rowen ?

Elle était tout près de moi, j'avais les mains sur elle, et quand elle fit glisser ses paumes le long de mes bras, je la laissai m'éloigner.

—Je ne comprends pas, Ash.

— Moi non plus. Mais nous savons que pour assurer la sécurité de la ville, pour protéger le cœur de Raven-wood, j'ai besoin de mon âme.

— Et si tu survis d'une manière ou d'une autre, seras-tu capable d'affronter l'homme dans le miroir après tout ce que tu as fait ?

— Qu'ai-je fait ?

— Tu as menti, triché, volé, tu as fait tant de choses au nom du pouvoir... et tu as envie d'éprouver ce remords ?

Je relevai le menton, me rappelant mes actes au cours de la dernière décennie pour devenir l'homme au pouvoir. Les lois que j'avais enfreintes, les lignes que j'avais franchies. Mais il en restait que je n'avais jamais franchies. Et il fallait qu'elle le comprenne.

— Je n'ai jamais couché avec une personne qui ne voulait pas. Je n'ai jamais trompé personne parce que je n'ai jamais été avec quelqu'un de cette façon. Je n'ai jamais été cette personne horrible que tu crois que je suis. Je n'ai jamais commis de meurtre. Je n'ai jamais battu un homme parce que je voulais ce qu'il avait. Je prenais, c'est tout. Les seuls que je combats sont ceux qui s'en prennent à ma ville. Qui s'en prennent à ma sœur. C'est parce que je ne peux pas perdre. C'est une chose qui est ancrée en moi en tant que Christopher. Il n'est pas nécessaire d'avoir une âme pour ça. Donc, oui. J'ai menti, j'ai triché avec les lois et je les ai enfreintes. J'ai volé, et j'ai été la plus horrible des personnes pour arriver là où je suis. Et je devrai vivre avec ça. L'homme que j'étais devra vivre avec ça. Mais nous devons protéger cette ville. Alors, laisse-moi faire.

— Et moi, dans tout ça ? murmura-t-elle, et je m'avançai pour prendre son visage.

Elle était si petite entre mes mains, mon pouce sur ses lèvres, mes doigts saisissant son menton et son cou.

— Quoi, Rowen ?

— Pourras-tu encore me regarder, sachant ce que tu as fait ?

— Je te regarde maintenant.

Ensuite, je fis ce que je n'aurais pas dû faire. Mais d'un autre côté, j'étais un enfoiré. Qui pouvait m'en empêcher ?

Je l'embrassai.

Je gémis en sentant le goût du whisky sur sa langue, un aphrodisiaque. Je resserrai ma prise sur son cou, relevai son menton et je la dévorai.

Elle ne me repoussa pas. Au lieu de cela, elle s'accrocha à moi, me griffant le dos avec ses ongles.

Je lui mordis la lèvre, assez fort pour que ça pique, et l'embrassai à nouveau, faisant courir mes mains le long de son corps. Je tirai sur sa chemise et la fis passer par-dessus sa tête. Le bruit du tissu déchiré résonna dans la pièce, mais je m'en fichais. Elle était debout, en soutien-gorge et en jupe, et je la relevai en la poussant contre la porte. Elle écarquilla les yeux, mais je m'en fichais.

Elle ne me repoussa pas, ne me demanda pas d'arrêter. Alors, je n'en fis rien.

Au lieu de cela, je lui écartai les cuisses, la soulevai, et me frottai contre elle. Elle était chaude contre mon membre prisonnier de mon jean. Alors, je me frottai plus fort, remuant légèrement les hanches jusqu'à ce qu'elle ronronne avec moi. Je l'embrassai à nouveau avec fougue, puis tirai sa tête sur le côté et fondis sur son cou, que je suçai et mordis. Elle frissonna, et la magie se mit à tournoyer autour de nous. L'atmosphère palpitait, les livres étaient projetés des étagères, et le feu faisait rage dans l'air qui tourbillonnait. Le canapé derrière moi se souleva, le verre se brisa, et je continuai de l'embrasser, j'avais encore besoin d'elle. Elle glissa ses mains entre nous, défaisant la boucle de ma ceinture et mon jean, puis elle me prit dans sa main, chaude et prête. Je la fixai, et elle me fusilla du regard. Mais je me positionnai et la pénétrai, vite et fort ; elle cria mon nom, et une partie de moi se brisa.

Mais pas la partie à laquelle je m'attendais.

— Encore, chuchota-t-elle. Je t'en prie !

— Supplie, ma sorcière. C'est ce que j'aime.

— Enfoiré !

— Toujours.

À toi.

Je ne dis pas cette partie.

Elle se cambra devant moi, et j'arrachai son soutien-gorge, m'accrochant à ses mamelons pour sucer ses seins et jouer avec. Je la pénétrais et sortais d'elle, la maison tremblait à cause de la puissance de ma magie terrestre qui se mélangeait à son air. Je savais qu'elle aurait des bleus sur le dos, peut-être même autour du cou, mais en même temps, je sentais le sang qui coulait dans mon dos à cause de ses longs ongles, et je savais que nous avions tous les deux besoin de ça, que nous le voulions.

C'était brutal, et c'était dur, et c'était plus que ce qu'elle avait jamais eu auparavant.

Cela ne ressemblait en rien à ce que nous avions été autrefois.

Et pourtant, je savais que c'était tout.

J'étais tellement en colère, et je ne savais pas pourquoi.

Et je savais qu'elle aussi était en colère.

Et quand je glissai ma main entre ses jambes, jouant avec son clitoris, elle jouit, et alors je me retirai d'elle, me mettant rapidement à genoux. Je suçai son sexe, léchant ses sucs, avant de la transpercer de deux doigts, la regardant se tenir là, en soutien-gorge déchiré, sa jupe remontée jusqu'à la taille, ses yeux gris et sombres.

Je la pénétrai avec mes doigts, léchant son clitoris. Nos bruits étaient trop forts pour qu'on puisse trouver des mots ou quoi que ce soit d'autre. La magie tourbillonna autour de nous, faisant trembler la maison, comme si nous étions dans une soufflerie. Quand elle jouit à nouveau sur ma main, je retirai mes doigts et fis glisser mon sexe dans ses replis avant de plonger profondément en elle. Elle cria mon nom, et je glissai mes doigts humides dans sa bouche. Elle les suça, les yeux arrondis, mais assombris par le désir, et quand je l'embrassai à nouveau, je la goûtai, je nous goûtai.

Et puis je jouis, un rugissement s'échappant de ma gorge comme si on me l'avait arraché. Je la remplis, nous tremblions tous les deux, et je la regardai en laissant échapper un soupir douloureux.

— Eh bien ! chuchotai-je en essayant d'entendre ma voix au-dessus des cris dans ma tête et de la magie qui nous entourait.

Alors, elle me regarda, ses yeux toujours noirs de désir, et elle prit mon visage entre ses mains.

— Nous allons récupérer ton âme, Ash. Je te le promets.

Et pourtant, je ne ressentais rien. Je n'y arrivais pas.

J'avais tout perdu.

Et maintenant, j'allais devoir faire face aux conséquences de ce soir, d'hier et de demain.

CHAPITRE
NEUF

ASH

Des lianes surgirent de la terre, enroulant leurs vrilles autour de mes chevilles, de mes cuisses, de mes poignets, de ma poitrine. Elles me tiraient plus profondément, et je luttais, me tordant dans tous les sens pour essayer de me libérer. Elles s'enfonçaient, leurs épines entaillant ma peau, mon sang s'infiltrant dans la terre sous moi. Je serrai les poings sur mes flancs, essayant de les tordre légèrement pour pouvoir tourner les paumes vers le ciel et invoquer ma magie, mais les lianes renforcèrent leur emprise et la terre commença à s'ouvrir, m'avalant. De la terre et du gazon me tombèrent dans la bouche quand je criai. La pression du sol autour de moi commençait à m'étouffer, m'oppressait, mon sang se mêlait à celui du sol et de la vie même de la terre.

La terre me recouvrit le visage, et ensuite il n'y eut plus rien, rien que mes respirations frénétiques alors que j'étouffais par la terre elle-même, par la magie que je ne pouvais retenir.

Et je hurlai.

Je bondis hors du lit, ma poitrine se soulevant alors que j'essayais de me focaliser sur l'ici et maintenant, et non sur la grotte vide qui hurlait en moi et sur les rêves qui avaient tendance à me hanter.

— Merde ! grognai-je, et je passai la main sur mon visage en sueur.

J'aurais dû savoir que les rêves reviendraient, ceux où ma propre magie m'étouffait et me tuait, alors que j'étais incapable d'exécuter l'un de mes propres sorts et de me protéger.

Dans ces rêves qui me hantaient, je me retrouvais généralement enterré vivant, une peur que je n'avais jamais eue lorsque je possédais mon âme. Toutefois, il semblait qu'avec la malédiction apparaisse un nouveau souci dont je n'avais pas réalisé l'importance.

Si les rêves ne me jetaient pas aux loups ou ne m'étouffaient pas, ils le faisaient avec Rowen. Ou Laurel. Ou Trace. Ou Rome. Ou Jaxton. Il y en avait aussi un où Sage était enterrée vivante, mais depuis peu, depuis que j'avais appris à la connaître après que le monde lui avait joué un mauvais tour.

Le plus souvent, cependant, c'était Rowen ou moi. Je ne savais pas vraiment quoi faire de cette information. Ce n'était pas comme si je pouvais me réveiller de ce cauchemar. Même si j'avais parfois l'impression d'être un tiers témoin de ma propre mort, je ne pouvais pas hurler pour me réveiller. J'étais contraint d'assister à mes échecs et à mes derniers devoirs.

Et parfois, je me réveillais avec l'envie de vomir. À cet

instant, mon estomac se révulsa et je déglutis, me rappelant que j'étais fort. Je pouvais le faire. Et je n'avais pas besoin de vomir, parce que j'étais réveillé. J'étais en vie. Et aujourd'hui était le jour où je retrouverais mon âme.

Cela ne semblait pas réel, et pourtant, c'était ce dont j'avais besoin. Pas parce que je le voulais. Et c'était bien là le problème, non ? Je ne voulais pas de mon âme. J'en avais besoin. C'était un échec de ne pas en avoir une, car j'avais besoin de sa force. Alors j'étais là, à faire semblant une fois de plus. Et aujourd'hui serait le jour où je rêverais de ma propre mort plutôt que de celle de Rowen. Ces derniers temps, c'était elle, le plus souvent. Mais aujourd'hui était le jour J. Celui où tout changerait, où je mourrais sûrement, et pourtant, au moins, j'essayais. Au moins nous tentions d'aller de l'avant, ce que nous n'avions pas fait depuis bien trop longtemps à cause des conséquences. Et parce qu'Oriel avait tenu le haut du pavé pendant bien trop longtemps. Plus maintenant. À présent, nous allions avoir le contrôle.

Du moins c'était ce que je me disais.

— Toc-toc, dit une voix depuis la pièce principale.

Je soupirai, sortis du lit et enfilai rapidement un pantalon avant que ma sœur n'entre dans la pièce du fond.

— J'aime que ta chambre principale soit au rez-de-chaussée. Tu as quand même la vue, et tu n'as pas à affronter l'escalier tout seul, vieillard.

Je poussai un léger grognement et la dépassai pour aller à la cuisine.

— Merci d'avoir mis un pantalon pour moi. Je n'ai pas envie de voir ça !

— Y a-t-il une raison pour que tu sois si guillerette, ce matin ?

— J'ai apporté des muffins aux bananes et aux noix de Sage. Elle les a faits spécialement pour nous tôt ce matin, elle n'arrivait pas à dormir.

Je haussai un sourcil et me fis une tasse de café.

— Et comment sait-elle que nous aimons le mélange banane noix ?

— Parce qu'elle est l'une de mes meilleures amies. Évidemment qu'elle le sait.

— Je suppose que c'est logique.

— Je ne sais pas si c'est encore ton parfum préféré. Pour ce que j'en sais, tu pourrais être un amateur de streusel aux myrtilles.

Mes lèvres tressaillirent malgré moi, et je lui tendis ma tasse de café avant d'en faire une pour moi.

Elle sourit doucement et but une gorgée.

— Parfois, de petites parties de toi me rappellent la personne qui me manque. La personne qui était là avant.

J'inclinai la tête et l'étudiai.

— Tu crois que je serai si différent que ça quand je récupérerai mon âme ?

— Tu me le demandes sérieusement ? demanda-t-elle en riant.

— Je l'ai demandé à voix haute, c'est ça ?

Je pris la tasse sous la cafetière, y ajoutai de la crème et du sucre et bus une gorgée. L'arôme me frappa les narines, et je me demandai si ce serait différent une fois que j'aurais mon âme. Je pouvais à peine me souvenir du goût ou de la sensation des choses avant qu'elles ne soient irrévocablement modifiées. Et je me demandais aussi pourquoi cela me préoccupait.

— Les choses vont changer, Ash. Tu le sais, dit-elle en scrutant mon visage avant de froncer les sourcils. Pourquoi fais-tu ça si tu ne crois pas qu'il y ait le moindre changement ?

Je bus une nouvelle gorgée avant de reposer ma tasse.

— Je fais ça parce que la ville a besoin de moi.

— N'est-ce pas une déclaration étrange pour un homme qui n'a pas d'âme ? Pourquoi ça t'intéresse ?

Je fronçai les sourcils.

— Ce n'est pas le cas.

— Est-ce à moi ou à toi que tu le dis ?

— C'est ce que j'ai dit à Rowen hier soir.

Je n'avais pas eu l'intention de dire ça. Ma sœur me prenait toujours au dépourvu. Comme si elle s'adressait à l'homme que j'étais autrefois plutôt qu'à celui que j'étais aujourd'hui.

— Elle était ici ? C'est logique. Elle a appelé tard hier soir pour nous dire que le sort aurait lieu aujourd'hui, finalement.

Je haussai les épaules, bus une autre gorgée de café, et la tasse de Laurel claqua sur le comptoir.

— Tu as couché avec elle.

Je haussai un sourcil.

— Je devrais parler de ça à ma petite sœur ?

— Espèce de con ! Tu ne peux pas juste coucher avec Rowen.

— Pourquoi pas ? C'était bon. Comme toujours entre elle et moi.

Laurel passa une main dans ses cheveux flamboyants et se mit à arpenter ma cuisine.

— Parce que quand tu vas récupérer ton âme, tu vas devoir faire face aux choses que tu as faites. Je t'aime, Ash. Tu es mon frère, et je t'aimerai toujours. Mais tu as pris de mauvaises décisions. Tu as blessé des gens. Et je sais que ce n'est pas vraiment ta faute, et pourtant, ça l'est malgré tout. Il faut que tu assumes la responsabilité de ce que tu as fait. Et coucher avec Rowen ? Tu vas lui faire du mal. Plus que tu ne l'as déjà fait.

— Elle était saine d'esprit et de corps lorsqu'elle a pris la décision de coucher avec moi. Je ne l'ai pas forcée.

Laurel dut entendre le grondement dans ma voix, car elle écarquilla les yeux.

— Je sais que tu ne le ferais pas.

— Vraiment ? Pour un homme sans âme, je trouve que tu m'accordes beaucoup de crédit.

— Parce que tu n'es pas mauvais. Tu n'es pas un nécromancien. Tu ne pratiques pas la magie noire. En dépit de tout, tu ne t'es jamais servi de ta magie pour faire le mal. Il y a toujours eu une partie de toi qui se rete-nait. Donc non, je ne crois pas que tu aurais forcé Rowen. Mais je crois que c'était une foutue mauvaise décision.

Je haussai les épaules et avalai le reste de mon café.

— Peut-être. Mais je suppose que le nouveau Ash

amélioré devra se débrouiller seul. Je dois prendre une douche avant de partir. Il faut être propre pour accueillir une nouvelle âme, non ?

— Ash. Je t'aime.

— Je le sais bien.

Je vis la douleur sur son visage parce que je ne le lui disais pas à mon tour, mais le fait était que je ne l'aimais pas. J'appréciais ma sœur. Je savais qu'elle était importante.

Mais je ne l'aimais pas. Tout comme je n'aimais pas Rowen.

Et je supposai que si le sort ne me tuait pas d'abord, je devrais me faire à cette fatalité.

Nous étions dans la maison de Rowen, nous avions renforcé les protections autour de la propriété. Je les sentais liées non pas au sang de Rowen, mais au cercle lui-même. Ce qui était une bonne chose, car Oriel avait déjà prouvé qu'il pouvait passer à travers les protections de sa sœur.

Nous n'étions pas seuls en tant que cercle. En fait, Rowen avait amené d'autres gens, ce qui m'avait surpris.

— Merci, Frank, d'être venu, dit-elle en embrassant le vieux jaguar.

L'homme sourit et s'adossa au mur, repliant ses bras musclés sur sa poitrine. Il était peut-être plus âgé, mais il avait malgré tout l'air capable de briser quelqu'un avec son petit doigt. Il n'était plus aussi rapide qu'avant, mais à part un faucon à pleine vitesse, il pouvait distancer n'importe qui dans notre assemblée. C'était un combattant, une puissance. C'était un jaguar solitaire, sans meute, sans famille, mais il avait du pouvoir. Était-ce la raison de sa présence ? Ou était-ce pour me contrôler si ça ne se passait pas bien ?

Aspen était également présent, l'air renfrogné alors qu'il étudiait les livres de sorts derrière la table de Rowen. Il avait les mains dans les poches et semblait bien plus décontracté que je ne l'avais jamais vu.

Nelle n'était pas là, mais je savais qu'elle récupérait encore dans les terres faë. Elle était morte, pas presque morte. Elle *était* morte. Mais comme il s'agissait d'un sort, elle avait pu revenir grâce à son lien avec Aspen. Rome et Jaxton étaient là aussi, fronçant les sourcils en me regardant alors qu'ils étudiaient toutes les autres personnes dans la pièce.

— On est prêts à démarrer, alors ? demandai-je en regardant mes compagnons, qui se tournèrent vers Rowen.

Elle fit rouler ses épaules en arrière, et je me rendis compte que je ne lui avais pas décroché un mot depuis qu'elle était sortie de chez moi. Depuis que je m'étais retiré d'elle, et qu'elle avait utilisé son charme pour se nettoyer. Je lui avais arraché ses vêtements et je n'avais même pas pu lui en proposer d'autres, car elle avait été suffisamment autonome pour s'en occuper seule.

Parce que c'était Rowen. La personne qui pouvait toujours faire les choses par elle-même.

— Oui, nous sommes prêts. Il y aura deux sorts l'un après l'autre. Un pour tirer la puissance du cœur de la ville.

— Quoi ? Tu es sûre que c'est sans danger ? s'enquit Aspen, qui s'avança ; je vis Frank se renfrogner aussi alors qu'il se penchait en avant.

Rowen hocha la tête et pinça les lèvres.

— C'est la seule façon de procéder. Ash doit avoir son âme pour que nous puissions cimenter le cercle et que nous restions assez forts pour vaincre Oriel. Nous n'avons pas le luxe de nous servir de la magie noire et d'entacher notre propre présence afin de nous défendre contre lui. Il est plus fort que nous, tels que nous sommes maintenant. Mais avec Ash, avec les quatre éléments, nous pourrons nous battre. Aux côtés des faë et des métamorphes. Nous serons assez forts. Pour ça, il nous faut le quatrième élément.

Le regard d'Aspen passa de Rowen à moi quand elle eut fini de parler.

— C'est sûr, alors ? Je ne savais même pas qu'on pouvait accéder au cœur de cette manière.

— C'est aussi prudent que possible, dit Sage avec un soupir.

— Nous serons là pour ancrer Rowen, pour que la magie ne sorte pas au-delà de ses protections. Ainsi, nous n'attirerons pas de revenants ou d'utilisateurs de magie noire par mégarde, ni quelqu'un qui ne réalise même pas vers quoi il se dirige.

Laurel poursuivit :

— Nous serons là pour protéger le cercle, et vous serez là avec votre propre magie, avec votre propre pouvoir pour nous cimenter. Pour nous garder dans le présent.

— Parce que le deuxième sort consistera à arracher l'âme d'Ash à la malédiction elle-même et à la remettre dans son corps. Ce ne sera pas facile, commença Rowen avant de me regarder. Et ce ne sera pas sans douleur.

Je haussai les épaules, sachant que ma nonchalance était sûrement un rôle que je jouais pour les autres.

— Ce n'était pas indolore de perdre mon âme. Je suppose que c'est logique que ce ne le soit pas non plus de la récupérer.

Rowen croisa mon regard, le sien était indéchiffrable. Je n'arrivais pas à déterminer si c'était ce qu'elle voulait ou ce qu'elle était résignée à faire. Peut-être serais-je à nouveau à même le dire bientôt.

— Il pourrait y avoir des conséquences, commença Aspen, et nous nous tournâmes tous vers lui.

— Nous savons qu'il pourrait mourir, mais je ne sais pas quoi faire d'autre, répondit Rowen.

Aspen hocha la tête.

— Je suis sûr que vous en êtes conscients, mais le cœur de la ville ne contient pas seulement les magies des sorcières qui ont mis en place notre sécurité. Il a aussi en lui le pouvoir des métamorphes et des faë et d'autres que nous ne connaissons même pas. Si vous ne faites pas attention, quelque chose d'autre pourrait sortir.

Un frisson glacé me parcourut la colonne.

— C'est pourquoi vous êtes ici avec nous, pour vous assurer que ça n'arrive pas.

Le roi des faë croisa mon regard et hocha la tête.

— Je ferai ce que je dois faire pour protéger cette ville.

J'entendis la menace dans sa voix, tout comme Rome, puisque l'ours alpha grogna, mais je levai la main.

— Merci, Aspen. Si ça ne fonctionne pas et que mon manque d'âme prend une nouvelle dimension, je te fais confiance pour faire ce que les autres ne feront pas.

— Ash ! lança Laurel, mais Frank prit la parole.

— J'aiderai le roi. Ça me détruira, mais mieux vaut moi que tes meilleurs amis et ta sœur.

Des larmes tombaient sur les joues de Sage alors qu'elle se penchait contre son compagnon, et le vieux jaguar croisa le regard du roi des faë. Tous deux acquies-cèrent avant de se tourner vers moi.

— Merci.

Cela semblait étrange de remercier deux hommes qui étaient prêts à me tuer, mais c'était la seule option. Je faisais ça pour Ravenwood. Par conséquent, je devais être assez fort pour lâcher prise.

— Commençons, alors, lança Rowen comme si nous ne venions pas de prononcer mon arrêt de mort au cas où quelque chose tournerait mal.

Ils m'encerclèrent alors que j'étais assis au sommet du symbole de Ravenwood, les jambes croisées et sans ma chemise. Mes ancres flottaient comme si un vent soufflait dans les feuilles, les grands arbres cherchant quelque chose qu'ils ne pouvaient pas nommer. Bien sûr, je savais qui c'était et qui soufflait la brise. Ce n'était pas mon ancre. C'était celle de Rowen. Cette connexion-là, en dépit de tout.

— Nous, le cercle, devons l'encercler, avec les quatre autres derrière nous, pour nous maintenir en place.

— Alors, faisons-le, chuchota Jaxton d'une voix dure, et je savais qu'il cachait ce qu'il ressentait.

Parce que ce pourrait être la fin. Au bout du compte, cela risquait de s'achever.

— Nous allons tirer sur le cœur, mais nous devons garder la magie centrée dans le cercle ici. S'il y en a qui s'échappe, Aspen, tu dois nous arrêter.

Celui-ci hocha la tête alors que Rowen roulait à nouveau ses épaules en arrière.

— Très bien, allons-y. Comme quand nous nous sommes entraînés.

Elle croisa mon regard et déglutit.

— Comme quand nous nous sommes entraînés, répéta-t-elle dans un murmure.

Je hochai la tête fermement.

— Je te fais confiance.

Ses yeux se remplirent de larmes, mais elle les chassa d'un battement de cils, sans que je sache si ç'avait été la bonne chose à dire ou non.

— *La magie répare alors que les empires tombent, la maladie s'arrête et la santé revient. Fais briller la puissance qui est en toi. C'est notre volonté, qu'il en soit ainsi !*

Les murs tremblèrent, les fenêtres claquèrent. Le vent se mit à tourbillonner, et un feu jaillit dans la cheminée. L'eau se mit à bouillonner dans les vases autour de nous, et le sol sous la maison et autour de nous trembla.

La puissance augmenta et j'inspirai, observant le cercle et la lumière qui émanait des trois sorcières. Leurs cheveux s'envolèrent sous l'effet d'un vent invisible, leurs yeux s'écarquillèrent, leurs bouches s'entrouvrirent, alors que le cœur de Ravenwood était découvert.

Jaxton et Rome marmonnaient des choses à mi-voix, leurs mains sur les épaules de leurs compagnes pour les maintenir en équilibre. Rowen n'avait pas de soutien. Et pourtant, elle se tenait debout, la force incarnée. Aspen et Frank rôdaient autour du cercle, leur propre pouvoir intérieur contenant le cœur de la magie. Je ne savais pas exactement comment ils allaient pouvoir m'aider, mais c'était comme si ce moment avait été prédit, et que c'était exactement ce qui devait arriver.

— Maintenant, son âme, commença Rowen, et je plongeai dans son regard.

Le cri intérieur dans mon esprit s'intensifia, noyant tous les autres.

— *Nous demandons aux ancêtres d'entendre notre plaidoyer.*

Car l'âme dérobée était de la terre et de la paix.

Brisez les fondations de ce qui est passé.

Ramenez les délaissés avant la dernière pensée.

Éparpillez les restes de ceux qui sont liés par le salut.

Entendez les paroles de ceux qui vous appellent mère et rendez la vie qui vous fut autrefois offerte.

La parole est donnée.

Qu'il en soit ainsi.

Un couteau se planta dans ma poitrine, découpant mon cœur, mes poumons, mes tissus et mes os. Le feu s'abattit sur mon dos, brûlant ma chair. L'odeur était insupportable, les cheveux brûlés et la chair en fusion tombaient sur le sol. De l'eau se déversa dans ma gorge, remplissant ce qui restait de mes poumons, et je me noyai. La terre me tirait, mes veines éclataient sous la pression de l'air, du sang et des tendons.

Cela n'avait aucun sens. Tout me brûlait, et pourtant, rien ne se produisait.

Mes souvenirs s'abattirent sur moi, l'un après l'autre. Quand je m'étais éloigné de Rowen. Quand j'avais poussé Trace en lui disant qu'il n'était rien. Qu'il n'était qu'un second choix, et qu'il n'appartiendrait jamais à ma sœur. Quand j'avais bousculé Alden en lui disant qu'il ne valait rien. Quand j'avais regardé une jeune veuve droit dans les yeux alors que je lui annonçais que la pension de son mari était perdue.

Quand j'avais regardé ma sœur en lui disant que j'avais repris une autre entreprise et que j'allais la diviser en plusieurs parties pour me faire plus d'argent.

Toutes les choses horribles que j'avais faites me tombèrent dessus, l'une après l'autre, et je savais qu'il n'y aurait pas de pardon, pas de moment où je deviendrais le héros ou quelqu'un qui mériterait d'être désiré ou sauvé.

Pourquoi faisaient-ils cela ? Pourquoi me donnaient-ils le morceau de mon âme comme si je méritais de vivre alors que je savais que ce n'était pas le cas ?

J'avais tout perdu, et j'étais devenu cette personne que je savais ne jamais pouvoir être.

J'étais devenu le Ash Christopher de l'enfer, des tourments, et maintenant j'étais là, et je devais faire face à ce que j'avais fait. Je devais faire face à ceux que j'avais repoussés, que j'avais blessés, à qui j'avais tout fait sauf les tuer.

Parce que j'étais la mort.

Et maintenant, j'étais la vie.

Je tombai au sol, mon corps tremblant alors que je me mettais en position fœtale, essayant d'aspirer de grandes bouffées d'air.

Les autres crièrent alors que la magie se concentrait dans mon corps, les sons ressemblant à une tornade se dirigeant directement vers moi. Puis ce fut le silence, la tornade prit brusquement fin, et Aspen et Frank se précipitèrent pour aider Rowen à se relever. Mais elle les repoussa et rampa vers moi, tandis que Rome tenait Sage et Jaxton faisait de même avec Laurel.

Je levai les yeux vers Rowen, tremblant de tout mon être, et je sus.

Le lien. Il était là. Après tout ce temps. Il était là.

Des larmes roulèrent sur mes joues, que ma compagne essuya avant de m'embrasser tendrement.

— Ash !

— Je suis désolé, murmurai-je. Je suis tellement désolé !

Pour quoi ? Pour tout.

J'avais ce que je voulais. Mon âme. Mon pouvoir.

Et j'allais faire tout ce qui m'était possible pour ne plus jamais ressentir cela, car je ne le méritais pas. Parce que j'avais été l'homme de mes cauchemars.

Et alors que Rowen me serrait dans ses bras et que les autres nettoyaient le désordre autour de moi, je restai étendu là, sachant qu'aucun pardon ni repentir ne pourraient arranger les choses.

J'étais Ash. J'avais une âme.

Et je ne méritais pas le pardon.

CHAPITRE
DIX

ROWEN

La culpabilité me rongeait alors que je poussais tous les autres hors de la maison. Rome et Jaxton m'avaient aidée à mettre Ash dans mon lit. De cette façon, il pouvait dormir et essayer de guérir. Mais faire sortir tous les autres de la maison avait été une corvée. Pousser Laurel dehors avait même failli me tuer. Mais elle semblait comprendre qu'Ash ne pouvait pas être entouré d'autres personnes en ce moment. Non pas parce qu'il était un danger pour eux, mais j'avais peur qu'il soit un danger pour lui-même.

Le sort avait fonctionné.

Je ne savais comment, le sort avait fonctionné.

Je ne m'étais pas laissé aller à imaginer que ça pourrait ou que ça ne pourrait pas marcher. Pendant tout ce temps, je ne m'étais autorisée à penser à rien, de façon à pouvoir me concentrer sur ce qui devait être fait. Et je pouvais me concentrer pour ne pas penser à ce qu'Ash et moi avions fait la nuit précédente.

Je n'arrivais pas à croire que nous avions couché ensemble. Qu'après tout ce temps, nous étions retombés si facilement dans nos mauvaises habitudes. Ou peut-être que ça ne pouvait pas être une mauvaise habitude si ça n'était pas arrivé depuis si longtemps.

Je le sentais encore en moi, sa façon de me tenir, son attitude plus brutale que jamais. Et je m'en étais délectée, j'en avais besoin. Cela avait dépassé tout ce que j'avais cru possible, et pourtant, cela avait été une erreur.

Je ne pouvais pas le nier. Pas quand je savais que coucher avec lui ne ferait que compliquer les choses.

Parce que je l'aimais.

Je l'aimais. Et je me détestais pour ça. Parce que je savais qu'il ne pourrait pas me revenir. Même maintenant, alors que j'essuyais la sueur de son front pendant qu'il dormait, que son corps tremblait, je ne savais pas s'il était de retour.

C'était compliqué d'espérer, de vouloir.

Parce que je ne savais pas s'il pourrait un jour m'aimer à nouveau comme avant, bien que tout ait changé. Pas alors qu'il n'était pas cette personne. Il avait traversé tant de choses, à la fois de son plein gré et en même temps, non.

À cet égard, je ne savais pas si j'aimais l'homme d'avant ou l'homme qu'il était devenu. Je n'étais pas certaine de pouvoir concilier les deux, car ils n'étaient pas identiques. Cette nouvelle personne, avec une âme, mais sachant ce qu'il avait fait, je n'étais pas certaine de savoir si je pouvais l'aimer.

C'était un mensonge.

Parce que mon cœur chantait pour lui.

Tout comme le lien qui s'était remis en place.

Ce lien qui me brûlait, me faisait mal et me poussait à hurler intérieurement.

Parce que c'était le même lien qu'avant, en lambeaux, brûlé sur les bords, rayé et déchiré.

Il avait traversé l'enfer, mais il était revenu, tout comme Ash.

Les deux m'avaient déjà quittée.

Je me penchai en avant et écartai les cheveux de son visage. Il ouvrit rapidement les yeux, et je contemplai ces deux piscines bleues.

— Rowen.

Je pinçai les lèvres, jouai avec ses cheveux.

— Ash.

— J'ai mal.

— Je sais. Je suis désolée.

— Pourquoi es-tu désolée ? Tu m'as sauvé. Parce que tu es Rowen, et c'est ce que tu fais.

Il n'y avait pas d'amertume dans sa voix. Pas comme avec le Ash froid. Je n'entendais que de l'admiration. Comme si c'était dans ses habitudes.

Je n'étais pas sûre de pouvoir rassembler ces deux personnes dans mon esprit. C'était comme si le Ash que j'avais aimé pendant mon adolescence avait été poussé dans l'enfer du Ash sans âme et qu'il se trouvait maintenant devant moi une personne complètement nouvelle, que je ne pouvais pas cerner. Mais peut-être que le problème était qu'Ash ne pouvait pas faire la même chose.

— Je peux t'apporter quelque chose à manger ? À boire ?

Il secoua la tête avant de s'asseoir en gémissant.

— Je vais aller te trouver du bouillon ou autre chose. Tu devrais manger et te reposer.

Il haussa un sourcil, et ses lèvres tressaillirent.

— Tu dis ça comme si j'étais invalide depuis longtemps. Comme si j'avais été malade pendant tout ce temps. Mais nous savons tous deux que ce n'était pas le cas.

Il tendit le bras comme pour me toucher, mais laissa retomber sa main. J'ignorai la douleur liée à l'absence de ce toucher, à son hésitation. C'était comme si nous étions deux étrangers ; je ne savais pas vraiment quoi dire ou faire.

— Tout le monde est parti, alors ? demanda Ash en fronçant les sourcils et en glissant ses mains dans ses cheveux.

Je hochai la tête.

— Tu avais besoin de te reposer, et j'ai remarqué que tu étais tendu avec tout le monde autour de toi.

Il acquiesça d'un hochement de tête et passa la main sur le symbole Ravenwood sur son torse. Les grands séquoias d'encre sur ses bras et son dos se déplaçaient légèrement, comme s'ils bougeaient dans le vent, et j'avais envie de tendre la main pour les suivre du bout du doigt. J'adorais son ancre. Sa solidité, le fait que les arbres pliaient, n'étaient pas inflexibles, mais ne rompaient pas pour autant. À l'inverse, mes pissenlits semblaient flotter et être là où ils devaient être, mais ils ne disposaient pas d'un endroit fixe où se reposer. Dans mon esprit, j'avais toujours pensé que je pourrais me reposer avec Ash. Il était celui sur lequel je m'appuyais lorsque les choses devenaient trop lourdes. Cela ne s'était jamais produit auparavant, et je ne savais pas si je me faisais assez confiance pour le permettre maintenant.

— Je n'ai pas besoin de bouillon. Je n'ai plus mal. En dehors de ce truc que je ressens et qu'on appelle le remords.

Je tressaillis.

— Ce n'était pas toi.

Il éclata d'un rire qui n'avait plus rien de creux. Cette fois, il était empli d'une telle douleur que j'eus envie de le prendre dans mes bras. Mais je n'en fis rien. Je ne savais pas si j'en avais le droit, même avec ce lien entre nous. Mais je le sentais encore, bien qu'abîmé.

— J'étais cet homme, Rowen. C'est là le problème. Ç'a toujours été le problème. J'avais beau n'avoir aucun recours pour m'empêcher d'agir comme je le faisais, rien pour me retenir en dehors des paroles de ma sœur la plupart du temps, c'est quand même moi qui agissais. J'étais toujours cet homme. J'ai volé, triché et menti. Je t'ai repoussée. Je me suis battu avec Trace et j'ai refusé de lui parler pendant des années.

Ash croisa mon regard, et je tendis la main malgré moi pour agripper la sienne. Il s'y accrocha fermement comme si j'étais sa bouée de sauvetage, et peut-être que je l'étais. Parce qu'il avait été la mienne avant. Et puis j'avais appris à me débrouiller toute seule.

— Trace n'est plus là, et c'est la partie vide en moi qui

était présente quand j'ai dû lui dire au revoir. Je n'ai pas pu le faire comme j'en avais besoin, parce que je n'étais pas là. Je n'ai pas ressenti ce que je devais ressentir. Ma sœur est morte, et pourtant, je n'ai rien ressenti.

Je secouai la tête.

— C'est un mensonge.

Ses yeux s'écarquillèrent.

— Quoi ?

— Tu as essayé de te sacrifier plusieurs fois pour ta sœur. Tu as dit que tu revenais en ville pour le pouvoir, et pourtant, tu as fait tout ce que tu pouvais, même te battre pour récupérer ton âme en sachant que ça pouvait te tuer, pour quelque chose. Est-ce le pouvoir ? Ou est-ce une partie de toi qui a toujours été là, à hurler et se cacher au creux de toi ?

— Si je crois ça, alors, la partie de moi qui crie devait savoir qu'elle n'était pas assez forte pour arrêter le pire.

— Mais tu n'as pas tué. Tu n'as pas forcé quiconque. Tu n'as commis aucun acte de mal absolu.

— Alors, peut-être pourrions-nous entamer une discussion philosophique sur le fait qu'une âme vous rende bon ou que l'absence d'âme vous rende mauvais.

— Tu étais la preuve que l'absence d'âme ne te rendait pas mauvais.

— Donc, je suppose qu'avec mon âme maintenant, je ne suis pas intrinsèquement bon.

Je me déplaçai sur le lit, presque à le chevaucher pour me rapprocher de lui. Il portait toujours son pantalon, sans chemise, et ses yeux s'écarquillèrent quand je bougeai.

— Je ne suis pas quelqu'un de bon.

— N'importe quoi !

Je souris malgré moi.

— Non, c'est vrai. Je me mets en colère. Je suis envieuse. Je te détestais et je me détestais moi-même que tu ne sois pas là. Je te détestais, Ash. Même quand je t'aimais.

Il prit mon visage entre ses mains.

— Tu m'aimais ? Au passé ?

Je jurai à mi-voix.

— Tu sais comment entrer dans le vif du sujet !

— Et si c'était *toi*, le vif du sujet ?

— Ash !

— Tu m'as manqué.

Mes larmes coulèrent, et j'appuyai ma tête contre la sienne.

— Tu m'as tellement manqué ! Tu étais parti. Juste comme ça, notre lien s'est brisé, et j'ai dû te dire au revoir. Et pourtant, je ne pouvais pas, car tu étais à la fois là et ailleurs, et je ne comprenais pas, je ne comprends pas comment la magie a pu être assez cruelle pour nous faire ça.

— Je ne comprends pas non plus. Parfois, j'ai envie de haïr la magie dans nos veines à cause de ce qu'elle nous a fait. De ce qu'elle t'a fait à toi.

— Nous avons perdu tellement de temps, Ash !

— Je nous ai fait tellement de mal !

— C'est la malédiction qui a fait ça.

— La malédiction, c'était moi. N'est-ce pas le problème ?

— Je ne peux pas penser comme ça. Je ne peux pas simplement me dire que c'était toi. Je dois assumer le fait que je t'aime depuis toujours, Ash. Je sais que ça me met dans une position vulnérable, même en disant ces mots, mais je t'aime.

— Rowen, murmura-t-il.

— Non. Ne dis rien. Ne dis pas que tu as besoin de temps pour réfléchir, ou que c'est trop de je ne sais quoi. Parce que je ne sais pas ce que je suis censée faire. Nous sommes confrontés à la fin de notre existence ici. Nous devons être forts pour combattre Oriel. Nous devons nous battre ensemble. Et maintenant, avec ton âme, tu as accès à des pouvoirs que tu n'avais pas avant. Tu peux être la force de notre cercle, la base pour que nous puissions nous épanouir. Pourtant, tout ce que je veux, c'est te serrer contre moi et faire comme si les années passées n'avaient jamais existé.

— J'aimerais pouvoir prétendre que rien de tout ça n'est arrivé.

— Je te pardonne, chuchotai-je, ne sachant même pas que je prononçais les mots avant de les entendre de ma bouche.

Mais ils étaient vrais. Ils devaient l'être.

Ses yeux s'écarquillèrent et il secoua la tête.

— Comment peux-tu encore m'aimer ?

— Parce que je l'ai toujours fait. Parce que tu étais à moi, même si je détestais la personne que tu étais devenue parce que la malédiction t'avait éloigné de moi. Pas parce que c'était toi. Je sais que ça n'a aucun sens, que c'est confus, mais je t'ai toujours aimé, Ash. C'est pour ça que ça m'a fait tant de mal quand tu es parti. Quand le lien s'est rompu, et que tu donnais l'impression de n'en avoir rien à faire.

— Rowen, je ne sais pas si je pourrai me pardonner moi-même. Pas pour ce que j'ai fait. Pas ce que je t'ai fait. Parce que le lien s'est brisé et une partie de moi n'en avait rien à faire. Quel genre d'homme ça fait de moi ?

— Un homme qui sait que la douleur est là, mais tu étais si fort, Ash !

— C'était ce que je pensais de toi.

— Je ne veux pas que ce soit un rêve. Tu es de retour, Ash. Je te ressens le long de notre lien.

Quelque chose brûlait plus fort qu'avant, que je ne parvenais pas à nommer. Je ne savais pas vraiment ce que c'était, mais il était différent. Oui, il avait une âme, mais quelque chose avait changé en lui, et je ne savais pas si c'était les années passées, sa magie croissante, ou quelque chose que nous avions tiré avec le noyau lui-même afin de le ramener.

Quelque chose était différent, mais il était là. Ash était là.

Alors, je me penchai et l'embrassai.

— Ash.

Il glissa ses mains dans mes cheveux, approfondissant le baiser, et mes seins se plaquèrent contre son torse, son autre main descendant le long de mon flanc, agrippant ma hanche.

Je gémis contre lui, sachant que c'était bien différent de ce qui s'était passé lorsque nous étions plus jeunes, différent de ce qui s'était passé chez lui la nuit précédente.

C'était nous aujourd'hui, c'était compliqué et désordonné, nous faisions les choses dans le mauvais ordre, et pourtant, je m'en fichais.

Parce que c'était Ash. Mon Ash.

Je l'embrassai encore, plus intensément cette fois, et il me déplaça, me soulevant sans ménagement, sa force m'excitant comme nulle autre. Je m'installai à califourchon sur lui sur le lit, nos vêtements entre nous, mais tout ce que je voulais, c'était me frotter à lui pour nous amener tous les deux à l'extase. Ma magie bourdonna, mon ancre glissant le long de mon bras jusqu'au bout de mes doigts pour effleurer sa peau. Il sourit contre mes lèvres, faisant glisser sa main sur mon corps et à nouveau dans mes cheveux.

— Ça m'a manqué. Tu m'as manqué.

Je lui mordis la lèvre en souriant.

— Tu es de retour.

— Je suis vraiment bousillé, Rowen.

— Tu prêches une convertie.

— Alors, je suppose que nous serons foutus ensemble.

Je rejetai la tête en arrière dans un éclat de rire, et il embrassa mon cou, ce qui me fit pousser un autre gémissement.

— C'est une manière de nous décrire.

— Je t'aime. Je suis désolé de ne pas l'avoir dit avant. Mais je t'aime. Une partie de moi t'a toujours aimée.

Même quand je ne savais pas ce qu'était l'amour, je t'aimais.

Je me brisai alors, et une partie de ma magie s'échappa doucement. Les protections se mirent à flamboyer de joie alors que l'air vibrait de mon énergie, et que la terre tremblait légèrement, car la magie d'Ash se matérialisait. La plante en pot dans le coin de ma chambre fleurit et nous la regardâmes, les yeux écarquillés.

— Ça fait un moment que nous n'avons pas mêlé nos magies de cette manière.

— Je pense que nous sommes tous les deux plus forts.

Ou du moins ma magie l'était. Pas moi. Je le savais. Mais je ne voulais pas le lui dire. Je ne voulais pas l'inquiéter. Pas maintenant. Pas alors que je venais tout juste de le récupérer.

Alors, je l'embrassai et décidai de ne plus penser à ma faiblesse.

La chaleur nous brûla tous les deux et je haletai, tombant de ses genoux. Il gémit, puis plaqua une main sur son flanc, les yeux écarquillés.

Ses mains retombèrent, et je cillai en voyant le tatouage de dragon. Un dragon stylisé, quatre pattes et deux ailes reliées à son dos, qui se mit en boule avant de commencer à bouger, s'étirant comme s'il se réveillait après un long sommeil.

— Est-ce que... commençai-je avant de m'interrompre et de m'éclaircir la gorge. C'est une ancre ?

— Appelle Rome et Jaxton. Je pense que nous avons peut-être un problème.

ONZE

ASH

Alors qu'une partie de moi (bon, la majeure partie de moi) aurait voulu rester au lit avec Rowen et tenter de rattraper tout ce que nous avions perdu, nous n'avions pas le temps pour ça. Jamais assez.

Mon flanc me brûlait comme si on m'avait marqué au fer rouge, et je baissai les yeux sur le dragon encré sur ma peau. Il se mit à marcher lentement sur mon ventre, puis sur mes côtes avant de remonter sur mon torse et de descendre sur mes bras. Il se déplaçait comme s'il n'était pas sûr ou pas conscient de la manière dont il était arrivé là. Mon pote, même combat !

On aurait dit qu'il se faufilait entre les arbres, et à n'importe quel autre moment de ma vie, j'aurais pu sourire devant la curiosité et la justesse de ce que je voyais. Et pourtant, quelque chose clochait. Quelque chose n'allait vraiment pas.

Parce que c'était une ancre. Pour un dragon. Un être mythique qui n'existait pas. Les ancres vous rattachaient littéralement à la partie paranormale de votre vie. Pour moi, c'étaient les arbres, issus de la terre, mon pouvoir magique. Rowen était l'incarnation de l'air, avec les graines de pissenlit qui flottaient au vent. Idem pour l'eau et le feu. Rome avait un ours stylisé qui rampait sur tout son corps. De même avec le faucon sur Jaxton. Je savais que Frank avait aussi un jaguar. Aspen avait sa propre ancre, mais nous ne l'avions pas vue. Il l'avait évoquée en passant, et nous ne lui avions pas posé la question, car les faë avaient leurs secrets, et nous n'étions pas prêts à nous y plonger et à risquer une guerre avec nos amis. Cependant, j'avais maintenant un dragon sur mon corps. Les dragons métamorphes n'existaient pas. Ni dans les livres, ni dans les histoires, ni dans les sorts que j'avais lus et vus au cours de ma vie. En tant qu'homme ayant expérimenté toutes sortes de magie depuis mon départ de Ravenwood, je l'aurais su.

J'avais parcouru des grimoires, des histoires et d'autres formes de magie, allant même jusqu'à parcourir le monde pour rencontrer d'autres cultures et d'autres sorciers et métamorphes et découvrir ce qu'ils savaient des malédictions sans en dévoiler trop sur moi-même.

Et pourtant, les dragons n'existaient que dans les magies d'antan, où il était question d'êtres mythiques qui n'avaient jamais vécu en dehors des histoires que chacun transmettait aux enfants de ses enfants.

Comment pourraient-ils exister maintenant ?

— Est-ce parce que j'ai tiré dans le cœur de la magie et que j'ai fait appel à la magie totale de la ville que j'ai fait renaître quelque chose qui n'existe même pas ? demanda Rowen d'une voix un peu affolée.

Je ne l'avais jamais entendue parler ainsi, comme si elle paniquait. Eh bien, je paniquais tout comme elle !

— Ce n'est pas toi qui as fait ça, grognai-je alors que la douleur ricochait dans ma colonne, sous le regard noir de Rowen.

— Tu dis ça, et pourtant, tu as une ancre de dragon sur le torse, et tu souffres. Je le sens à travers le lien.

Un sourire étira mes lèvres malgré moi.

— Nous avons un lien.

Elle plissa les yeux en m'aidant à sortir du lit.

— Tu crois vraiment que c'est le moment pour ça ?

— Nous ne savons que trop bien tous les deux que le temps ne nous est pas assuré, alors peut-être que c'est le moment idéal.

—Ash.

— Je te ressens. Tu es à moi. Tu l'as toujours été. Et je vais passer toutes mes journées à te prouver que tu m'appartiens.

—Ash.

— Excusez-moi, dit Rome depuis la porte en se raclant la gorge. Je ne voudrais pas vous interrompre, mais nous avons accouru ici parce que vous avez parlé d'une urgence. Quelque chose à voir avec une ancre ? Mais nous pouvons repartir. Si vous avez besoin de temps pour cimenter votre lien...

Jaxton se racla la gorge derrière Rome, riant doucement, et je grimaçai, regardant ces deux hommes qui étaient mes meilleurs amis. Je ressentais quelque chose que je n'avais pas éprouvé depuis trop longtemps. De la gratitude. De l'amour. Je les adorais. En tant que frères. Et j'avais l'impression que cela faisait bien trop longtemps que je ne les avais pas eus dans ma vie.

— Je dirais que vous pourriez nous accorder un peu de temps, juste pour qu'on apprenne à se connaître, mais...

Je n'avais même pas fini ma phrase que Rowen se raclait la gorge. Je me pliai alors en deux, laissant échapper un halètement surpris. D'accord. On n'a pas le temps pour ça.

— Putain, qu'est-ce que c'est ? s'écria Rome en s'avançant, tandis que son énorme ours passait la tête par-dessus son col pour me jeter un regard noir.

Je regardai son ancre, puis posai la main sur la mienne. Elle tremblait comme si elle avait peur. Je jurai encore à mi-voix.

— Je pense que nous allons avoir un problème.

— Les dragons n'existent pas, dit Jaxton, énonçant l'évidence, et Rome grogna.

— Je sais, hoqueta Rowen. Je sais qu'ils n'existent pas. C'est impossible. Mais nous avons joué avec une magie inconnue. Et s'ils existaient bien avant la création de Ravenwood, bien avant même que la magie que nous connaissons n'existe ? Le cœur de Ravenwood est élémentaire. La magie qui assure la sécurité de cette ville et la stabilité de notre magie à nous est bien plus ancienne que nous, ou même que nos fondateurs. Et si...

Sa voix se tut.

Rome s'agenouilla devant moi et posa une main sur mon épaule.

— Il faut qu'on t'emmène à la tanière.

— Juste au cas où je me transformerais ? demandai-je, ne croyant pas vraiment les mots qui sortaient de ma bouche.

— Si tu te changes en dragon, et je n'arrive pas à croire que ces mots sortent de ma bouche, tu vas avoir besoin d'intimité. À la tanière, tu seras à l'abri des regards indiscrets, même de ceux de mes congénères ours si on te garde dans la zone du cercle. Et franchement, qui sait de quelle taille sera ton dragon ? Si c'est un grand, mieux vaudrait éviter de faire exploser la maison de Rowen.

— Effectivement. Je n'arrive toujours pas à croire que ça arrive, dit celle-ci en se passant une main dans les cheveux avant de souffler un grand coup. D'accord. Nous allons t'y conduire. Nous allons faire venir le cercle là-bas. Et je ne sais pas qui d'autre devrait être là.

— Aspen, c'est sûr, dit Jaxton en plissant les yeux. Il est bien plus âgé que n'importe lequel d'entre nous.

Nous nous regardâmes tous en acquiesçant, puis je me pliai en deux de douleur.

Rome dut pratiquement me traîner jusqu'à ma voiture, où il me poussa sur la banquette arrière. Je posai la tête sur les genoux de Rowen, essayant d'aspirer de l'air. J'avais l'impression que quelque chose me serrait les entrailles, me tordait les os. J'avais la peau moite, froid et chaud à la fois. Mais Rome roulait comme une fusée pendant que Jaxton appelait les nôtres.

Nous avions des choses plus importantes à gérer. Oriel, les revenants, le fait qu'il se passe quelque chose avec Rowen, et la magie de cette ville. Il fallait que nous cessions de nous préoccuper de moi, de mes malédictions et de tout ce qui se passait. Pourtant, quelque chose sortait de moi, et je devais régler le problème. Que se passait-il ?

— Nous avons vu des créatures semblables à des zombies, des sorcières qui reviennent de la mort, un véritable phénix, qui est une autre créature mythique, remarquez, et Dieu sait quoi d'autre, alors pourquoi pas un dragon ? demanda Rome, dont la voix ressemblait à un profond grognement.

Je souris, même s'il ne pouvait pas me voir, et secouai la tête.

— Il n'y a que moi, murmurai-je, et Rowen éclata de rire. J'aimerais bien avoir une vie tranquille. Une où nous pourrions planter des fleurs et faire comme si le monde n'était pas voué à l'enfer.

— Une vie tranquille pourrait être agréable, mais sommes-nous capables d'en mener une ? s'enquit Jaxton en riant.

— Probablement pas, chuchota ma compagne, et je serrai sa main avant d'obliger mon corps tremblant à se redresser.

— Faisons ça.

Je faillis tomber de la voiture quand Ariel, l'ourse bêta, arriva, les yeux écarquillés.

— Son odeur est différente.

Je la regardai et inspirai ; c'était presque trop. Tout

était trop brillant, trop fort. Même les odeurs se mélangeaient, et j'eus l'impression d'être submergé.

—Quoi ? demanda Rowen.

—Je n'avais pas l'intention de dire quoi que ce soit, mais il a vraiment une odeur différente. Et ce n'est pas seulement à cause du fait qu'il a maintenant une âme. Oh, j'ai loupé quelques trucs ! dit Ariel en secouant la tête. Mais ce n'est pas mon problème. Désolée. Des patrouilles sont prêtes, et nous montons la garde. Mais nous allons aussi vous garantir de l'intimité. Dites-nous simplement ce dont vous avez besoin.

Rome se mit à parler davantage, passant en revue tout ce qu'il fallait, et je tentai de suivre, mais j'avais l'impression que j'allais vomir. À la place, je m'agenouillai et inspirai un grand coup, essayant de ne pas trop trembler.

—Ash.

—Je ne sais pas ce que je fais.

—Si tu as l'intention de te transformer, il va falloir te pencher sur la question.

—Très bien, on va t'aider à traverser ça.

Plusieurs autres voitures se garèrent, et je vis Frank se mettre à côté de Laurel et Sage, tandis qu'Aspen arrivait derrière. Les gens commencèrent à bouger autour de moi, mais je n'arrivais pas à respirer, ou à faire autre chose que me concentrer sur cette douleur en moi.

Jaxton se pencha devant moi et me serra les épaules.

— D'accord, dis-moi ce que tu ressens à l'intérieur, en dehors de la douleur. Parce que je la ressens.

Je hochai la tête.

— Je ne sais pas. Que suis-je censé ressentir ?

— Tu sens un lien ? demanda Rome en s'agenouillant à côté de Jaxton.

— Avec Rowen, oui.

Les deux hommes écarquillèrent les yeux avant de sourire doucement, et Rowen s'éclaircit la gorge.

— Pas ici et maintenant. Nous nous en occuperons plus tard.

— Compréhensible. Bon, d'abord, parle-moi de l'ancre sur ton corps. Que ressens-tu ?

Je fermai les yeux et essayai de réfléchir à ce que j'éprouvais. Oui, j'avais mal, mais je sentais aussi la peur, comme si j'effrayais mon ancre.

— Il a peur.

— D'accord, ce sera sûrement sa première transformation avec toi.

— Ton ancre est une entité à part entière ? demandai-je, confus. Je croyais que c'était toi.

— Ça l'est et ça ne l'est pas. Une ancre est le symbole de ta moitié métamorphe. Ton métamorphe, c'est toi, mais c'est aussi une autre partie de toi. En fin de compte, ce qu'il ressent et ce que toi tu ressens dans ton ancre seront la même chose, mais pour l'instant, vous ne faites pas encore qu'un. Quand ce sera le cas, vous fonctionnerez en symbiose.

— Je suis complètement perdu, merde ! grognai-je.

— Tant mieux. Parce que nous aussi. Parce que nous, on parle faucon, loup et ours, mais nous n'y connaissons rien en dragons.

— Des dragons ? répéta Franck en se mettant à rire. Les jeunes, il vous arrive toujours de ces trucs !

— Il n'y a pas eu de dragon sur cette terre depuis deux mille ans, dit Aspen dans l'obscurité, et nous nous figeâmes tous avant de nous tourner vers le roi faë.

— Ils sont réels ? s'enquit Nelle, et je n'avais même pas remarqué que la sœur à demi sirène de Jaxton était là à côté de son compagnon.

Ses cheveux bruns étaient remontés sur sa tête, et ses yeux charbonneux étaient écarquillés. Elle avait toujours arboré ce look gothique qui lui allait très bien, mais je ne pouvais pas me concentrer là-dessus à cet instant.

— Ils étaient réels. Puis ils se sont endormis, pas éteints en soi, mais ils sont passés à autre chose. À quoi, nous ne le savons pas, mais ils ont quitté notre terre. Jusqu'à aujourd'hui, apparemment. Je perçois quelque chose en toi.

— Ariel a dit que j'avais une odeur étrange, dis-je.

— Tu sens le feu, la terre et ta magie. Mais un sorcier métamorphe ? Ça va être intéressant.

— Ils existent, et il y en aura d'autres un jour ou l'autre, dit Rome d'un ton direct en fixant Sage, qui rougit. Il va falloir que je me renseigne à ce sujet bientôt.

— Alors, les dragons étaient réels ? demanda Laurel, croisant les bras sur sa poitrine. Ça aurait été sympa de le savoir.

Le roi faë haussa les épaules en se penchant vers Nelle, l'air bien trop détendu pour un homme qui venait de nous confirmer l'existence des dragons.

— Beaucoup de choses étaient réelles autrefois et ne

devraient plus avoir d'importance de nos jours. Mais avec la magie qui a été utilisée pour ramener son âme, et qui l'a été à juste titre parce que c'était nécessaire, les choses ont changé.

— Que dois-je faire ? demandai-je avant de souffler. Je ne serai pas une entrave à cette ville ni à ce cercle. D'une manière ou d'une autre, j'ai retrouvé mon âme. Je suis ici pour aider, mais apparemment, je dois d'abord surmonter ça. Merde !

— Les dragons sont des métamorphes. Écoute ce que disent les autres métamorphes. Nous serons là pour t'aider à garder ton calme.

C'était encore une fois quelque chose qui ne me plaisait pas, mais je chassai ces pensées et me concentrai sur l'ici et le maintenant.

— Tu as un lien avec ton ancre, tire dessus, laisse-la prendre le contrôle pour l'instant. Ton dragon a peur, mais il sait ce qu'il doit être, alors vous finirez par ne faire qu'un, et tout deviendra logique. Je te le promets.

Je les regardai et hochai la tête avant de tomber à quatre pattes et de souffler intensément. Rowen se précipita à mes côtés dans la seconde et tira sur mon pantalon. Je haussai un sourcil.

— Vraiment ?

— Tu as vraiment envie de ruiner un pantalon en te transformant pendant que tu le portes ?

— Tu marques un point.

— Et sur ces paroles, je crois que je vais me retourner et aller surveiller le périmètre ou je ne sais quoi, dit Laurel en riant, et Sage soupira.

— Je crois que je vais t'accompagner. Il y a certaines choses que tu n'as pas envie de voir chez un ami.

Jaxton se mit à ricaner.

— Très bien, alors on va te mettre tout nu, puis tu pourras te transformer en dragon. Voici des paroles que je n'aurais jamais pensé dire à l'un de mes meilleurs amis le jour où il récupère son âme dans le cœur de la ville.

Cela me fit rire, et la douleur s'atténua légèrement, exactement comme je savais que Jaxton essayait de le faire.

Alors je m'étirai, me mis à quatre pattes, et cherchai ce lien avec mon ancre. Elle sembla surprise et reconnaissante, avant de s'accrocher à moi. Mon lien avec Rowen palpitait, me tenait chaud, et je fis ce dont j'avais besoin. Je respirai.

Le dragon s'étira, le feu glissa le long de mon lien jusqu'à Rowen, qui laissa échapper un doux halètement de plaisir. Comme si elle était également surprise.

Je ne fus pas certain de ce qui se passa ensuite. Tout se replia sur soi, mais mes os s'étirèrent, mes muscles se tordirent, et puis tout devint chaud, bien trop chaud, et des lumières vives m'aveuglèrent presque. Et bizarrement, je me tenais bien plus haut au-dessus des autres qu'avant.

— Oh, merde ! s'exclama Rome en écarquillant les yeux, titubant presque en arrière. Sage vint à ses côtés, glissa sa main dans la sienne et resta là, bouche bée.

Les autres me regardaient aussi, et je me rendis compte que j'étais presque aussi grand que certains des plus petits arbres. Je baissai les yeux sur mon corps écaillé, mes quatre pattes et mes ailes.

— Oh mon Dieu, s'exclama Laurel. Tu es un foutu dragon !

— Un dragon, chuchota Jaxton avant de se mettre à rire. Il n'y a bien que toi pour revenir plus grand que Rome, dans le corps d'un maudit être mystique qui pourrait sûrement dévorer des revenants dans son sommeil. Bordel, il n'y a que toi, Ash !

Les autres se joignirent à eux, mais je me détournai, confus et un peu instable sur mes pattes. Je n'avais aucune idée de ce que je devais faire avec mes grands membres et je faillis trébucher, mais je me stabilisai. J'étirai mes ailes, remarquai les écailles rouges et noires, et me renfrognai. Qu'est-ce que j'étais censé faire avec ça ? M'envoler ?

— Tu es magnifique.

Le dragon en moi faillit se rengorger, et je me penchai, mon long cou s'étirant tandis que je pressais mon museau contre le flanc de Rowen. Je ne la poussai pas, mais elle tituba un peu avant de passer ses bras autour de ma gueule et de sourire.

— Tu es splendide. Nous allons avoir besoin d'un autre sort pour te garder caché aux yeux des masses, mais oh, mon Dieu ! Tu es beau !

— Et maladroit comme pas possible, ajouta Frank en riant. Nous allons devoir t'apprendre à marcher comme un dragon, et à voler comme lui. Heureusement que tu as un gros ours, un jaguar rapide, un roi faë et un faucon avec des ailes pour t'aider. Mais bon, sang, ce qu'on s'amuse à Ravenwood !

Je regardai les autres, puis mes écailles, et ouvris la bouche pour parler. Une petite volute de fumée s'échappa de mon nez, et je me rendis compte que je ne pouvais pas parler sous cette forme. Laurel plaqua sa main sur sa bouche en commençant à rire, puis Rowen leva les mains.

— OK, un petit sort pour garder ce secret aux yeux des autres. Juste un sort pour rester caché.

Je baissai les yeux sur mes griffes et les relevai vers elle.

— Rien que nous trois pour le moment, car je ne sais pas si tu peux faire de la magie sous ta forme de dragon. Une autre phrase que je n'aurais jamais pensé dire.

Je hochai la tête maladroitement alors que les trois femmes entamaient leur sort.

— *Nous faisons appel à la dame de cette terre. Nous faisons appel à la puissance de ce que nous avons commencé. Cachez notre dragon et son foyer, car il ne fait de mal à personne.*

Ce fut comme si quelqu'un avait mis un liquide frais sur mon corps, et les autres acquiescèrent.

— Nous le voyons puisque nous avons fait partie du sort, mais personne d'autre n'en sera capable. Je crois que tu pourrais même voler sans que personne s'en rende compte, ajouta Rowen. Mais tu vas devoir faire attention aux avions. Oh, bon sang ! Je pense que j'ai besoin de m'asseoir.

Je tendis mes griffes et la rattrapai alors qu'elle était

sur le point de tomber. Elle posa ses mains sur mes paumes d'écailles et me regarda.

— Oh, mon Dieu !

Je m'étirai avant de bâiller, et mon corps palpita à nouveau.

Je déposai Rowen avant de me pencher, de me tordre et de me retrouver nu sous forme humaine, en tremblant de tout mon corps.

— Sacré voyage !

— Apparemment, tu n'as pas encore assez de force ou de contrôle pour garder longtemps ta forme de dragon, mais tu en as un. Très bien. Il semble qu'un dragon et une sorcière de Ravenwood soient accouplés, et qu'il y ait quelques changements. Oriel ne va pas comprendre ce qui lui arrive.

Je les regardai, puis regardai ma compagne, et je la serrai contre moi, alors même que j'étais agenouillé au sol.

Je ne savais pas ce qui nous attendait ni ce qui allait se passer, mais peut-être, juste peut-être que le destin venait de nous donner un coup de pouce. Après tout ce temps, peut-être pourrions-nous gagner.

CHAPITRE

DOUZE

ROWEN

J'étais assise en tailleur sur le sol de mon bureau dans ma boutique, tandis qu'Esmeralda s'occupait à l'avant des clients qui passaient. J'essayai de me concentrer sur moi. Je prenais rarement ce temps pour moi, consacrant la plupart des heures de la journée à travailler sur des sorts, des teintures et d'autres sortilèges. Quelqu'un devait gérer le stock pour le magasin. Nous faisions appel à des marchands locaux et vendions des livres du monde entier, mais les sacs de sorts et les potions qui facilitaient la magie inhérente requéraient une sorcière. Et c'était moi qui m'en chargeais.

J'ignorai le pincement au cœur lorsque je me souvins que parfois, Penelope s'asseyait à mes côtés et m'aidait à traiter les sacs de sorts. Elle avait été une aide merveilleuse pour choisir les herbes, les bâtons de cannelle et autres accessoires parfaits. Elle se dénigrait toujours à cause de la magie dont elle n'était pas capable, et pourtant, je savais qu'elle était bien plus forte qu'elle ne le laissait croire. Peut-être que cette force venait de ce qu'elle était plutôt que de la magie dans ses veines, mais elle comptait quand même à mes yeux. Elle était capable de lire n'importe quel petit sort de guérison ou de foyer que j'avais fait pour elle et pouvait utiliser ses petites magies pour le faire fonctionner.

C'était un pouvoir en soi, et j'avais été fière de la considérer comme mon amie.

Penelope n'était ni ma mère ni ma tante. J'avais ces deux-là dans ma vie depuis plus longtemps que Laurel. Et Penelope avait été plus proche de Laurel que presque tout le monde en ville. Elle avait même été plus proche de Laurel que de Sage. Mais en même temps, j'avais l'impression qu'elle aurait pu faire partie de notre cercle. Seulement, les choses ne s'étaient pas passées comme prévu, et Penelope nous avait été arrachée de la manière la plus grotesque qui soit. Elle était morte tout comme ma tante. Tout comme mes parents. Tout comme les parents de Laurel et Ash. Les parents de Sage étaient toujours en vie, mais ils ne pratiquaient pas la magie, et soit ils ne savaient vraiment pas qu'elle existait, soit ils refusaient d'y croire. De toute manière, nous formions notre propre famille, maintenant. Mais je ne savais pas combien de temps encore nous pourrions tenir comme nous le faisions. Combien de temps encore nous pouvions rester unis et aussi forts que nous devions l'être. Surtout face au danger qui nous guettait.

Le quartier magique entourant la ville vibra, et je

grimaçai en frottant mon poing sur mon cœur. J'essayais de méditer, de me concentrer sur mon pouvoir en tant que sorcière et en tant que femme, mais les protections ne l'entendaient pas de cette oreille. Cette fois, je n'avais pas l'impression qu'il s'agissait d'un empiétement ou d'une intrusion. Non, c'était parce que les protections vacillaient, ne disparaissaient pas complètement, mais éprouvaient plus de difficultés que prévu à rester fortes.

Car ceux qui les maintenaient debout n'étaient pas assez forts. D'une manière ou d'une autre, le cercle et moi devions nous réunir pour tisser notre magie ensemble afin de renforcer les protections. Le problème était que nous essayions de replacer des éclats de verre dans un dôme plutôt que de faire un tissage.

Je craignais vraiment que le seul moyen de mettre cette ville à l'abri et de renforcer complètement les protections soit de les démolir et de les reconstruire.

Seulement, nous n'avions pas cette option. Pas alors qu'Oriel et ses revenants encerclaient la cité pour s'emparer du cœur de la magie. Une partie de moi avait envie d'en vouloir à mes aînés, aux ancêtres qui avaient combiné leur magie pour protéger ceux qui les entouraient. Le cœur avait évolué vers cette nouvelle entité, et je n'étais pas certaine de savoir comment nous pourrions le réparer. Ou même le sauver.

Je me concentrai à nouveau et songeai à ma magie intérieure, à mes liens avec le monde. Une unique bougie s'alluma devant moi, et je me concentrai sur la flamme, me laissant aller à la détente. D'abord le bout de mes doigts, puis mes poignets et mes coudes. Je laissai la sensation apaisante se déplacer le long de mes bras, puis de mon dos, de mes jambes, jusqu'à mes orteils. Puis je remontai lentement, la sensation d'engourdissement faisant son œuvre tandis que je la faisais remonter le long de ma nuque, sur mes paupières et descendre dans ma bouche. J'inspirai par le nez, expirai par la bouche, et je pus à nouveau me concentrer.

Les protections pulsaient légèrement. C'était un avertissement, non pas d'un danger imminent, mais d'un manque d'énergie. Je soufflai et insufflai plus de moi dans les protections. Elles fleurirent, et je relâchai une respiration plus tremblante, toute l'énergie que j'avais gagnée grâce à ma méditation ayant disparu.

Si je n'y prenais pas garde, je ne serais pas assez forte.

Mes yeux s'ouvrirent au moment où la cloche tinta au-dessus de la porte du bâtiment. Alors qu'en temps normal je pouvais l'ignorer, ce n'était pas le cas de cette personne. Je le sentais venir vers moi, sa magie était forte, mortelle. C'était différent de ce qu'il avait été auparavant. Pas parce qu'il n'était plus cet homme froid, pas parce qu'il avait une âme, mais parce qu'il portait un prédateur en lui. Un nouveau type de prédateur.

Ash et son dragon.

Je me penchai en avant pour souffler la bougie, puis repoussai mes cheveux de mon visage au moment où Ash entrait, un sourcil relevé.

— Tu es magnifique.

— Je parie que tu dis ça à toutes les sorcières qui méditent dans leurs boutiques.

Je ris en essayant de masquer la gêne occasionnée par

une séance de méditation médiocre, et étendis mes bras au-dessus de ma tête. Le regard d'Ash se porta directement sur mes seins, et je ne pus m'empêcher de rire.

— Tu en profites ? lui demandai-je.

— Avec toi ? Toujours.

Il s'agenouilla devant moi, prit mon visage entre ses mains et pressa ses lèvres contre les miennes. Je me laissai aller contre lui. Ce parfum de bois de santal m'enveloppa comme s'il me revendiquait. L'odeur était plus fumée qu'avant, et je ne pouvais m'empêcher de me demander si c'était le dragon, et non pas l'homme avec des souvenirs et des expériences auxquelles je n'avais pas participé.

Il ne s'était pas transformé depuis cette première fois, et aucun d'entre nous n'était sûr qu'il le ferait à nouveau. Un dragon métamorphe, c'était du jamais vu, et même Aspen restait bouche cousue, mais je ne pensais pas pour autant qu'il nous cachait des choses. Non, nous ne savions pas ce qui se passait avec Ash et son dragon. Par conséquent, nous ne pouvions pas nous y fier dans la bataille. Et je savais que cela devait lui faire mal, mais Ash était fort. C'était un sorcier. Et il était la base de notre cercle. Pas la puissance des trois, mais la base qui nous stabilisait.

Du moins, c'était ce qu'il serait si nous parvenions à nos fins. Nous n'en étions pas encore là. Les magies qui devaient être tissées ensemble demandaient du temps, de la patience et de la puissance. Nous n'étions pas prêts.

Oriel semblait l'être de son côté, et cela m'inquiétait de plus en plus chaque jour qui passait.

— Je voulais voir si tu voudrais venir déjeuner. Je ne voulais pas t'interrompre.

Je lui souris et le laissai m'aider à me relever tout en secouant la tête.

— Tu n'as rien interrompu. J'avais terminé.

— Si tu en es sûre.

Il croisa mon regard, fixa mon visage.

— Je le suis. Nous pourrions essayer ce restaurant italien, si ça te dit.

— Je crois que c'est dans cet endroit que nous sommes allés toute notre vie.

Ses lèvres s'étirèrent en un petit sourire qui m'ébranla. Non pas que je ne voulais pas le voir, mais parce que j'avais l'impression de voir une personne de mon passé sur le visage de mon présent. C'était une étrange dichotomie pour laquelle je n'étais pas sûr d'être prête.

— Ravenwood n'est pas un New York chic avec un millier de restaurants à disposition. Ce n'est que la maison.

Ignorant l'amertume dans mes propos, je me demandai d'où elle venait. Ash avait voyagé dans le monde. Et j'étais la fille de la petite ville. Peu importait qu'on nous qualifie de sorcières dotées de pouvoirs et ayant la capacité de sauver le monde. Je n'avais jamais quitté ma ville. Et il avait vu le monde.

Il l'avait tenu dans ses mains alors que j'étais restée derrière. Il avait obtenu ses diplômes, plusieurs licences et quelques masters, parce qu'il était très brillant et qu'il absorbait les connaissances. J'avais terminé mon diplôme en ligne parce que la ville m'avait retenue. Je ne pouvais pas m'éloigner, parce que si je partais, les protections allaient tomber. J'avais un diplôme de commerce de mauvaise qualité avec de faibles notes parce que je ne pouvais pas me concentrer et m'y consacrer vraiment. Je n'avais même pas quitté le pays. Et Ash possédait des maisons dans plusieurs endroits du monde.

— Pourquoi ce regard ?

La voix d'Ash me tira de mes pensées, et je secouai la tête, la honte remontant le long de ma colonne vertébrale.

— Je m'apitoie sur mon sort. Chose que je préférerais ne pas faire.

— Parle-moi, Rowen. Je croyais que c'était moi qui devais m'apitoyer sur mon sort.

Comme il l'avait prévu, je lui souris.

— Je me disais que tu as fait tellement plus de choses que moi. Autre que la magie, je suppose. Nos vies sont si différentes, c'est étrange de penser que le destin nous réunirait.

Ash se renfrogna.

— Si tu enlèves la magie, alors, nous ne sommes plus qui nous sommes. Et nous ne sommes pas ensemble à cause de la magie. Tu le sais. Ou du moins, tu savais que ce n'était pas le cas avant. J'ai l'impression d'être une toute nouvelle personne, et nous découvrons ce nouveau chemin que nous devons emprunter, mais c'est une bonne chose. Nous pouvons faire en sorte que ça fonctionne. Mais, Rowen, ne te dévalorise jamais à cause de ce que tu as dû sacrifier pour protéger ta famille, cette ville et les étrangers qui s'y trouvent. Tu as fait tout ce qui était en ton pouvoir pour sauver ce foutu monde. Ne te dévalorise pas.

— Eh bien, dit comme ça ! le taquinai-je, même si je gardais une pointe de doute.

Elle allait s'envenimer si je ne m'en occupais pas, mais j'avais des choses bien plus sérieuses à régler que mon propre bien-être émotionnel. Ou du moins ma jalousie à ce propos.

— Allons chercher quelque chose à manger. Je vais demander à Esmeralda si elle veut qu'on lui apporte quelque chose.

Je cillai.

— Tu connais son nom ? Je n'avais pas réalisé que c'était le cas.

Ash détourna un peu le regard, puis je me rendis compte que je n'aurais pas dû dire quoi que ce soit.

— Je le savais avant. Parce que je m'efforçais de connaître tous ceux qui m'entouraient pour me servir d'eux d'une manière ou d'une autre si nécessaire. Mais je le savais. Je ne prononçais pas son nom avant parce que la partie de moi qui s'en souciait n'était pas là. Mais je le savais. Et je vais faire des efforts pour me racheter pour le salaud que j'étais.

— Si je n'ai pas le droit de m'en vouloir pour les décisions que j'ai été obligée de prendre, tu ne peux pas non plus.

Ash resta silencieux pendant si longtemps que j'eus

peur d'avoir encore une fois dit quelque chose de mal. Étrange, avant, c'était Ash qui était toujours dans cette situation, mais maintenant, c'était moi qui n'arrivais pas à suivre.

— Je suppose que pour chacun de nous, c'est plus facile à dire qu'à faire.

J'ouvris la bouche pour dire quelque chose, mais les protections se déclenchèrent, et cette fois, ce n'était pas une opération normale. Non, c'était quelque chose de bien pire.

— Des revenants, derrière nous.

Les yeux d'Ash brillèrent, et je me demandai un instant si c'était sa magie, mais non, c'était le dragon. Encore une chose à laquelle il faudrait que je m'habitue.

— Tu peux appeler les autres par le biais du cercle ?

Mon cœur se serra et je secouai la tête.

— Ça n'a pas marché la dernière fois.

— Parce qu'Oriel t'en empêchait. Continue d'essayer, et j'appelle Rome. Nous allons y arriver.

J'aimais l'entendre si optimiste, même si j'espérais de tout cœur qu'il n'avait pas tort. Pas alors que je ne me sentais pas solide sur mes pieds, et qu'Ash ne s'était pas battu avec sa nouvelle âme et sa connexion à ses pouvoirs. Nous n'étions pas prêts. En dépit d'une vie entière de préparation, nous n'étions pas prêts. Et j'en eus honte.

Après avoir appelé Esmeralda pour qu'elle reste en sécurité et qu'elle verrouille la pièce, je courus à l'arrière et je me retrouvai à regarder défiler les revenants dans la ruelle qui reliait notre rue à la forêt. Un petit ruisseau qui se jetait dans la grande rivière bouillonnait comme si quelqu'un y envoyait de la magie, mais ça ne ressemblait pas à de l'eau. Non, on aurait dit de l'air.

Les poils de ma nuque se hérissèrent.

— Oriel. Il est ici. Mais pas vraiment. Il envoie ses revenants, et il fait quelque chose avec le ruisseau, mais je ne sais pas quoi.

— Ça fait le même effet que quand j'essaie de mouler de l'eau, mais sans succès, dit Sage en s'avançant.

Je fronçai les sourcils et regardai mon amie, qui courait vers nous.

— Tu as raison, mais plus encore, c'est comme si je me servais de ma magie de l'air pour trancher sous l'eau elle-même, mais que je ne t'ai pas toi avec ton pouvoir pour la guider.

Sage hocha la tête en venant à mes côtés et en faisant rouler ses épaules en arrière.

— Alors, nous allons nous battre. Parce qu'il n'a pas de sorcier de l'eau avec lui maintenant et, d'après ce que nous pouvons voir, il est seul. Mais pas nous.

— Il n'est pas tout à fait seul, ajouta Laurel, qui courait vers nous, épée à la main, Jaxton volant au-dessus de sa tête. Il a toujours cette garce du feu.

— Alors, battons-nous.

Ash fit rouler ses épaules.

— Je ne crois pas être capable de prendre ma forme de dragon.

— Nous ne savons pas comment nous battre sous cette forme. Ce ne serait pas bon, grommela Rome en levant les yeux vers Jaxton.

Laurel souffla un grand coup.

— Jaxton va rester sous cette forme. Il a eu une longue journée de transformation à cause de problèmes avec l'aile.

Je croisai son regard. Elle secoua la tête.

— Rien de grave. Des trucs habituels pour l'aile, mais il est épuisé. Donc il va rester comme ça.

J'étais inquiète, mais repoussai cette pensée parce que nous devions être plus forts.

— On pousse, et on essaie de tenir les revenants à distance avant de se battre.

— Je vous regarderai faire ce que vous avez à faire, mais débarrassez-vous des derniers retardataires, grogna Rome, les griffes sorties.

Il était sous forme humaine, mais malgré cela, avec ses griffes et ses crocs, il était capable d'arracher la gorge de n'importe quel revenant qui s'approchait. J'étais consciente cependant qu'avec les dizaines de personnes qui rampaient lentement vers nous, cela ne suffirait pas, à moins que nous ne les encerclions.

Je savais, grâce aux lignes de communication que nous avions mises en place, que les autres métamorphes et Aspen, et même certains sorciers et humains veillaient à la sécurité de la ville dans leurs secteurs, mais nous étions responsables du combat en première ligne. C'était notre travail. Je devais faire confiance aux autres parties de la ville pour assurer leur sécurité. Ou nous alerter s'il y avait des problèmes plus importants.

— Quel sort ? s'enquit Laurel en me prenant la main.

Ash prit l'autre, et Sage fit de même avec la sienne.

— Le sort de bannissement.

Laurel hocha la tête, et je me laissai envahir par la magie avant que nous parlions.

— *Bannissez le mal et ceux qui veulent faire souffrir. Donne-nous le courage de relever nos bras. Sœurs, frères, ancêtres, amis, notre force est inégalée et infinie. Seigneurs et dames, les guides spirituels eux aussi nous montrent le chemin et nous protègent dans tout ce que nous devons faire. Aujourd'hui est notre jour, ensemble nous nous levons, la victoire est à nous de la terre aux cieux !*

Seulement, cela ne fonctionna pas. Je le sus au moment où nous prononçâmes les paroles. Les protections fluctuèrent à l'instant précis où nous finîmes de parler, et elles me privèrent de ma magie, rien qu'un instant, mais je criai, du sang coulant de mon nez tandis que je tombais à genoux. Sage et Laurel me regardèrent pendant un moment, mais elles ne pouvaient pas aider, car elles devaient combattre ce qui se trouvait devant nous alors que les revenants se rapprochaient, traversant l'eau comme si rien ne les retenait. Et c'était ce que faisait Oriel. Il se servait de la magie de l'air pour guider les revenants vers nous sans avoir à être là.

Laurel et Jaxton se battaient contre un côté de l'ennemi, l'épée de mon amie prenant feu alors qu'elle tranchait un revenant. Jaxton descendit en piqué, plongeant ses serres dans les yeux du cadavre le plus proche, puis plus profondément, laissant des entailles alors que le revenant tombait et que Laurel employait son feu pour le réduire en cendres. Sage marmonnait des sorts à voix basse, utilisant l'eau du ruisseau contre la magie d'Oriel pour repousser les revenants. Dans le même temps, Rome s'occupait de ceux qui s'approchaient d'elle et les tuait instantanément. Je finis par remarquer que Sage avait aussi une batte à la main et qu'elle se servait de la force que lui avaient donnée des heures et des heures d'entraînement avec l'ours alpha pour fracasser la tête d'un revenant, puis d'un autre.

Ils travaillaient aux côtés de leurs compagnons, se battaient et gagnaient. Et pourtant, je n'avais pas pu utiliser ma magie et ma force pour arrêter les revenants sur leur chemin, au départ.

C'était ma famille, la famille du cercle. Et ce n'était pas suffisant.

Ash me tourna vers lui et essuya le sang de mon nez.

— Merde !

C'était tout. Il n'y avait pas grand-chose d'autre à dire.

Il savait ce qui se passait, du moins en partie, et nous n'étions pas assez forts à ce moment-là. Et je me détestais. Je voulus me battre, mais je ne tenais pas sur mes pieds. Ash me soutint, de la fumée s'échappant de son nez alors que son dragon se manifestait, mais il ne se transforma pas. Il ne pouvait pas. Et je ne pouvais pas me battre.

À la place, je laissai les autres descendre les revenants. Frank arriva et aida sous sa forme de jaguar, et Aspen et Nelle vinrent nettoyer le désordre.

Je pris appui sur le sol, mon corps tremblant alors que la magie me quittait avant de revenir en force, mais je n'atteignis pas le cœur. Je ne cherchai pas Oriel. Je voulais juste respirer.

Je tentai de me dire que je n'étais pas en train de mourir. Seulement, je savais que si je prononçais ces mots à haute voix, ce serait un mensonge.

CHAPITRE
TREIZE

ASH

Le lendemain matin, je me tenais sous le porche de Rowen en me demandant ce que je devais faire. Ma nervosité reflua tandis que le dragon que je n'arrivais pas à nommer grognait légèrement avant de s'endormir. C'était étrange de penser qu'après tant d'années, je ressemblais davantage à Rome et à Jaxton qu'auparavant. J'étais un métamorphe. Un qui ne savait pas le maîtriser et qui ne savait pas s'il reviendrait un jour, mais j'étais un métamorphe.

Et je n'avais aucune idée de ce que cela signifiait.

Cependant, aujourd'hui, il ne s'agissait pas de moi, de mon âme ou de mon dragon. Non, il s'agissait de la femme qui me donnait envie de m'arracher les cheveux, celle devant laquelle je voulais tomber à genoux en implorant son pardon.

Et après laquelle j'avais envie de crier parce qu'elle ne prenait pas soin d'elle. Eh bien, si elle refusait de le faire, je m'en chargerais pour elle ! J'étais parti bien trop long-

160

temps, mais à présent, j'étais de retour. Alors, j'allais m'occuper d'elle. Même si elle m'en voulait pour ça.

La porte s'ouvrit, et Rowen était là dans une robe courte et vaporeuse dont le tissu cuivré soyeux frôlait ses cuisses. Elle possédait de longues manches évasées et ressemblait davantage à une robe d'intérieur qu'elle aurait pu associer à quelque chose de plus chic si nous étions sortis. Non pas que nous l'ayons prévu. Dernière-ment, nous n'avions pas de temps pour ces choses-là.

— Pourquoi tu me fixes ?

Elle baissa les yeux sur ses pieds et jambes nus et haussa les épaules.

— Je croyais que j'aurais l'air mignonne aujourd'hui, parce que je ne me sens pas très bien, mais au lieu de ça, j'ai juste l'air bizarre.

Je tendis le bras, empoignai sa nuque et l'attirai pour l'embrasser. Elle gémit contre moi, et je lui mordis la lèvre, souriant quand elle me pinça le flanc.

— Tu es terriblement sexy. Je me disais simplement que je ne t'avais pas vue dans une robe courte comme celle-ci depuis des années.

— J'ai tendance à porter des jupes longues et fluides, mais j'avais envie de mettre celle-ci.

Elle m'attira dans la maison, et je refermai la porte derrière moi. Elle baissa les yeux sur elle, tirant sur les extrémités de sa robe.

— J'ai rarement l'occasion de porter des vêtements mignons comme ça, ces jours-ci. Je n'ai nulle part où les porter. En plus, je n'aime pas montrer autant de peau.

Le col de sa robe remontait jusqu'à son cou, où la

dentelle jouait à cache-cache. La seule peau qu'elle dévoilait était celle de ses cuisses. Je savais qu'elle n'aimait pas en montrer autant, et j'en eus l'eau à la bouche.

— J'aime bien.

— Et je suppose que c'est tout ce qui compte.

Elle fit un clin d'œil, et c'était comme si nous jouions tous les deux à un jeu où nous devions découvrir qui nous étions *aujourd'hui*.

— Honnêtement, je ne l'ai jamais portée, je l'ai achetée sur un coup de tête, alors je me suis dit que je pourrais la porter à la maison pendant que j'étudie mes grimoires.

Elle avait piqué mon intérêt, et je jetai un œil derrière elle.

— Qu'étudies-tu ?

— Je cherche juste des moyens de renforcer les protections et d'arrêter Oriel d'une manière ou d'une autre. Il a plus de pouvoir que nous, car il a accès à la magie noire. Ça m'énerve, franchement.

— C'est une tricherie.

Mon dragon grogna en même temps que moi.

— Une tricherie qui est si diabolique qu'elle me donne envie de vomir.

Je soupirai et me penchai en avant, inspirant son odeur sucrée et épicée.

— Tu n'es pas obligée de toujours te débrouiller seule.

— Tu dis ça, et pourtant, j'ai l'impression d'avoir deux trains de retard. Il a tellement de magie ! Et nous ne pouvons pas l'aspirer.

— Nous sommes plus forts ensemble.

Alors, elle posa sur moi un regard chaleureux.

— C'est comme si tu étais une personne différente. Et pourtant, tu restes le même. Pas seulement le même qu'avant, mais la même personne que tu étais la semaine dernière.

Je haussai les épaules et passai devant elle pour me rendre dans sa salle de travail, où elle avait étalé ses livres, éparpillé des notes, des fleurs et des herbes séchées accrochées aux fenêtres embuées de sa serre. Je tentai de rassembler mes idées, car je n'étais pas sûr de ce que je ressentais, pour commencer.

— Je suis toujours cette personne. Les trois. Parce que je ne peux pas retirer les souvenirs ou les actions. Je suis toujours l'homme qui a fait ces choix. Toujours l'homme qui a brisé quelque chose en lui. Je ne peux pas changer ça.

— Et peut-être que tu ne devrais pas. Parce que si nous dissimulons tout ça, sommes-nous meilleurs qu'Oriel ?

Je me tournai alors vers elle avec un sourire en coin.

— Non, nous ne sommes pas meilleurs. Mais c'est bien le problème, n'est-ce pas ?

Elle laissa échapper un soupir et se pencha en avant, frôlant mon col du bout des doigts. Ma magie palpita. Elle la recherchait, comme toujours.

— Je suppose que c'est difficile de concilier les deux parties.

— Ou peut-être plus que deux, ajoutai-je au bout d'un moment. De toute manière, nous ne pouvons pas revenir en arrière. Je le sais. Donc, ça signifie que je vais avoir besoin que tu me dises ce qui se passe, Rowen.

Ma voix devint froide. Aussi froide qu'elle avait pu l'être avant que je retrouve mon âme.

— Que veux-tu dire ? me demanda-t-elle.

Je me renfrognai.

— Ne me mens pas. Pas maintenant. Jamais. Dis-moi.

— Tout va bien.

— Il y a un problème. Tu ne cesses de t'évanouir. Je sais que la magie est trop forte. Mais que se passe-t-il exactement ? Assez de banalités, ça suffit de me dire que tu vas t'en sortir et que tu es simplement fatiguée ou que les protections sont un peu trop lourdes ce jour-là. Parce que c'est tous les jours, et que ça s'aggrave.

— Je ne veux pas en parler, chuchota-t-elle.

Je m'inclinai vers elle, pris son visage entre mes mains.

— Non. Nous n'allons pas faire ça. Ni maintenant ni jamais.

— Et si je devais le faire pour survivre ?

Mon cœur se tordit et je relâchai une respiration calme pour ne pas crier.

— Alors, nous allons avoir un problème. Parce qu'il faut que tu puisses toujours venir me voir.

Je fis une pause. Je savais que mes prochaines paroles étaient nécessaires.

— Les protections sont-elles en train de te tuer ?

Elle pinça les lèvres avant de se décomposer.

— Oui. Chaque fois que les protections sont rompues, chaque fois qu'un revenant passe à travers, que nous sommes attaqués ou que je dois employer ma magie d'une manière inhabituelle, ça m'affaiblit. Je croyais que ça voulait simplement dire que les protections allaient se briser et qu'il faudrait les reconstruire, mais non, je pense que c'est différent, maintenant. Je crois que j'ai des ennuis.

Je le savais. *Je le savais.* C'était impossible autrement. Je savais que quelque chose lui faisait du mal, qu'il y avait un terrible problème. Mais j'aurais voulu qu'elle le nie. Même si nous constations que cela l'affaiblissait, je voulais qu'elle le nie.

— Alors, détache-toi. Ne te laisse pas faire. Éloigne-toi. Nous protégerons la ville d'une autre manière. Tu n'as pas à faire ça.

Elle sourit doucement.

— Je peux ? Je peux vraiment m'en aller comme ça ? M'éloigner de tout ? Parce que tu sais que je ne peux pas, que ça me briserait de le faire.

— *Tu me brises.*

Je n'avais pas l'intention de prononcer les mots à haute voix.

— Nous avons de l'honneur. Nous le savons. Je ne peux pas laisser tomber les protections et laisser les innocents mourir à cause de moi.

— Et je ne peux pas te laisser mourir.

— Je ne pense pas que nous ayons le choix. À moins de briser Oriel, et que nous ayons plus de temps ou que nous trouvions quelque chose dans l'un de ces grimoires pour renforcer les protections, je ne peux pas m'en détacher. Et ça n'a rien à voir avec mes désirs.

Elle planta son regard dans le mien.

— Je ne peux pas faire ça, murmura-t-elle, et mon cœur se brisa.

— Rowen.

— Contente-toi de m'embrasser, dit-elle avant de secouer la tête. Nous savons que ce qui se prépare sera terrible. Que même si nous avons la force du cercle, quelque chose ne va pas à cause d'Oriel. Nous savons tout ça. Ce n'est pas une découverte. Tu le sais. Mais tu viens juste de revenir. Tu me reviens enfin. Et je n'arrive pas à respirer. Alors, serre-moi. Embrasse-moi. Fais-moi l'amour. Et laisse-moi juste oublier.

Je n'avais pas de mots. Je ne pouvais rien dire pour améliorer la situation. Parce que je savais que si j'essayais de faire quelque chose, cela pourrait empirer la situation, et parce que je n'avais pas les idées claires. Alors, je fis ce qu'elle me demandait. Et j'allais la laisser oublier. Tant que je trouverais un moyen d'oublier avec elle.

Je l'embrassai tendrement, glissant mes mains dans ses cheveux tandis qu'elle me souriait, même si je savais que ce sourire n'était pas entier et probablement forcé, parce que la femme que j'aimais était en train de mourir.

Tout comme moi auparavant, elle avait tout sacrifié pour moi.

J'allais la protéger, et ensuite peut-être, vraiment peut-être qu'elle me laisserait faire plus.

J'écartai ses cheveux de son visage, l'embrassant doucement, puis un peu plus fort. Je la ramenai vers le canapé où elle éclata de rire en retombant sur moi. Elle s'installa de biais sur mes genoux, les jambes croisées aux chevilles sur le canapé tandis que je plantais mes pieds au sol. Puis je fis remonter mes mains sur ses cuisses, caressant doucement sa peau nue de mes doigts. Elle frissonna quand je posai mon autre main dans le creux de ses reins et qu'elle se cambra pour moi. Je caressai ses seins à travers sa robe et mordis doucement son mamelon. Mes yeux s'arrondirent lorsque je réalisai qu'elle était nue en dessous, et elle se lécha les lèvres.

— J'aime la sensation de la soie et de la dentelle sur ma peau.

Je gémis alors que ses fesses se collaient contre mon membre couvert, et je déglutis fort.

— Je vais jouir dans mon pantalon comme un adolescent.

— Tu ferais mieux d'éviter. Parce que j'ai envie de toi en moi.

— Alors, je suppose qu'il va falloir que je fasse de mon mieux.

Je caressai doucement ses fesses nues sous la robe, m'émerveillant du fait qu'elle ne portait pas plus de culotte que de soutien-gorge. Nous allions lentement, prenant notre temps, tandis que je lui écartais douce-ment les fesses, jouant avec elle, avant de glisser mes mains entre ses replis intimes, sondant son entrée humide. Elle frissonna, écartant ses jambes pour moi, et je retirai mes mains, serrant ses cuisses l'une contre l'autre.

— Non. C'est moi qui décide, aujourd'hui.

— Ash !

— Tu es à moi, Rowen. Laisse-moi m'occuper de toi.

Je continuai de l'embrasser, frottant doucement sa peau avant de remonter légèrement sa robe, l'exposant ainsi à mes yeux.

Elle était pliée sur mes genoux, les jambes croisées aux genoux. Sa tête était légèrement au-dessus de la mienne, de sorte que ses seins se trouvaient devant ma bouche. Alors je l'embrassai à nouveau à travers la robe, cette fois-ci en la faisant légèrement tourner pour que son buste soit au-dessus de moi, les fesses relevées. Ensuite, je jouai délicatement avec elle avant de remonter complètement sa robe. Nous gémîmes ensemble quand elle se frotta sur mon sexe. Dans cette position, nous ne pouvions pas totalement faire passer sa robe par-dessus sa tête, alors je murmurai un sort qui la fit disparaître.

Elle rejeta la tête en arrière dans un éclat de rire.

— Ash !

— Je te veux comme ça, dans cette tenue quand je te donne du plaisir. J'utiliserai ma magie si nécessaire.

Elle gémit encore quand je m'accrochai à son mamelon, que je suçai et tirai alors qu'elle se tordait sur mes genoux. J'avais une main derrière son dos, la maintenant en place pendant que je suçais ses tétons. Elle était cambrée sur moi, ses fesses en l'air sur mes genoux ; je l'écartai doucement avant de jouer avec ses replis. Elle était humide, scintillante, glissante sur mes doigts, et lorsque je la pénétrai doucement, elle frémit. Elle baissa la main, arquant davantage ses seins dans ma bouche tandis qu'elle saisissait mon membre à travers mon pantalon. Elle serra et je gémis, la transperçant de deux doigts. Je la taquinai lentement, glissant sur son clitoris, faisant tourner mes doigts pour trouver son point G. Elle était mouillée et glissante, et alors que j'accélérais nos bruits à tous les deux, des grognements et des respirations lourdes, je m'enfonçai en elle, deux doigts, puis trois. Ses fesses remuaient alors que je la prenais avec mes doigts. Elle serra mon membre et je suçai ses mamelons plus fort, je la mordis, laissai des bleus. Et quand elle jouit, se cambrant contre mon corps, je glissai mes doigts hors d'elle, puis lui claquait la fesse. Je frottai la brûlure, puis la frappai encore, encore, encore. Sa peau prenait une teinte rose et ses yeux s'assombrirent. La magie autour de nous flottait dans l'air alors que nous nous enlacions.

Je l'embrassai encore avant de la soulever et de la plaquer visage contre le canapé. Elle gémit en souriant et je défis ma ceinture, baissai mon pantalon et la pénétrai d'un seul coup de reins. J'agrippai ses hanches alors qu'elle se poussait contre moi, et je la pris brutalement. Plus de lenteur, plus de douceur. Il n'était plus question que de nous deux en manque. Elle claqua des doigts en marmonnant un autre sort à mi-voix, et tous mes vêtements disparurent. Je souris, puis me retirai d'elle, avant de la faire tourner pour la soulever. Je tenais ses cuisses pendant que je la plaquai sur mon sexe, avec un genou sur le canapé, l'autre pied planté au sol, et je la tirai vers le haut sur moi, puis vers le bas à nouveau. Ses seins rebondissaient pendant que nous faisions l'amour, de plus en plus fort. Et quand je me mis à trembler, nous rapprochant tous les deux de la jouissance, je me retirai à nouveau d'elle, la couchai sur le canapé et lui écartai les cuisses. Je suçai son sexe, le léchant et le fouillant, faisant tourner mes lèvres autour de son clitoris. Quand elle jouit à nouveau, je continuai, aspirant son orgasme, puis je fis glisser doucement mes doigts plus bas, sous son sexe, me servant de sa moiteur pour la préparer. Elle gémit, écartant davantage les jambes, et je tâtai délicatement son derrière en souriant.

— Tu es prête ?

— Toujours. Pour toi. Toujours.

Je balayai l'atelier du regard, heureux de voir une bouteille flotter vers nous, et je secouai la tête.

— Bien sûr que j'en ai. Tu me connais. Tout est naturel.

Je souris, me penchai pour l'embrasser à nouveau, puis me servis de son lubrifiant naturel pour la mouiller, ainsi que mon membre. Et quand je la pénétrai, nous gémîmes à l'unisson. La magie scintilla autour de nous, de petits éclats de lumière vrombissant dans l'air. Nous étions doux, nous prenions tous les deux notre temps tandis que je faisais doucement glisser mon pouce sur son clitoris, la stabilisant ; puis je fus profondément enfoui en elle, et l'intensité nous fit gémir encore. J'avançai lentement, sachant que je n'allais pas tenir très longtemps. Elle commença à bouger plus rapidement, et je la rattrapai. Quand elle jouit à nouveau, son corps me serrant, je jouis avec elle, la remplissant, tous les deux tremblant de besoin.

Je la serrai contre moi, me disant que ce n'était pas la dernière fois. Cela ne l'avait pas été autrefois, quand je croyais que c'était moi qui allais mourir. Et ce ne serait pas la dernière fois maintenant.

Ensuite, nous nous nettoyâmes et nous nous tînmes nus sur le canapé, reprenant tous deux notre souffle.

— Nous allons trouver un sort.

— Je crois que je sais ce que je dois faire.

La certitude de son ton attira mon attention.

Je la regardai et serrai sa hanche.

— Comment puis-je t'aider ?

— Je crois qu'il faut que je parle aux ancêtres. Aux fondateurs. Nous devons trouver comment protéger le cœur de la ville.

— Si nous faisons ça, il faut qu'on trouve de quelle manière te séparer des protections. Parce que lorsqu'elles tomberont, et nous savons l'un comme l'autre que c'est une possibilité, je refuse de te laisser partir.

Elle prit mon visage entre ses mains et m'embrassa doucement.

— Nous pourrions ne pas avoir le choix.

— Alors, je me battrai jusqu'à la fin du monde pour faire ce choix pour nous.

Je la serrai contre moi alors que les larmes roulaient sur ses joues. Rowen ne pleurait jamais, et pourtant, chaque jour, elle en faisait de plus en plus.

Rien que pour ça, j'arracherais le cœur d'Oriel.

Je me fichais qu'il soit de son sang. Qu'il soit un Ravenwood.

C'était un traître, une abomination.

Je protégeais ce qui m'appartenait.

Quoi qu'il en coûte.

QUATORZE

ROWE

Entre le travail, les batailles, la préparation et la guérison, j'avais l'impression que nous n'avions pas eu de temps à consacrer à notre nouvelle famille depuis des semaines. Ou peut-être que ça n'avait jamais été le cas. Pas depuis que tout avait basculé. Mais ce soir, nous allions respirer, manger, et *être* tout simplement pour un petit moment.

— Tout sent merveilleusement bon, déclara Sage en entrant dans ma cuisine.

Je regardai la petite sorcière et souris.

— J'espère bien. Ça fait des heures qu'on cuisine.

— J'ai toujours aimé utiliser des herbes et des choses fraîches dans mon pain, mais je n'ai jamais vraiment eu l'occasion d'avoir un jardin d'herbes juste devant chez moi. J'apprécie de pouvoir choisir certaines choses, de pouvoir utiliser les ingrédients les plus frais disponibles.

— Rome et toi allez aménager le jardin, alors ? Je sais qu'il en a un convenable à l'extérieur de sa maison dans la tanière, mais il n'est probablement pas à la hauteur d'une sorcière.

Je lui fis un clin d'œil en le disant, et elle leva les yeux au ciel.

— Parfois, j'ai l'impression que Rome est meilleur jardinier que moi. Il n'a tout simplement jamais eu le temps de s'y mettre.

— Alors, vous deux, vous vous l'appropriez ?

— Effectivement. Nous envisageons également une cérémonie d'accouplement plus importante, où ses parents pourront venir et rester, et où nous pourrons simplement être ensemble. Je sais que nous avons déjà eu une petite cérémonie, nous sommes des compagnons et il n'y a pas de retour en arrière, mais nous avons envie de faire la fête. Pour rapprocher la meute. Mais nous attendons.

Je hochai la tête.

— Qu'on s'occupe d'abord d'Oriel.

Sage grimaça.

— Je suis désolée. Je sais que nous essayions de faire en sorte que cette soirée soit un peu moins axée sur les affaires et un peu plus sur la famille, et me voilà en train de remettre le sujet sur le tapis.

— Ce n'est pas ta faute. Il faut qu'on puisse parler de lui de manière détaillée et peut-être faire des projets, mais on peut aussi manger de la bonne nourriture et planifier ta cérémonie d'accouplement.

— Quelqu'un a dit accouplement ? s'enquit Laurel en entrant, un sourire sur le visage.

Elle enroula ses bras autour de la taille de Sage et l'embrassa sur la tempe.

— On va faire une cérémonie commune, hein ?

Elles se sourirent, et mon cœur se serra un peu bien que je sois heureuse pour mes amies.

Sage sourit doucement.

— C'est le plan. Bien que je pense toujours que tu auras des idées très différentes des miennes sur la cérémonie.

— Oh, chérie, le problème, ce ne sera pas toi et moi ! Nous pouvons trouver la parfaite alternative et le juste milieu sorcier pour nous deux. Non, ce sont les garçons qui vont poser problème.

Je ris, secouant la tête tout en remuant les pommes de terre.

— Elle a raison. Les ours et les faucons ont un concept très différent de la cérémonie d'accouplement.

— Ce n'est pas du tout de mauvais augure. Bien que je suppose que nous aurions probablement dû en parler un peu plus tôt.

— Quand aurions-nous eu le temps ? demanda Laurel en secouant la tête. On a l'impression que tu es là depuis des années, mais ce n'est pas le cas.

— Non, c'est tout récent, et pourtant, tout a changé.

Les filles me regardèrent alors et je leur souris.

— Vous avez raison. Tout a changé.

— Tu veux en parler ? demanda Sage en me prenant la main.

Je la lui serrai et secouai la tête.

— Pas pour l'instant. Peut-être en groupe autour

d'un dîner, mais Ash et moi devons d'abord discuter de certaines choses.

— Je veux être heureuse pour toi, chuchota Laurel. Mais c'est difficile d'être optimiste alors que ça ne semble même pas réel.

— C'est exactement ce que je pense. Maintenant, va mettre les haricots verts sur la table.

Laurel fit la grimace.

— Pourquoi dois-je toujours m'occuper des légumes ?

— Parce que j'aime voir ta tête. J'ai aussi fait des choux de Bruxelles caramélisés, alors il va falloir que tu t'en remettes aussi.

Laurel fit semblant de vomir, mais je secouai la tête.

— Il y a du bacon dedans, c'est ce que tu préfères. Alors, n'y pense même pas.

— Quelqu'un a dit bacon ? demanda-t-elle en prenant les haricots verts et les choux de Bruxelles sur l'îlot, avant de se rendre dans la salle à manger.

Sage vint à mes côtés.

— Que puis-je faire ?

— Je dois juste récupérer les pommes de terre, ainsi que la farce au pain de maïs.

Ma sœur sorcière sourit.

— J'ai déjà placé les deux types de pain sur la table.

— Et tu as fait le pain croustillant grillé pour notre planche de charcuterie tout à l'heure, et j'ai l'impression de manger bien trop de glucides.

Je me passai une main sur le ventre, et Sage leva les yeux au ciel.

— Tu es superbe, et nous savons toutes les deux que tu as besoin de ces calories supplémentaires. Alors, ne fais pas comme si tu mangeais trop.

Elle croisa mon regard, et je hochai la tête.

— Tu as raison. Mangeons et amusons-nous.

— Je suis là pour m'occuper de la viande, intervint Ash, et Sage leva les yeux au ciel tandis que j'éclatai de rire.

— Vraiment ?

Mon compagnon me fit un clin d'œil.

— Quoi ? Je ne peux pas m'en empêcher. Je suis vraiment doué avec la viande.

— Et sur ces paroles, je m'enfuis !

Sage ramassa les pains et secoua la tête.

— Bon, ça suffit avec tes histoires de viande. Aide-moi pour le rôti et le poulet.

— Nous ne sommes que six. Tu as l'intention de nourrir une armée ? demanda-t-il en se penchant vers moi pour déposer un baiser au coin de ma bouche.

Sage laissa échapper un petit soupir en sortant de la cuisine, les mains pleines.

Je me penchai en arrière pour croiser le regard d'Ash.

— Alors, on fait ça. On n'en parle pas, on se contente de le faire.

— Par le faire, tu veux dire découvrir qui nous sommes quand nous sommes de nouveau ensemble ? Tu as raison. C'est ce que nous faisons. Parce que nous sommes des compagnons, je le sens dans mon âme. Je sens ton ancre qui enroule ses peluches de pissenlit autour du cordon entre nous et de la terre en moi, et qui la tire vers l'intérieur. Nous n'avons toujours fait qu'un. C'est juste que tout ça était en stand-by. Nous devrons en tirer les conséquences à un moment donné, mais tu es tout pour moi, Rowen. Tu l'as toujours été.

— Juste comme ça.

Son regard s'assombrit et je déglutis, sachant que je poussais le bouchon parce que j'avais peur, tellement peur qu'il perde à nouveau son âme, ou de le perdre lui. Mais il prit mon visage entre ses mains et m'embrassa doucement.

— Juste comme ça. Nous allons trouver une solution. Je ne vais pas cacher notre lien aux autres. Ils le savent déjà, de toute façon. Ils ressentent la magie. Ils nous ressentent. Alors nous allons manger, vivre l'instant présent, et ensuite, nous passerons aux prochaines étapes pour protéger cette ville. Et dans le même temps, je trouverai un moyen de racheter toutes les merdes que j'ai commises par le passé.

— Ash ! commençai-je, mais il m'interrompit.

— Tout est vrai. Il faut que je répare mes erreurs, et je le ferai. Donc, pour l'instant, c'est toi et moi.

— D'accord. Nous allons trouver une solution.

Il m'embrassa encore, et je me demandai comment nous avions pu en arriver là, comment c'était arrivé. Mais je savais qu'il n'y avait pas de retour en arrière possible. Pas de réparation. Le destin ne nous l'autorisait pas.

— Qu'est-ce qui prend autant de temps ? demanda Rome en tapant dans ses mains. J'ai faim, et j'ai besoin de viande. Même si, à en croire Sage, quelqu'un parle déjà un peu trop librement de ce sujet devant ma compagne.

Il avait un regard noir en le disant, et je levai les yeux au ciel.

— OK, assez parlé de vos viandes. Mangeons.

Les autres m'aidèrent à tout sortir de la cuisine pour poser les plats dans la salle à manger. Je pris place à côté d'Ash, et Laurel nous adressa un sourire rayonnant, même si son regard était inquiet.

Ash était de retour. Notre Ash était de retour.

Enfin !

J'espérais simplement que ce ne serait pas la fin. Que je n'allais pas le récupérer pour ensuite le quitter si rapidement à cause de puissances hors de notre contrôle.

— Donc, tu es en train de me dire que tu es bien plus reliée au cœur de la ville que nous ne le pensions ? demanda Laurel après dîner.

Nous étions assis dans le salon, la vaisselle lavée, les ventres pleins, et Ash et moi avions finalement raconté aux autres ce qui m'arrivait. Ils s'en doutaient, bien sûr, mais ne connaissaient pas l'ampleur du problème. Ils avaient toujours su que si je quittais Ravenwood trop longtemps, les protections me vidaient, et qu'elles s'effaçaient. Je ne l'avais pas caché, je m'étais montrée ouverte à ce sujet. Seulement, nous avions tous supposé à tort qu'une fois le cercle au complet, je ne serais pas la seule à soutenir les protections. Et si c'était en partie vrai, ce n'était pas tout. Parce qu'il devait y avoir plus. Il manquait quelque chose, et je me demandais ce dont il s'agissait.

— J'aimerais qu'il y ait un moyen de revenir en arrière et de demander aux fondateurs ce qu'ils ont fait.

Je levai les yeux en entendant les paroles de Sage et fronçai les sourcils.

— Quoi ?

— Il nous manque quelque chose, quelque chose qui n'a pas été transmis dans nos livres ou dans les lignées familiales. Pourquoi ton âme est-elle à ce point liée aux protections et au cœur, alors que ce n'est pas toi qui l'as fait ? Certes, tu as utilisé ton sang pour créer un sort et le renforcer, mais nous y sommes tous liés par le sang. Nous avons tous versé ce sang. Nous devrions en faire partie aussi. Quelque chose d'autre nous échappe. Et j'aimerais qu'on puisse simplement le leur demander.

Je croisai le regard d'Ash et il hocha la tête.

— Parfois, il faut une nouvelle sorcière pour songer à la vieille magie, murmura-t-il, et Sage nous regarda tous les deux, fronçant les sourcils.

— De quoi vous parlez ? Qu'est-ce que j'ai dit ?

— Il y a un moyen. Un moyen pour que nous le leur demandions.

Sage écarquilla les yeux.

— Tu ne vas pas basculer du côté obscur, n'est-ce pas ? Tu ne vas pas aller voir un nécromancien pour les ramener ? Parce que ce n'est pas ce que je voulais dire. Du tout. Oublie ce que j'ai dit.

Rome entoura sa compagne de ses bras et l'embrassa sur le sommet de la tête.

— Je vais espérer que ce n'est pas ce qu'ils veulent dire. Non, je pense que nous passons à côté de quelque chose.

— Vous voulez nous éclairer ? demanda Jaxton, et Laurel haussa les épaules.

— En fait, je ne sais pas. On aurait pu croire le contraire, étant donné que je suis leur plus vieille amie.

Je grimaçai.

— C'était dans un livre qui a été transmis dans ma famille depuis les fondateurs. Quelque chose qu'Ash et moi avons lu une fois.

Je rougis en songeant aux vêtements que nous ne portions pas à ce moment-là, et Ash gloussa.

— Je sais à quoi tu penses, marmonna-t-il, et Laurel fit un bruit de haut-le-cœur.

— OK, concentrons-nous.

— Nous pouvons lancer un sort ici même pour appeler les ancêtres et leur parler. Ils en ont laissé la possibilité en construisant le cœur. Je ne l'ai jamais fait parce qu'il faut un cercle complet, et nous ne l'avions pas jusqu'à présent.

Je regardai autour de moi mes amies, leurs compagnons, et je déglutis.

— Mais nous devrions. Nous devrions appeler les ancêtres.

— Ce soir, dit Sage avec un hochement de tête.

— Même si je me dis que c'est une idée un peu irréfléchie, et plutôt du genre de Laurel, commençai-je, et l'intéressée me fit un doigt d'honneur, je crois que tu as raison. Nous devrions le faire.

— Très bien. Nous allons le faire tout de suite. Ça alertera Oriel ? demanda Rome en se penchant en avant, les avant-bras sur les genoux.

Je secouai la tête.

— Nous avons modifié les protections de ma maison, ce qui était bien plus simple à faire, car elles sont moins anciennes et elles m'appartiennent. Il ne pourra donc pas sentir ce que nous faisons. De plus, nous avons rompu le pain ensemble, et nous sommes une famille et un cercle, ce soir. Avec la lune à sa phase, c'est le meilleur moment.

— Sans aucune préparation ? Est-ce possible ? s'enquit Jaxton, et j'acquiesçai.

— Maintenant, nous pouvons le faire. Mais Rome et toi en ferez partie, en tant que cercle, pas simplement des protecteurs.

Rome haussa les sourcils.

— Nous ne sommes pas des sorciers.

— Mais vous portez la magie avec les liens, et elle renforcera le cercle.

Je laissai échapper un souffle tremblant.

— Je crois que c'était ce qui nous manquait. Un cercle complet. De compagnons et de pouvoir, précisai-je en croisant le regard d'Ash. Pour des raisons évidentes, je ne m'autorisais pas à le voir.

Ash prit mon visage entre ses mains et frotta son pouce sur ma pommette.

— Nous le voyons, à présent. Faisons-le.

J'avais tous les ingrédients dans mon atelier. Nous dessinâmes un cercle de sel, ajoutâmes nos herbes, et nous nous tînmes tous les six, Ash d'un côté de moi, Rome de l'autre. Laurel était à côté de son frère, et Sage était près de son compagnon. Nous étions le pouvoir, et nous étions la force, et il était temps de faire quelque chose que j'avais oublié depuis longtemps.

— *Dans nos espoirs et dans nos cœurs, nous appelons ceux qui sont dans nos passés, nos futurs et de notre sang. Nous invoquons la protection de nos passés et faisons apparaître les ancêtres que nous connaissons et qui sont nos passés.*

Une force nous envahit et une brume violette mélangée à du bleu et du rouge s'échappa de la peau de Laurel, de Sage et de la mienne. Les hommes étaient entourés d'une brume argentée qui se combinait avec un nœud au milieu, tandis que les autres couleurs s'enroulaient autour de la corde argentée. Elle était faite de force et de solidité et nous pûmes y entrer grâce à la magie.

Je fermai les yeux un instant, laissant la chaleur de la magie et du pouvoir picoter ma peau. Nous réalisions le sort bien plus facilement que je l'aurais jamais cru possible. Mais c'était la force du groupe plutôt que celle d'un seul qui rendait tout cela possible.

Une main fraîche me caressa la joue, et j'ouvris les yeux. Debout devant moi se trouvait une femme qui me ressemblait comme deux gouttes d'eau. Je faillis hoqueter et reculer d'un pas. Mais je n'en fis rien, sachant que si je brisais le cercle maintenant, les ancêtres s'en iraient.

Au lieu de cela, je regardai la première Ravenwood, qui me souriait. Elle portait une longue robe blanche fluide, ses cheveux flottant au vent de sa propre magie.

— Rowen ! C'est si bon de te voir. En chair et en os, pour ainsi dire.

Les autres haletèrent, et je vis six esprits dans le

cercle. Ce n'était pas seulement mon ancêtre, mais un Christophe de la terre, une du feu, et un Prince sorcier de l'eau qui ressemblait tellement à Penelope que j'en eus presque le souffle coupé. Les accompagnaient un ours géant, un alpha, et un faucon élancé, mais fort et nerveux. C'étaient les fondateurs, et pas seulement les sorciers. C'étaient les parties qui nous avaient manqué au fil du temps. Des idées se mirent à fourmiller dans mon esprit, et je les repoussai de côté pour le moment.

— Vous êtes venus. Béni soit le ciel !

— Béni soit-il ! chuchota le faucon.

— Nous sommes tous ici, mais je suis la voix pour l'instant. Car tu es le leader, donc, d'héritière à héritière, je suis ici pour toi.

Je hochai la tête alors que les autres se tournaient, et les esprits dans notre cercle croisèrent chacun de nos regards, hochant la tête et s'inclinant devant nous.

Le pouvoir me picota la peau, mais c'était supportable. Ce n'était que notre puissance.

— Merci d'être venus. Nous avions besoin de vous parler de la magie du cœur, des protections et de ce qui se passe.

La Ravenwood sourit.

— Nous savons ce qui se passe. Nous avons observé, même si nous ne pouvions rien faire de plus que regarder et espérer. Vous, en tant que groupe de six, êtes plus forts que vous ne le saurez jamais.

Mes yeux s'écarquillèrent.

— Six ?

La Ravenwood sourit.

— Ma fille, le cercle était formé d'une sorcière, mais pas seulement. On trouve de la magie dans l'ancre, dans les alphas. Il faut s'appuyer sur les liens.

— Tu me dis que Jaxton et Rome font partie du cercle ?

— Ils sont le cercle qui entoure celui des quatre. Cependant, pour vaincre ces ténèbres, vous aurez peut-être besoin de plus. Il existe des moyens d'y parvenir, des moyens de débloquer la puissance intérieure qui étaient inaccessibles jusqu'à ce moment. Cherchez, fouillez et vous trouverez.

Je mis cette déclaration de côté, sachant qu'elle serait importante pour plus tard. Les autres écoutaient, me laissant parler, et je savais que nous allions bientôt discuter de tout cela, mais j'avais besoin de poser d'autres questions.

— Y a-t-il une solution pour protéger le cœur de la ville ? Ou peut-être l'infuser dans la terre elle-même, pour qu'il ne soit pas une balise pour Oriel et ses semblables ?

La Ravenwood secoua la tête.

— J'ai bien peur qu'il n'y ait plus le temps pour cette seconde option. La seule fois où cela aurait fonctionné, c'était bien avant ta naissance. En créant le cœur pour protéger la ville et la terre elle-même contre les nécromanciens, nous avons formé un être qui résume bien ce que sont les ténèbres. Ce n'était pas de notre fait, et c'était un effet secondaire que nous ne pouvions pas prévoir. Tu es irrémédiablement liée au cœur en raison de la solidarité que vous avez été contraints de maintenir. À cause des forces extérieures, des malédictions et des sorts qui ont éloigné les autres, le cœur s'est hissé à l'intérieur de ton âme afin de vous protéger, la ville et toi.

Je hochai la tête, mes larmes roulant sous les yeux des autres.

— Je sais, chuchotai-je.

Les autres hoquetèrent en réalisant ce qui s'était passé. Exactement ce que j'avais essayé d'ignorer.

— Si Oriel s'empare du cœur, ta magie et ton âme s'en iront avec lui. Tu dois te protéger, et protéger le cœur à tout prix.

Le pouvoir changea, et je sus que le charme diminuait. Il ne nous restait que peu de temps avec les ancêtres pour obtenir les réponses dont nous avions besoin.

— Comment protéger la ville ?

— Il faut reconstruire. Mais avant cela, certains tomberont peut-être. Fais confiance à ton âme, à ta mémoire et à ceux qui t'entourent. Compte sur ceux qui pourraient être plutôt que sur ceux qui ne sont plus. L'autre est fort, mais ensemble, vous pouvez l'être encore plus. Trouve cette force. Quel qu'en soit le prix.

— Comment peut-on faire ça ? demandai-je, parce que j'avais besoin de réponses, tout en sachant qu'elle ne pourrait pas m'en fournir de concrètes.

La Ravenwood sourit doucement, puis enveloppa de nouveau mon visage de ses mains fraîches.

— Tu connais les réponses. Tu les trouveras. Porte-toi bien, ma fille. Nous regardons, nous attendons et nous espérons. Car l'espoir est tout ce qui reste pour certains. Mais vous êtes plus puissants. N'oublie pas ça, Ravenwood. N'oubliez pas ça, mes filles et mes fils.

Et ils partirent. Je déglutis difficilement, regardant les autres et me demandant exactement comment nous étions censés protéger la ville alors que nous avions apparemment du mal à nous protéger nous-mêmes.

QUINZE

ASH

—Je n'arrive toujours pas à croire que nous avons parlé à nos ancêtres hier, dit Jaxton avec un soupir en s'adossant à la chaise, une bière à la main.

Il jouait avec le bord de l'étiquette pendant que je m'asseyais à côté de lui, Rome devant nous, appuyé contre la balustrade du porche.

— Ça ne semble vraiment pas réel, et pourtant, j'ai l'impression que nous aurions peut-être dû le faire bien avant.

Je haussai les épaules après l'avoir dit en prenant une longue gorgée de ma bière. Rome laissa échapper un léger grognement, puis sirota la sienne à son tour.

L'ours alpha inclina la tête.

— Peut-être que ce n'était pas le bon moment.

Je le regardai alors, un sourire aux lèvres.

— C'est qui, la sorcière voyante ?

Il me fit un doigt d'honneur devant un Jaxton hilare.

— Les choses ont vraiment changé, récemment.

— Tu veux parler de la fin du monde ou du fait que je sois de retour dans ces conditions ?

Jaxton se contenta de hausser les épaules.

— C'est bon de te revoir, mec. Avec ton âme et tout.

Mon regard passa de l'un à l'autre et je souris, espérant que mon sourire atteindrait mes yeux.

— Je détesterai toujours une partie de moi-même pour ce qui s'est passé. Pour les choix que j'ai faits. Ou peut-être les choix que j'ai dû faire.

— Ce n'est pas entièrement ta faute... commença Jaxton.

Je secouai la tête, lui coupant la parole.

— C'est tout le principe de savoir si avoir une âme fait de toi une meilleure personne. Nous sommes peut-être en train de nous rendre compte que ce n'est pas le cas. Parce que j'ai pris des décisions terribles quand je pensais que personne ne regardait.

Rome fronça les sourcils.

— Tu n'as pas pris les pires décisions. Oui, tu as fait du mal aux gens. Mais tu n'as pas franchi la plupart des limites. Et tu es de retour, maintenant.

Je jouai encore avec l'étiquette de ma bouteille.

— Et comment expier mes propres péchés quand je n'ai même plus l'impression d'être cette personne ?

— Si nous devons parler philosophie, je vais avoir besoin de quelque chose de plus fort qu'une bière au miel, s'exclama Rome en riant.

— Ça existe, le whisky au miel ? demandai-je, parce que j'avais besoin d'un moment pour *exister* tout simplement, après l'enfer que nous avions traversé récemment.

Rome rayonnait, son ours était présent dans son regard.

— Oh oui ! J'ai du whisky au miel.

Rapidement, nous prîmes des *shots* de liqueur sucrée, riant et nous gavant de crackers et de fromage. Oui, même du gouda au miel et du chèvre au miel. Nous avions sûrement un sacré problème au vu de la quantité de miel que nous ingurgitions, mais je m'en fichais. J'allais me changer en ours si je n'y prenais pas garde.

— Combien de miel faut-il pour se transformer en ours ? demanda Jaxton, la voix un peu traînante.

Je ne savais pas quelle quantité nous avions bue à ce moment-là, mais assez pour que je craigne que nous nous endormions sur le porche de Rome.

— Tu sais, tu aurais bien de la chance d'être un ours !

Je ne pus me retenir de rire.

— J'étais justement en train de me dire que j'avais assez de miel dans le corps pour me changer en ours.

— Tu l'as dit tout haut, abruti ! dit Rome en riant.

Je grimaçai.

— J'ai l'impression que sans âme, je tenais mieux l'alcool. Vous pensez qu'une âme réduit la tolérance ? demandai-je en m'adossant à nouveau à la chaise.

Rome ricana.

— Cette merde est faite par des ours et pour des ours. Tu as probablement bu deux fois plus d'alcool que ta petite constitution de sorcier ne peut encaisser.

Je ricanai.

— Excuse-moi. Je suis un dragon. Je crois qu'en matière de taille, le dragon bat l'ours.

— Hé, on ne va pas parler de taille, parce qu'avec mes serres, je pourrais vous battre tous les deux ! intervint Jaxton, le menton relevé alors qu'il reposait sa bière. Je boirais bien un peu d'eau.

Rome rit et versa de l'eau d'une carafe. Je n'avais même pas vu qu'il l'avait apportée.

— Sérieusement, je suis un dragon. Je ne devrais pas avoir une meilleure tolérance ?

— Ça finira par arriver, quand tu apprendras à mieux fusionner avec ton dragon. Tu ne t'es transformé qu'une seule fois. Ça prendra du temps.

En regardant mes bras, je ne vis que les ancres de sorcier, pas mon dragon, alors je fis la seule chose que je pouvais faire. Je retirai mon t-shirt pour retrouver cette maudite chose. Les deux gars sifflèrent, alors je leur fis un doigt d'honneur avant de retrouver le dragon endormi sur mon ventre. Je le tapotai, sourcils froncés.

— Salut ! Je suis censé me transformer à nouveau ? Ou c'est un truc qu'on n'a fait qu'une seule fois ? On fait quoi ?

— En fait, ton ancre ne te répond pas vraiment, se moqua Rome à voix basse. Ce n'est pas comme dans les films. Ce n'est pas un supplément d'âme. C'est juste la marque de qui tu es.

Le dragon ouvrit les yeux en m'entendant parler, expulsa une petite volute de fumée qui ressemblait à de l'encre noire sur mon corps avant de s'étirer longuement et de bouger. La sensation me fit frissonner. Il s'installa alors sur mon épaule et posa sa tête le long de mon cou.

— Putain, c'est cool ! marmonnai-je, et Jaxton sourit.

— Eh bien, demande à ton dragon s'il veut sortir jouer, dit-il avant de marquer une pause. Je te ne parlais pas de ton engin. Je voulais parler du vrai dragon. Je dois arrêter de boire du whisky d'ours si je veux être capable de me transformer. Ou de me servir de mon engin à moi. On peut avoir un engin au whisky avec du whisky au miel ? demanda-t-il, hilare.

— Je crois que le faucon a assez bu ! dit Rome en riant, reprenant le breuvage des mains de son ami. Tu vas passer à l'eau.

— Ça me paraît raisonnable.

Jaxton descendit un verre d'eau entier avant de s'en verser un autre et de manger des crackers.

Je fronçai les sourcils, songeai à mon lien avec le dragon et soupirai.

— Je veux être capable de me transformer. Il est temps, vous ne croyez pas ?

Rome inclina la tête.

— Désaoulons d'abord. Ensuite, nous pourrons essayer. Même si je ne suis pas sûr que ta Rowen sera heureuse que tu te transformes si elle n'est pas là pour le voir. J'ai vu la manière dont elle te regardait quand tu étais dragon. Elle adore.

Je souris. C'était plus fort que moi.

— Je demanderais bien comment j'ai pu avoir autant de chance, mais je ne crois pas que la chance ait grand-chose à voir avec nous. Je suis juste sacrément heureux que le lien soit revenu. Je sais que je ne pourrai jamais effacer l'émotion qu'on a ressentie lorsqu'il s'est brisé entre nous. Et il s'est brisé.

Je marquai un temps d'arrêt et les regardai.

— Je sais aussi que Rowen y a déjà songé, mais je ne sais pas si j'ai la force de le lui confirmer en face.

— Quoi ? demanda Rome en fronçant les sourcils.

— C'est le lien entre nous qui a déclenché la malédiction. Sans lui, je ne suis pas certain qu'elle aurait agi de la même manière.

— Je ne suis pas du genre à dire que les choses arrivent peut-être pour une raison, parce que c'est nul. J'emmerde ces raisons, dit Jaxton en fronçant les sourcils. Mais le lien est de retour. Il s'est brisé, mais il est de retour. Sans que vous ayez eu à faire quoi que ce soit. Je veux dire, ce n'est pas comme si vous aviez couché ensemble dans l'intervalle, non ?

Je les regardai tous les deux et fronçai les sourcils.

— Nous avons couché ensemble la nuit précédente. Sans mon âme. Je me suis comporté comme un sale con, et nous étions en colère, brutaux, mais nous le voulions tous les deux. Elle me voulait, alors même que je n'étais pas moi-même. Elle me voulait. Et je ne sais pas quoi faire de ça.

Jaxton cligna des yeux.

— Ça signifie que vous étiez faits pour être ensemble. Vous l'avez toujours été.

— Très bien, alors, commença Rome avant de s'éclaircir la gorge. Je ne m'attendais pas à ça. Je veux dire, je savais que vous aviez toujours eu une alchimie, même quand elle avait envie de te détester. Mais merde !

Ses paroles me firent froncer les sourcils.

— Elle voulait me détester ? Non. Elle m'a toujours détesté.

— Non, et je crois que c'est bien là le problème, intervint Jaxton, l'air bien plus sobre.

C'était un métamorphe, donc capable d'évacuer l'alcool de son organisme bien plus facilement qu'un humain ou un sorcier. Seulement je me disais que la conversation aidait aussi.

— Vous étiez là l'un pour l'autre au travers des ténèbres, et à présent, vous allez devoir trouver comment vous battre ensemble et vous pardonner mutuellement. Parce que même si Rowen n'est pas responsable de la perte de ton âme, elle était toujours présente. À attendre. Même si elle n'en avait pas envie. Pour trouver le chemin. Trouve un moyen. Et discutez.

Je gonflai la poitrine, de nouveau sobre.

— D'abord, je veux me transformer. Je veux trouver mon dragon, et ensuite, je découvrirai comment me mettre à genoux et implorer le pardon de la femme que j'ai toujours aimée, même quand je ne savais pas ce qu'était l'amour.

— Et en chemin, il faudra vaincre un nécromancien, sauver la ville, sauver la fille que tu aimes, et peut-être participer à une triple cérémonie d'accouplement avec nous tous.

Rome remua les sourcils et je ris.

— Plus facile à dire qu'à faire. Je veux dire, c'est juste une liste de tâches, non ?

— Rien qu'une liste, approuva Jaxton. Passons à la transformation. Retire tes vêtements.

— Tu vois, je parie que les filles auraient voulu voir ça. Nous aurions dû les inviter.

Je secouai la tête en entendant Rome.

— Vu que la compagne de Jaxton est ma sœur, je me sens obligé de refuser.

Je frissonnai sous les rires de Jaxton.

— Oui, il y a certaines choses que ma compagne n'a pas besoin de voir.

Nous nous déshabillâmes sous le clair de lune, et je secouai la tête.

— Vous savez, en dehors de cette ville, ou peut-être même *dans* cette ville, c'est un spectacle sacrément bizarre. Trois hommes adultes avec des tatouages, nus comme le jour de leur naissance, debout dans un champ derrière la maison d'un d'entre eux.

— En fait, ce qui se passe dans l'intimité d'un champ derrière la maison d'un homme reste dans l'intimité du champ derrière la maison de l'homme, grommela Rome.

— Répète-le trois fois très vite ! dis-je en riant.

— J'ai déjà eu du mal à le dire la première fois, et je suis un ours, avec la tolérance d'un ours pour l'alcool. Maintenant, tire sur ce lien entre ton métamorphe et toi, et ressens le dragon. Sois le dragon. Sauve le dragon.

— Es-tu en train de citer Miss Détective ? voulut savoir Jaxton.

Rome haussa les épaules, et ses joues rougirent.

— Peut-être. Ou pas. Je l'ai vu sur internet une fois. Fous-moi la paix.

— Eh bien, sois le dragon, je suppose !

Jaxton leva les yeux au ciel.

— Sois le dragon !

Je fermai les paupières et me concentrai sur le lien entre le dragon et moi. Je sentais mon ancre peser sur ma peau, la réchauffant à mesure qu'elle bougeait, apprenant à me connaître. Je savais que ce n'était pas une entité distincte et que mon animal devait faire partie de moi, mais c'était tout nouveau. Je n'étais pas né ainsi, et je ne l'avais fait qu'une seule fois avant. Je n'arrivais pas à le faire sortir. Du moins, je ne croyais pas y arriver. Mais je tirai, me concentrai sur le dragon, et enfin, je pus respirer, comme si quelque chose me tiraillait. Le feu, la chaleur, la fraîcheur, l'effroi et tout ce qui était lié à la vie, à l'honneur et à ce que j'étais furent repoussés hors de moi ; alors, j'ouvris les yeux et je me vis à nouveau debout au-dessus de l'ours et du faucon. Celui-ci s'envola, tournant autour de ma tête, et je relevai le nez pour le heurter. J'aurais juré le voir plisser les yeux en me regardant avant d'atterrir sur ma tête, et je ris, recrachant de la fumée. L'ours devant moi se dressa sur ses pattes arrière et me fixa, bien que je voie le rire dans ses yeux, et je me penchai alors, pressant ma tête contre le sol alors que le faucon sautait et tournoyait au-dessus de nous.

Nous étions trois métamorphes, nous appartenions au cercle d'une manière ou d'une autre, et nous faisions partie de ce Ravenwood qui devait être protégé à tout prix, à cause de la magie, à cause des gens, à cause de l'héritage.

Je regardai l'ours et le faucon et je sus que la magie que Rowen avait placée sur moi me cacherait des autres, tout comme celle de Ravenwood nous protégerait, et nous ferions donc de même pour elle. Alors, je déployai mes ailes, le faucon fit de même, l'ours se déplaça à côté de nous, et nous étions trois.

Des métamorphes, connectés.

Des frères. Et des amis.

Nous allions venger ceux que nous avions perdus. Nous trouverions des réponses aux questions laissées en suspens.

Et nous trouverions un moyen.

Parce que j'aimais une sorcière. J'adorais cette ville.

Et il fallait que je trouve la rédemption. C'était la seule chose qui me restait.

CHAPITRE
SEIZE
ROWEN

— Du vin, du fromage et des coupes aux épinards, je crois que nous avons une gagnante.

Je regardai Laurel qui tapait des mains devant elle et je secouai la tête.

— Ce sont des épinards et du fromage dans des coupelles en pâte filo. Techniquement, c'est juste plus de fromage. Nous devrions sans doute manger autre chose que des épinards recouverts de fromage en guise de légumes.

—J'ai un plateau de crudités, ajouta Sage en entrant, ledit plateau dans les mains. Hors de question que je nous laisse nous contenter de fromage. Bien que ça semble incroyable.

— C'est tellement délicieux ! dit Laurel en s'attaquant à sa pâte filo.

J'en pris une à mon tour, l'introduisis dans ma bouche et gémis.

— Je suis à jamais reconnaissante pour le jour où

nous avons découvert cette recette. Je pourrais volontiers manger le plateau entier et m'endormir.

— Si tu manges ce plateau entier, ce sera la guerre, gronda Laurel en levant un doigt. Il faut qu'on partage la filo.

— J'ai aussi fait une *focaccia* au romarin, ajouta Sage. Donc on n'a pas que du pain. Et des petits pains à la levure. Et des rouleaux de seigle du Cheshire.

Je gémis et me cramponnai le ventre, même si j'avais hâte de tout goûter.

— De combien de pain avons-nous réellement besoin ? demanda Laurel en riant.

Je secouai la tête.

— Le nombre de glucides que nous allons ingurgiter m'inquiète un peu, mais ça me va. Nous avons besoin de cette énergie.

Les filles me regardèrent. Je haussai les épaules.

— Les protéines, les légumes, les glucides, tout cela me donne un peu plus d'énergie pour me défendre. Je vais m'en sortir. Nous allons trouver un moyen. Après tout, les ancêtres nous ont dit que ce serait le cas.

Sage soupira.

— Je n'arrive pas à croire que nous ayons parlé aux ancêtres. Aux fondateurs. Parfois, ça ne me semble même pas réel, cette nouvelle vie qui est la mienne. La nôtre.

Je souris doucement et pris la main de mon amie par-dessus la table.

— Ça ne paraît pas réel, mais ça l'est. On fait en sorte.

— Je vous aime tellement, toutes les deux ! Je voudrais juste que vous le sachiez.

— Nous t'aimons aussi.

Je regardai mes sœurs de cœur et soupirai.

Laurel fronça les sourcils alors que son regard oscillait entre nous.

— Je ne sais toujours pas ce que nous sommes censés faire des ancêtres. Du moins de ce qu'ils ont dit. Qu'est-ce qui doit se briser ou s'effondrer pour pouvoir se reconstruire ?

Je pinçai les lèvres en entendant Laurel, inquiète.

— J'ai l'horrible sensation de le savoir. Mais si c'est le cas, je ne sais pas ce qui se passera après.

— Les protections ? demanda Sage, son cheminement de pensée suivant visiblement le mien.

Je hochai la tête.

— Si les protections doivent tomber, alors, comment protéger la ville ? Comment allons-nous cacher notre magie au monde extérieur ? Comment allons-nous garder les revenants à distance ?

Laurel se renfrogna.

— Et comment allons-nous t'empêcher de t'éteindre, puisque tu es liée aux protections ?

Je pris un petit pain de seigle du Cheshire, le coupai en deux et ajoutai du beurre irlandais tandis que les filles me fixaient, attendant ma réponse. Je mordis dedans, laissant le goût salé du beurre et du fromage se déposer sur ma langue tandis que les autres saveurs explosaient.

— D'abord, je ne sais pas, mais nous allons le découvrir, merde ! Deuxièmement, ils sont incroyables, Sage. Je te demanderais bien la recette, mais je ne crois pas que même avec toute ma magie, je sois un jour aussi bonne boulangère que toi.

— J'ai mis ma magie pour la paix et même mon anxiété dans ces rouleaux, marmonna Sage. Tu es une merveilleuse boulangère, Rowen. Tu le sais.

Je souris.

— Non, c'est faux. Je me débrouille. Je suis capable de suivre une recette. Mais c'est toi qui as l'éclat et le talent. C'était ce que tu devais devenir. Quant aux protections... Je ne suis pas uniquement liée à l'entité qui protège cette ville. Certes, elles me vident, mais je suis aussi connectée au cœur de la ville. Si les protections s'effondrent, je veux croire que je suis assez forte pour survivre au coup de massue.

Sage blêmit pendant que Laurel parlait, son feu dansant dans ses yeux.

— Et nous serons à tes côtés pour nous assurer que ça n'arrive pas. Nous avons déjà ajouté plus de magie et de sorts pour renforcer les protections, pour que tout ne repose pas sur toi. Ça retombera sur *nous tous*. Sur les faë, sur les métamorphes. Tout le monde. Il n'y aura pas que toi.

J'entendis et compris le désespoir dans le ton de Laurel.

— C'est juste que je n'ai pas vraiment pu me poser. Réfléchir sérieusement. Tout se passe très vite, et pourtant, j'ai l'impression que nous attendions ce moment depuis des années.

— Es-tu en train de parler des ténèbres de la

prophétie ou de mon frère ? demanda Laurel, qui se mordillait la lèvre.

Je cillai devant son changement de ton soudain. Je m'adossai au fauteuil ancien et balayai du regard la maison qui me protégeait depuis si longtemps. J'y avais tant de souvenirs et je craignais que nous ne soyons pas là assez longtemps pour en créer d'autres.

— Je ne sais pas. C'est bizarre d'y songer. Je ne sais pas.

Laurel se pencha en avant et me serra la main. Sa force me donnait de l'espoir. Autrefois, elle avait été très faible à cause de la malédiction, mais aujourd'hui, c'était un véritable pilier. Ce qui me donnait envie de pleurer tant j'étais reconnaissante.

— Il est de retour, et vous vous êtes retrouvés une fois de plus, et rien ne pourrait me faire plus plaisir. Mais je suis aussi inquiète pour vous deux.

Je bus une gorgée de mon vin, puis j'avalai le reste, remarquant la grimace de Sage.

— Plus de vin pour moi. Rien que ce verre. Je dois rester vigilante, en ce moment. Mais Ash et moi ne sommes pas simplement retombés amoureux. Nous essayons de comprendre qui nous sommes aujourd'hui. Nous ne sommes plus les mêmes que ceux que nous avons été ou ceux que nous sommes devenus en cours de route. C'est compliqué, mais nous parlons, et nous sommes *accouplés*. Le lien est là. Il est revenu sans même qu'on essaie. Dès qu'il a récupéré son âme, le lien nous a été rendu.

— C'est magnifique ! Vous avez toujours été destinés à être ensemble. Même lorsque le destin vous a séparés.

Sage essuya une larme et déglutit avec difficulté.

— Je l'aimais. Pendant tout ce temps, je l'aimais. C'est pour ça que ça fait mal. Parce que c'était une personne horrible, du moins c'est ce qu'il me dit, et nous en avons eu des preuves au fil des ans. Même quand je savais que parfois, il essayait de ne pas l'être parce qu'une partie de lui devait se trouver encore là, il repoussait les gens, et il blessait les autres.

Je soufflai un bon coup.

— Et je n'ai pas non plus été gentille.

Laurel se renfrogna.

— Rowen. Ce n'est pas vrai. En ce qui te concerne, du moins. Ash est en train de se réconcilier avec l'homme sans âme qu'il était, mais tu n'étais pas sur la même voie que lui.

Je n'en étais pas si sûre et cela m'inquiétait.

— J'ai été horrible avec Ash. Je me suis emportée parce que je détestais qu'il soit de retour, qu'il soit ici. Je ne voulais pas qu'il fasse partie du cercle parce que j'étais brisée. C'est ma faute. C'est mon propre égoïsme.

Laurel se leva et fit les cent pas, utilisant sa colère comme bouclier, comme toujours.

— Sans son âme, nous savons tous qu'il ne pouvait pas vraiment faire partie du cercle comme il le fait maintenant. Oui, il avait la magie, mais il n'avait pas les connexions nécessaires. Tu ne t'es pas mal comportée.

—Bien sûr que si ! Parce que je souffrais. Je refuse d'avoir mal à nouveau quand il est question de lui. Je l'aime. C'est vrai. Je ne sais pas ce qu'il adviendra de nous ensuite, ou du cercle. Tout ce que je sais, c'est que nous devons travailler ensemble, et ça signifie que je dois m'autoriser à ressentir. C'est une chose que je n'ai pas faite depuis très longtemps.

C'était étrange de se dire que tant de choses avaient changé au fil des ans et que pourtant, à certains égards, nous étions revenus au point de départ. Rien de tout cela n'avait de sens et malgré tout, tout semblait presque prédestiné.

— Et tu dois tomber amoureuse de l'homme qu'il est, et pas seulement de celui qu'il était.

Sage me serra la main.

— Je sais que tu l'aimes. Je le sens dans la magie qui est dans l'air. Je le *ressens*. Maintenant, vous pouvez enrichir cet amour.

— Mais d'abord, nous devons sauver le monde.

Ma meilleure amie leva son verre pour porter un toast.

Je ris des paroles de Laurel.

— Pas de problème. On peut prévoir ça pour mardi et mercredi, je pourrais peut-être essayer de me pardonner de ne pas m'être autorisée à vivre pendant toutes ces années. Je veux dire, j'étais en train de devenir la vieille sorcière célibataire de la maison hantée plutôt qu'un véritable humain.

— Comment étais-tu censée vivre quand une partie de ton âme était partie avec lui ? demanda Sage, et le silence qui suivit était assourdissant.

Mon cœur s'emballa et je repoussai ce sentiment. Je

craignais de voir où il m'entraînerait, et de savoir si j'étais prête à y faire face.

— Assez parlé de moi, dis-je au bout d'un moment. J'ai juste besoin de respirer, et de vous écouter, de trouver des réponses pour vous plutôt que des questions.

Sage sourit.

— Je peux vous raconter une histoire sur les triplés, les trois oursons qui tentent de faire bien plus de bêtises que je ne l'aurais jamais cru possible.

Laurel sourit.

— Tu sais, Trace, Jaxton et Rome étaient comme ça aussi. Toujours en train de s'attirer des ennuis. Deux bébés ours et un bébé faucon.

Mon cœur se serra en regardant Laurel, qui se contenta de hausser les épaules.

— Alden était là aussi, bien sûr. Ces triplés-là étaient comme les oursons d'aujourd'hui. Mais Jaxton en faisait aussi partie. Et Ash, bien sûr.

Je souris.

— Ces cinq-là étaient difficiles et turbulents.

— Nous avons tenu bon à leurs côtés.

Laurel afficha un sourire rayonnant.

— Je déteste que la magie et les circonstances m'aient tenue à l'écart pendant si longtemps, dit Sage avec un soupir. J'aimais mon mari. J'adorais la vie que j'avais, même si elle n'était pas facile. Et quand je l'ai perdu, j'ai cru que tout était fini, et ça me fait mal de penser qu'Oriel et sa magie étaient derrière. Je l'ai perdu, et je me suis perdue aussi. Mais maintenant que je suis ici, je vais trouver le bonheur, quoi que nous fassions.

Laurel et moi prîmes les mains de Sage pour les serrer.

— Nous sommes là pour toi. C'est une promesse.

Je souris doucement, sachant qu'il fallait que je voie le côté positif des choses, comme Sage.

Laurel se cala dans son siège et inclina la tête.

— Je propose que nous mangions, buvions et profitions de cette soirée pendant que nous le pouvons.

— Sérieusement, les bébés ours sont entrés dans l'armoire à miel. Dans ma boutique.

Sage fit un grand geste des mains, ce qui nous fit rire, Laurel et moi.

Je bus mon eau et pris un morceau de fromage qui me mettait l'eau à la bouche.

— Ils ont fait de grosses bêtises ?

— Ils n'ont pas touché aux objets inestimables et ont fait très, très attention pour de petits ours aux griffes minuscules. Tout ce qu'ils ont fait, c'est ouvrir le grand pot de miel et se bâfrer. Heureusement, c'était mon miel de secours, celui dont je me sers juste au cas où un ours arriverait et voudrait tellement de miel qu'il ne se soucierait pas de savoir s'il est biologique ou s'il provient d'une ruche spéciale ou non.

— Au moins, ce sont des bébés ours malins, dit Laurel en riant.

— Ces bébés ours malins vont me faire m'arracher tous mes cheveux, répliqua Sage en secouant la tête.

Nous parlâmes encore des oursons et des cérémonies d'accouplement. Mais nous prîmes garde de ne parler ni d'Ash ni de moi. Nous n'avions jamais eu de cérémonie d'accouplement autrefois. Nous n'étions liés que depuis une journée, le lien était tout neuf quand il avait été arraché.

Mais il y avait du bonheur. Il y avait de la joie. Il y avait la guérison de Nelle à travers sa relation avec Aspen. Esmeralda trouvait peu à peu l'amour avec un ours métamorphe au grand cœur. Ariel, la bêta des ours, était de nouveau enceinte. La vie était là, le changement, la chance. C'était pour tout cela que nous nous battions. Pas seulement pour la magie qui pourrait changer la portée du monde. Mais c'étaient les vies, les familles et les choix que nous faisions qui nous rassemblaient.

Et pour qui nous nous battrions.

Les protections extérieures de ma maison fluctuèrent légèrement, et je fronçai les sourcils, me redressant lentement en posant une pâtisserie que j'avais préparée pour la soirée.

Laurel inclina la tête, ses sens en alerte alors qu'elle se levait, épée en main. Le regard de Sage oscilla entre nous et elle ferma les yeux, puis les ouvrit en grand en se penchant, ramassant sa batte en métal et hochant la tête avec force.

— Il y a quelqu'un dehors. C'est quelqu'un qui a pu passer à travers les protections de la ville, mais pas celles de ma maison.

— Tu sais qui c'est ? m'interrogea Laurel.

J'acquiesçai d'un hochement de tête.

— Oui. Et tu ne vas pas aimer la réponse.

Les flammes se mirent à danser dans ses yeux. Son

phénix remonta à la surface, et son corps scintilla, mais elle garda sa forme humaine.

— Renee.

Le lieutenant d'Oriel. Une sorcière nécromancienne du feu qui avait perdu son compagnon, le cousin de Jaxton. Cette femme avait également failli tuer Jaxton et Laurel et elle avait tellement déformé les protections par sa propre force que j'avais vraiment peur de ce qu'elle voulait.

— Elle est là pour moi, gronda Laurel, le bras enflammé.

Je secouai la tête, ma propre colère remontant à la surface avec ma magie du vent.

— Ou moi, ou Sage, ou n'importe qui pour se venger. Nous avons pris son compagnon. Et nous avons failli la tuer.

— On dirait bien que je vais finir ce foutu boulot, gronda Laurel.

Sage hocha la tête.

— J'ai poussé sur les liens vers Rome et Jaxton, mais allons-y.

Je les regardai toutes les deux, mon cercle, et fis rouler mes épaules.

— Allons-y.

Je poussai le lien vers Ash, chose à laquelle je n'avais pas pensé, car ce n'était pas encore naturel pour moi. Je l'avais ignoré pendant si longtemps, je m'étais si bien arrangée pour faire semblant de ne pas l'aimer, de ne pas le vouloir que le fait même de lui demander de l'aide m'était désormais étranger.

Mais j'allais le faire. Pour lui. Pour moi. Pour nous. La chaleur et l'amour imprégnèrent le lien jusqu'à moi, et je savourai la sensation. Je m'y accrochai. Cela me donnerait de la force. Tant que je me disais cela, je ne renoncerais pas à cette force.

Nous sortîmes et descendîmes du porche. La magie vibrait dans l'air. Renee se tenait au bord de la limite de la propriété, ses cheveux tirés en arrière en une tresse serrée, vêtue d'une veste en cuir et d'un jean effiloché. Elle avait une cicatrice sur le visage, et sa main était légèrement tordue à cause des brûlures. Je ne ressentais aucune pitié pour elle. J'essayais. Vraiment. À cause de la perte qu'elle avait subie, de la douleur qu'elle devait éprouver. Mais elle avait perdu son lien avec son âme et tout ce qu'il y avait de bon en elle il y avait bien longtemps. Elle torturait et essayait de tuer ceux que j'aimais.

Ce n'était que grâce à leur magie intérieure que Laurel et Jaxton avaient été sauvés. Ce n'était pas grâce à quelque chose que j'avais fait ou que j'aurais pu faire.

Renee avait été le catalyseur pour que tout s'embrase et retombe en cendres. Elle faisait partie du pouvoir qui essayait de tuer ma ville et ma famille. Je n'avais pas pitié d'elle. Peut-être cela faisait-il de moi une mauvaise personne, mais j'en avais assez d'essayer d'être la meilleure personne pour ceux qui voulaient tuer ma famille.

— Ces protections sont tellement ridicules ! railla Renee, la voix un peu rocailleuse, comme si elle avait inhalé trop de fumée.

— Elles t'ont retenue, n'est-ce pas ? lança Laurel sèchement.

— Pour l'instant. Mais c'était tellement facile de se glisser à travers celles de la ville, comme si elles n'existaient même pas ! Et pourtant, tu restes là, derrière tes jolies sorcières, sans même me regarder en face. Je me demande ce qui se passerait si je poussais ma magie ou mes revenants à travers vos limites. Vous feraient-ils du mal ? Je sais que si on touche les protections de la ville avec autre chose que la magie, ça te fait mal, Ravenwood. Je veux que tu aies mal. Je veux que tu ressentes de la douleur. Je veux que tu ressentes tout ce que je fais. Alors tu n'auras qu'à rester là et encaisser ce que je te donne.

— Tu as fini avec ton discours de méchant ? demanda Sage, l'air de s'ennuyer, même si je savais que derrière sa désinvolture se cachaient de la colère et de la peur. C'est ridicule. Ce que tu fais n'a aucun sens. Tu ne fais que tourner en rond, et regarde-toi. La dernière fois, c'est à peine si tu t'en es sortie. Tu crois vraiment que tu vas être capable de nous battre toutes les trois ?

Renee se contenta de sourire, et un pressentiment se glissa le long de ma colonne.

— Qui dit que je suis seule ?

Elle claqua des doigts et des revenants se glissèrent entre les arbres. Mais ils ne ressemblaient plus à des bêtes rampantes et baveuses comme avant. Non, ceux-là semblaient presque conscients. Le contrôle qu'exerçait Renee sur eux était inimaginable. Oriel l'avait fait auparavant lorsqu'il m'avait encerclée, révélant ainsi qui il était. Et maintenant, Renee avait aussi ce pouvoir.

Combien de noirs sacrifices, combien d'âmes avaient-ils dû arracher à un autre pour que cela se produise ?

Je ravalai ma bile à cette pensée, et faillis tomber du porche quand je me rendis compte de ce que deux des revenants traînaient entre eux.

— Esmeralda, chuchotai-je, la voix sèche.

La peur me saisit, et je faillis laisser ma magie s'échapper, sachant que ce serait futile à cet instant, car Renee avait le dessus.

Ma vendeuse leva alors les yeux vers moi, un œil tuméfié, la lèvre en sang, les jambes brisées, réduites à des masses tordues traînées derrière elle. La douleur et la peur dans ses yeux faillirent me briser. Laurel me retint, seulement parce que si j'avais avancé encore plus, le piège se serait refermé sur moi. Car Renee était prête, une boule de feu magique à la main et un sourire diabolique sur le visage.

— Nous avons trouvé votre petite sorcière. Vous n'êtes pas aussi puissants que vous devriez l'être. Aussi puissants que vous pensiez l'être. Nous n'avons pas eu besoin de grand-chose pour l'attraper.

— Oh non ! chuchota Sage, portant sa main à sa bouche.

Son autre main se resserra sur le manche de sa batte. Elle était prête à se battre, mais nous étions en infériorité numérique. Le seul moyen de gagner était de toucher à la magie noire, et c'était une ligne que nous ne pouvions pas franchir.

— Vous avez laissé votre sorcière en danger. Bien sûr,

peut-on vraiment l'appeler ainsi ? Vu la faible quantité de magie dans ses veines, elle est presque humaine. C'est un peu ridicule que vous continuiez à qualifier ces petites personnes de sorcières alors qu'elles ne possèdent même pas la quantité de magie que j'ai dans mon petit doigt.

Renee tendit la main, la fit glisser sur les épaules d'Esmeralda et la serra, la flamme dansant sur sa peau. Mon amie cria, et j'avançai en faisant un mouvement de balayage de la main. Une dague d'air trancha la tête d'un revenant, le corps tombant de l'autre côté d'Esmeralda et de Renee.

— Tu es prévisible. Mais ne t'en fais pas. Je vais te faciliter la tâche. Donne-nous le cœur de la ville, tout simplement, et votre petite amie ici présente vivra. Sinon ce sera une sorcière faible de moins à protéger pour vous.

— Et si je reprenais mon amie et que tu hurles à l'agonie en mourant ? demandai-je, sachant que je ne pouvais pas donner le cœur à Renee.

Dans tous les cas, je ne *pouvais pas*.

Et à en croire le regard désolé d'Esmeralda, elle le comprenait. Je regardai mon amie, cette femme qui travaillait dans ma boutique depuis des années, en espérant qu'elle lisait la détermination dans mon regard. Je n'allais pas la laisser souffrir plus qu'elle ne l'avait déjà fait. J'allais faire plus. J'allais faire en sorte que tout aille mieux.

Je m'avançai, prête à frapper, mais Renee se contenta de sourire et de tourner sa main vers le haut, et les flammes devinrent violettes. Je hurlai en projetant ma magie, tout comme Sage et Laurel. Le feu de Laurel dansa le long de la flamme, et Renee s'écarta du chemin, mais pas avant qu'Esmeralda ne pousse un cri, et ensuite il y eut le silence. Son cou avait un angle étrange.

Mon amie, ma collègue sorcière, et la femme que j'avais pour mission de protéger gisait sur le sol, le corps brisé, mais elle ne souffrait plus.

Je ne versai pas de larmes. Je n'en avais plus. Je hurlai et l'énergie éclata. Le cœur grondait sous mes pieds, prêt à me venir en aide, mais je le repoussai, sachant que je ne pouvais pas me reposer sur lui. Je ne pouvais pas me servir de cette magie, au risque de basculer du côté obscur. Je levai les mains, paumes tendues, et j'invoquai la magie de mes ancêtres.

L'air vibra en moi et je le projetai violemment sur les revenants. Ils tombèrent un par un, et Sage se servit de sa batte et de sa magie de l'eau pour tuer les autres. Laurel l'aida en se précipitant vers Renee, l'épée tendue. Celle-ci sortit sa propre épée pour la combattre, lame contre lame, feu contre feu.

Mais je ne pouvais pas laisser mon amie seule dans cette lutte. Je marchai sur les revenants morts, sur ces gens qui avaient été autrefois vivants et épanouis, me dirigeant vers Renee en criant. L'air se figea comme si la magie était trop puissante et notre ennemie se tourna lentement vers moi. Je levai la main et tirai, serrant le poing. Ses yeux s'écarquillèrent avant de sortir de leurs orbites. Elle lâcha l'épée, s'agrippant à son cou, et Laurel tituba en arrière en me regardant. Sage attrapa la main de celle-ci alors qu'elles m'observaient toutes les deux pendant que je serrais plus fort mon poing. Renee se cramponnait à son cou, ses ongles s'enfonçaient dans sa peau, mais je tirais, et je tirais, et je m'enfonçais. Je lui retirai tout son air, le faisant glisser hors de son corps. Sa peau fut comme aspirée de l'intérieur, son corps s'effondra, et elle essaya de crier, mais elle n'avait plus d'air.

Je regardai Laurel et hochai la tête, et mon amie ne me regarda pas avec horreur. Non, elle répondit à mon regard avec compréhension, et prit son épée pour trancher proprement la tête de Renee. Une coupe nette, car nous ne torturions pas, nous ne prenions pas plaisir à tuer.

Mais j'étais heureuse que cette femme soit morte.

Et tandis que les autres arrivaient de la forêt, éliminant les derniers revenants qui auraient pu tenter de s'échapper, Ash, Rome, Frank, Jaxton et Aspen étant tous là pour les aider, je laissai les autres faire ce qu'ils devaient faire. Je tombai à genoux, tins Esmeralda contre ma poitrine et hurlai.

DIX-SEPT

AS

J'étais assis dans un fauteuil à côté du lit de Rowen, un café à la main, et je regardais l'amour de ma vie dormir. Elle avait des cernes sous les yeux, et je n'étais pas sûr qu'elle tire un quelconque bénéfice du sommeil à ce stade. Parce que c'était la perte d'énergie, le chagrin et l'épuisement pur et simple après le nettoyage et la réorganisation après l'attaque chez elle qui avaient causé son évanouissement.

Mais la cour était propre et on avait enterré Esmeralda. Son corps avait d'abord été réduit en cendres pour qu'elle ne puisse pas être transformée en revenant, mais l'angoisse était toujours aussi forte et je n'étais pas certain que Rowen soit capable de faire les choix nécessaires pour plus tard. Ou même qu'elle soit en accord avec les choix qu'elle avait déjà faits.

J'étais arrivé trop tard dans le combat pour tout voir, mais je connaissais la magie dont elle s'était servie, le sort qu'elle avait pris aux ancêtres pour éliminer Renee. Il consommait beaucoup trop d'énergie, une énergie qui aurait pu faire basculer n'importe quelle autre sorcière dans le noir, mais ce n'était pas le cas cette fois-ci. Cela n'avait fait qu'exacerber le chagrin.

Esmeralda, la gentille sorcière qui adorait ce qu'elle faisait et qui, même si elle n'utilisait pas la magie, était capable d'illuminer la pièce avec son sourire et son rouge à lèvres noir. Elle avait un rire communicatif.

Je la voyais pour qui elle était. L'amie de Rowen. Et Renee le savait. Et elle s'en était servie. Mais Renee n'était plus là. Je me demandai si Oriel l'avait utilisée comme chair à canon. Pour faire une nouvelle brèche dans les protections en guise de test. Sachant que Renee ne pourrait pas tenir longtemps.

Je bus mon café et en ignorai le goût amer, sachant que c'était à cause de mon humeur et pas de la boisson elle-même. Je reposai la tasse sur le chevet, me calai dans mon siège et regardai ma compagne dormir. C'était douloureux. Tout était douloureux. Je ne pouvais pas la protéger. Je ne pouvais pas faire ce qu'il fallait pour qu'elle aille mieux.

Mon cœur était bien trop lourd pour les décisions qui devaient être prises prochainement.

Nous étions au bout. Nous le savions tous. Quelque chose devait changer. Il nous fallait un pouvoir plus fort, qui viendrait d'au-delà du cercle. Nous ne faisions que réagir, pas nous battre ni être en mode offensif. Nous n'avions pas le pouvoir qu'il avait. Et cela m'inquiétait. Parce que je ne savais pas comment nous étions censés nous battre sans nous servir d'une magie plus forte que celle d'Oriel. Il avait eu des décennies pour mettre en œuvre son plan, pour se replier sur sa magie, créer des revenants et attendre ce moment. De notre côté, nous avions été brisés et nous avions dû nous reconstruire, lentement.

Je ne savais pas où nous trouverions la force d'être plus forts.

— Tu réfléchis tellement fort que je peux pratiquement le sentir le long du lien.

Je levai le regard sur Rowen, qui était réveillée, les yeux endormis, les cheveux étalés sur l'oreiller. Je me penchai en avant et fis courir mes doigts sur sa peau.

— Je ne voulais pas te réveiller.

— Le soleil est levé. Je sens la magie qui brille sur ma peau. Il est temps pour moi de sortir du lit.

Je secouai la tête.

— Non, absolument pas. Il est temps pour toi de me laisser t'embrasser.

Elle sourit alors et secoua la tête.

— Ça ressemble vraiment à une excuse.

Je souris et la caressai encore. Je ne pouvais pas ne pas la toucher.

— La fréquence des attaques augmente. Les bassins de magie se vident. Je crois qu'il est temps de t'embrasser. D'être avec toi. Parce qu'après, je ne crois pas que nous ayons beaucoup de temps.

Elle déglutit devant la dureté de mes paroles et tendit les bras pour me tirer par les épaules.

— Alors, sois avec moi, Ash. Oublions un instant. J'ai besoin d'oublier.

— Et ensuite, nous parlerons. Nous établirons un plan. Et nous nous vengerons. Pour tout. Tout ce que ces malédictions, cette ville et Oriel ont fait. Nous nous vengerons.

Je ne parlais pas seulement de la prophétie, ou de ma propre magie, ou de la perte d'Esmeralda. Je parlais de tout. Et alors qu'elle m'attirait au-dessus d'elle, je sus qu'elle comprenait aussi.

Le drap entre nous était bien trop fin. Elle était déjà nue, et je portais un pantalon de survêtement et un t-shirt, mais j'étais quand même reconnaissant pour le drap, juste pour le moment, pour que nous puissions aller lentement. Je déposai des baisers sur sa peau, le long de son menton, puis dans son cou. Et quand je tirai doucement la couverture vers le bas, elle me laissa faire, avec le sourire doux d'une femme qui savait ce qu'elle voulait. Ses seins étaient nus devant moi et je fis passer ma main autour d'un de ses globes, puis je donnai un coup de langue sur son mamelon, et elle ronronna.

— La magie sexuelle est censée reconstituer vos réserves bien plus vite que n'importe quoi d'autre.

— C'est ce que j'ai entendu dire, marmonnai-je avant de passer à son autre sein, le suçant et le léchant. Je suppose que je ferais mieux de m'assurer de t'aimer comme il faut, pour te donner toute l'énergie dont tu as besoin. Juste au cas où.

— Pour la science, bien sûr, chuchota-t-elle, et je pressai ses seins l'un contre l'autre, les embrassant tous les deux avant de les laisser retomber, ce qui la fit glousser.

—Ash !

—J'ai toujours aimé jouer avec ma nourriture avant de manger.

Elle rougit jusqu'à ses mamelons, et je l'embrassai à nouveau avant de lécher et de mordiller lentement sa poitrine et son ventre. Je déposai des baisers dans le creux de ses seins, puis je mordillai autour de son nombril. Elle rit, se trémoussant sous moi, et je la plaquai sur le lit avant de tirer le drap jusqu'au bout.

Elle était tout en courbes, tentatrice, et elle m'appartenait. Elle avait une petite touffe de boucles entre les jambes, de la même couleur que ses cheveux, sombres, accueillants, et quand je lui écartai les cuisses, son sexe luisant me réclama, je m'abaissai et léchai son clitoris. Elle gémit en se tenant les seins tandis qu'elle se cambrait pour moi, et j'écartai ses lèvres intimes, les léchant, les suçant et les massant. Elle était rose et prête, et je savais que je pouvais la pénétrer tout de suite, la prendre à fond, et qu'elle en aimerait chaque minute, mais d'abord, j'avais besoin de l'avoir juste à moi. Alors, je la mangeai et la suçai, je la rassasiai de moi-même, et quand elle jouit, elle murmura mon nom, et la magie dans l'air palpita, nous excitant et nous connectant à un niveau plus profond que jamais auparavant.

Je me déshabillai avant de m'installer entre ses cuisses. Puis je croisai son regard assombri par le besoin, et je pénétrai profondément en elle. Elle était glissante, humide, chaude. Et son sexe se serra autour du mien comme un étau. Nous fîmes l'amour lentement, et lorsque je roulai sur le dos pour qu'elle me chevauche, les lumières vacillèrent, l'air tourbillonna et la maison trembla. Je sentais la magie en moi grimper en flèche, augmentant à chaque coup de reins et roulement de ses hanches.

La magie sexuelle était la magie la plus profonde et ne fonctionnait que si elle émanait de l'espoir. Et c'était ma compagne. Mon destin.

Je protégerais Rowen à tout prix. Quand elle jouit à nouveau, je la suivis et l'attirai contre moi. J'avais besoin de ses lèvres sur les miennes.

Nous nous embrassâmes et jouîmes, l'orgasme emplissant nos réserves de magie jusqu'à satiété.

Elle me sourit, le corps tremblant.

— Je n'ai jamais ressenti autant de magie auparavant. Sans même toucher le cœur de la ville.

Je m'enfonçai à nouveau en elle.

— Je pourrais faire une blague sur le fait que ton cœur me remplit, mais ce n'est pas l'inverse, normalement ?

Elle rit et repoussa mon épaule, alors même qu'elle était toujours serrée autour de moi.

— Tu es ridicule.

— Effectivement. Mais je suis aussi un homme. Évidemment que je fais des blagues de cul.

Nous étions allongés là tous les deux en train de redescendre de notre état d'euphorie, et elle fit courir ses mains le long de mon corps. Nous devions nous laver et aller vérifier les protections.

La réalité revint, mais j'avais besoin de ce moment,

comme si nous savions que nous n'en aurions pas d'autre d'ici la fin.

— Il nous reste encore une heure avant que ce soit notre tour de garde.

— Je sais. Je veux juste aller sur le terrain. J'ai un mauvais pressentiment. Comme si hier n'était que le début.

Je hochai la tête et déglutis difficilement.

— Tu n'es pas la seule, lui dis-je avant de l'embrasser sur les tempes. On va se doucher, te nourrir, et ensuite, on commencera notre journée.

— Oriel a planifié ça depuis si longtemps, et nous n'arrivons pas à rattraper le retard. Et si nous n'étions pas assez forts ?

Je fronçai les sourcils en l'entraînant dans la douche où j'ouvris l'eau chaude.

— Ça ne te ressemble pas. Tu es toujours celle qui est solide et qui connaît notre but.

— Elle a tué Esmeralda juste parce qu'elle était là. Et elle l'a torturée. Tu as vu ses jambes ? Tu as vu son visage ? Et je ne le savais même pas. Je passais une soirée entre filles avec le cercle, à nous amuser et à parler de toi, des garçons et des oursons. Nous étions en train de rire et de nous amuser pendant qu'Esmeralda hurlait de douleur. Et je ne l'ai même pas senti. Oriel me bloquait tellement que je n'ai rien senti. Les protections sont perverties. Elles lui appartiennent, maintenant. Et c'est ce qui m'inquiète. J'étais en train de m'amuser pendant que mon amie mourait. Et je n'en étais même pas consciente.

Je jurai à mi-voix, irradiant de colère.

— Tu ne le savais pas. Tu ne peux pas être partout tout le temps.

— Peut-être que je devrais l'être. Pourquoi ne suis-je pas assez forte pour ça ? Pourquoi ai-je failli tout perdre une fois de plus ? Esmeralda, elle, a tout perdu. Ce n'est pas juste. Comme si je n'étais pas la bonne personne pour ça. Peut-être que quelqu'un d'autre aurait dû être le chef.

— Ce sont des conneries. Et tu le sais.

Elle plissa les yeux.

— Peut-être pas. Peut-être que Sage devrait être la plus puissante. C'est elle qui est stable, maintenant. Laurel est en train de se trouver, et je continue à tout foutre en l'air.

Elle se lava les cheveux rapidement, presque avec colère, et je grognai à côté d'elle.

— Tu m'as ramené. Tu nous as tous ramenés. Tu n'as pas besoin de tout faire seule. Nous sommes là pour toi.

— Et pourtant, Oriel continue de gagner.

Je la serrai contre moi tandis qu'elle pleurait, tout en sachant qu'à cet instant, c'était plus de la colère que du désespoir. Puis nous sortîmes de la douche et nous habillâmes sans prendre la peine de nous sécher les cheveux. Nous n'avions pas beaucoup de temps, et quand Rowen secoua la tête et murmura un sort qui ne nécessitait aucune magie, l'air de la maison nous sécha.

Je ricanai.

— J'avais oublié que tu savais faire ça.

— C'est une seconde nature, maintenant. Mieux vaudrait ne pas attraper un rhume.

Je secouai la tête, soupirant devant la tristesse dans sa voix, et nous prîmes la direction de Main Street pour commencer notre ronde. Aucun d'entre nous ne travaillait plus, maintenant. Nos boutiques étaient toutes fermées, et même les touristes ne s'aventuraient plus à entrer et sortir. C'était comme si, au cours de la semaine écoulée, les choses avaient brutalement changé, et que nous n'en avions même pas été pleinement conscients avant qu'il ne soit presque trop tard.

— Quelque chose arrive, je le sens.

Sa voix était portée par le vent, comme si sa magie amplifiait son ton.

Je fronçai les sourcils.

— Qu'est-ce qui arrive ?

— Je ne sais pas, mais je suis inquiète. Pourquoi ai-je l'impression que la nuit dernière était un test ? demanda-t-elle en se renfrognant. Un test auquel nous avons échoué.

— Tu n'es pas seule, dit Laurel en s'approchant, Jaxton à ses côtés.

Elle avait son épée dans le dos, sans magie pour la dissimuler. C'est alors que je balayai l'endroit du regard et que je me rendis compte que les seules personnes présentes étaient les habitants de Ravenwood. Pas un seul touriste.

— Oriel empêche les autres d'entrer ? demandai-je brusquement.

Jaxton secoua la tête.

— Peut-être. Je pense que ce sont les protections elles-mêmes.

— Elles ne nous appartiennent plus, expliqua Rowen en levant les yeux, renfrognée, avant de regarder autour de nous. Les protections ne sont plus à nous. Oh, merde ! C'est ça qu'il faisait pendant tout ce temps, il les a testées et a tissé sa magie à l'intérieur et à l'extérieur ! C'est pour ça que ça me vide. Elles sont à lui.

Sage et Rome arrivèrent, l'air inquiet.

— À lui ? Comment est-ce possible ?

La petite sorcière nous regarda tous et nous étudiâmes la magie que nous pouvions ressentir.

— Parce que je suis Ravenwood. Et maintenant, la ville est à moi.

Oriel parlait depuis l'autre côté du pont, et nous nous tournâmes à l'unisson, prêts à nous battre. Mais à ce moment-là, Rowen faillit tomber en hurlant. Des dizaines et des dizaines de revenants se tenaient auprès du nécromancien. Seulement, ce n'était pas ce qui poussait, qui faisait écho en nous.

C'étaient les autres habitants de Ravenwood, qui sortaient de leurs maisons et de leurs boutiques. La ville bascula sur son cœur, et les protections firent ce qu'elles menaçaient de faire depuis une éternité.

Elles s'écroulèrent.

La douleur se répandit dans mes bras, sur mes flancs, dans mon cœur. Peut-être même autour de mon âme quand elle s'éloigna de mon corps pour y replonger.

Les protections avaient disparu.

Et je partais avec elles.

— Non ! Pas maintenant. Pas maintenant, merde !

Les paroles d'Ash résonnèrent dans ma tête, et je repoussai la douleur et les ténèbres. Il fallait que je sois plus forte que ça. Il fallait que je revienne.

Vers Ash.

Vers Ravenwood.

Vers moi-même.

Les protections avaient disparu, tout comme mon lien avec elles, et j'avais l'impression d'être un siphon ouvert, mon corps et mon âme se vidant par une blessure à vif.

Je ressentis autre chose.

Quelque chose que je n'avais pas prévu.

Le cœur.

Le cœur de Ravenwood m'attendait. La puissance, la force, la menace intimidante qui était celle d'un peuple venu d'un passé lointain se mélangeaient à l'intensité d'une ville bien construite.

Il s'accrocha à moi.

Et me sauva.

Et si je n'y prenais pas garde, il me tuerait.

Je serrai les poings et me concentrai pour ralentir ma respiration. Les autres criaient autour de moi, mille choses se déroulaient en même temps, mais pour pouvoir être utile, il fallait que je sois forte. Il fallait que je me sorte de là. Je tirai sur le cœur, sur la magie qu'Oriel désirait, et je priai instamment de ne pas en puiser trop.

Le centre de la ville semblait à la fois très jeune et âgé. Comme s'il avait tout vu, mais que lui-même n'en avait pas fait l'expérience. Il m'enveloppa, me donnant de la force, et je me dis que je ferais la même chose pour lui.

— Je te protégerai, chuchotai-je, mais je ne savais pas si les mots étaient juste dans ma tête, ou si je les prononçais à voix haute. Je te protégerai à tout prix.

Le cœur parut presque m'étreindre, comme s'il s'agissait d'un jeune enfant en train d'accepter qui il était. Ou qui ils étaient. J'aspirai une bouffée d'air, la douleur était atroce alors que les protections tombaient complètement, se brisant pour se changer en brume. Plus d'un siècle de pouvoir et de protection envolé en un instant.

Mes yeux s'ouvrirent alors que le cœur de la ville me tenait fermement, tout comme l'homme qui me soutenait. Les bras d'Ash étaient comme des bandes d'acier autour de moi, ses yeux flamboyaient de son dragon alors qu'il essayait de me maintenir stable. Il posa un genou à terre tandis que je m'étalais sur lui, les autres membres du cercle nous entourant pour nous protéger.

— Rowen, grogna-t-il d'une voix bien plus grave que la normale.

C'était le métamorphe en lui, celui qu'il aspirait à contrôler, tout comme j'essayais de contrôler ce qui était en moi.

— Les protections ont disparu. Entièrement.

Ma voix était bien plus forte que je ne le pensais, mais je savais que ce n'était pas simplement la mienne. Non, c'était le cœur de la ville qui essayait de me protéger, tout comme j'avais essayé de le faire pour lui durant tout ce temps.

Ash écarquilla les yeux un instant avant de hocher la tête.

— Nous l'avons senti.

— Aide-moi à me relever.

Il fallait que je me redresse, que je me débrouille seule. Je ne pouvais pas montrer de faiblesse. La ville dépendait de moi, et j'étais fatiguée de saigner et de tomber devant elle.

— Nous devrions rester à terre, dit Sage d'une voix inquiète.

Je secouai la tête, puis repoussai légèrement Ash pour pouvoir me lever sur mes deux pieds. Je lui permis de m'aider, mais la magie qui me traversait était plus puissante que toute autre magie que j'avais ressentie auparavant.

C'était pour cela qu'Oriel voulait le pouvoir. J'étais bien plus forte que je ne l'avais jamais été, et c'était grâce à la puissance des magies combinées installées sous nos pieds. Je ne savais pas combien de temps cela durerait ni ce qui se passerait si je comptais sur elle pour me maintenir en équilibre plus longtemps que quelques minutes supplémentaires. Mais c'était ce que désirait Oriel. Et j'avais l'intime conviction qu'il ne devait pas l'obtenir. Il le déformerait, il le souillerait, et il ferait du mal au reste du monde en l'utilisant. Et je ne pouvais pas le laisser abîmer ça.

Debout sur mes deux pieds, je pris une grande inspiration en regardant ma ville, et je sus que c'était le début de la fin, que c'étaient les ténèbres qui avaient été annoncées, et que nous étions arrivés trop tard.

— Oriel s'est emparé des protections. Ça fait longtemps, mais il le cachait quand il attaquait. Et nous n'avons pas été capables de l'arrêter. Si nous avions vu ce qu'il faisait, nous n'aurions pas pu sauver la ville des revenants. Il a eu des années pour planifier ça, et nous n'étions pas prêts.

Les yeux de Laurel s'enflammèrent, le feu dansait au fond de son regard.

— Que faisons-nous, maintenant ? Pouvons-nous dresser de nouvelles protections ?

Je laissai filer une respiration tremblante, prenant lentement conscience de mon environnement.

— Avant ça, ma réponse aurait été non, car nous ne pouvions pas nous appuyer sur ce qui existait déjà, mais maintenant, c'est fini. D'abord, nous devons protéger la ville, ou veiller sur ce qu'il en reste.

Je regardai autour de moi alors que les gens criaient.

Parce que la ville de Ravenwood n'était plus protégée du monde extérieur. Les métamorphes, les sorcières et les faë pourraient être vus par les humains, ceux qui se montreraient gentils et ceux qui seraient effrayés, ceux qui verraient en nous un moyen d'accéder à leur propre pouvoir. Nous nous cachions des humains, du gouvernement et de tous ceux qui pouvaient nous faire du mal pour certaines raisons.

— Il nous faut un plan, déclara Jaxton en regardant autour de lui, comme si nous nous attendions à ce que les revenants débarquent à tout moment.

Sauf qu'ils n'étaient pas là. Les protections étaient tombées, et les revenants ne s'entassaient pas.

Pourquoi ? C'était la question.

— Oriel a fait ça parce qu'il veut déstabiliser la ville. Il veut tirer le pouvoir du cœur lui-même. Je ne laisserai pas une telle chose se produire.

Je les regardai tous et déglutis.

— Les protections sont tombées, mais je suis toujours debout. Pas grâce à ma propre magie, mais parce que le cœur me protège.

Ash plissa les yeux.

— Explique.

Ignorant son ton, car il ressemblait beaucoup à celui qu'il avait lorsqu'il n'avait pas son âme, je compris qu'il avait peur pour moi. J'étais aussi effrayée que lui.

— Le cœur de la ville s'est enroulé autour de moi et il me protège. Et je vais faire la même chose pour lui.

— Tu ne peux pas encaisser autant de pouvoir, intervint Laurel. Si tu fais ça, il te submergera. Tu ne sais pas ce qui va se passer.

Je relevai le menton, le pouvoir était presque assourdissant, mais il s'estompa, comme s'il savait que je devais être la seule à avoir le contrôle pour le moment.

— J'en suis consciente. Je ne suis pas en train de tirer du pouvoir. Du moins, je n'en ai pas l'impression. Nous n'avons pas le temps pour ça. Je vais le protéger à tout prix, mais il faut qu'on fasse en sorte de sécuriser cette ville.

J'ouvris la bouche pour ajouter quelque chose, mais mes oreilles se mirent à bourdonner. Le pont devant nous explosa, le béton, les briques et la pierre volant en tous sens. Je fus projetée au loin alors que je tentais de lever mes mains pour invoquer la magie, mais je volais, mon corps percutant le sol. Sage était la plus proche, et je criai. Rome se jeta sur elle alors qu'une dalle de pierre s'écrasait dans son dos. Il cria, et le rugissement de l'ours fit exploser deux fenêtres fermées.

Sage avait un bras autour de lui et gardait pourtant une main libre pour tirer l'eau de la rivière et créer une barricade. Pas une protection, mais un mur liquide qui empêcha le reste de la pierre et de la roche, et une partie du pont de frapper d'innocents passants.

Je m'écrasai au sol, les mains en sang alors que je

raclais le trottoir. Je luttai pour me relever, et Ash me tira. J'essuyai le sang de son sourcil et faillis lâcher un sanglot étouffé en regardant Rome. Il était étalé sur le sol. La terreur m'envahit et la bile me monta à la gorge.

La poitrine de Rome ne bougeait pas.

— Non ! s'écria Sage.

Elle posa les mains sur lui et cria :

— Non ! Ça n'arrivera pas. Tu vas t'en sortir.

L'amour, la passion, l'espoir et le désespoir se concentrèrent autour d'elle, et le cœur de la ville vibra en moi, avant de se propager le long du lien qui nous unissait et de se répandre dans Sage. Elle écarquilla les yeux, ses cheveux flottant autour d'elle avant que la magie du cœur ne se retire d'elle pour entrer dans Rome.

Rome, l'ours métamorphe qui gisait à plat ventre sur le sol, sans bouger, sans respirer. Je n'arrivais pas à me concentrer. Je ne comprenais pas ce qui se passait. Tout ce que je savais, c'était que l'alpha ne respirait pas. Son dos était cassé, son corps brisé. Et il avait protégé Sage pendant qu'elle nous protégeait tous.

Je n'avais pas été assez forte.

Rome ne pouvait pas être mort. Ce n'était pas possible.

Rome n'était pas mort.

Seule Sage criait. *Elle hurlait.*

Jaxton et Laurel nous quittèrent. Ils partirent protéger les autres et mettre les innocents à l'abri pendant que je courais vers Sage.

Le cœur de la ville jaillit d'elle, une vague de magie qui faillit me projeter en l'air contre Ash. Et tandis que

Sage pleurait et criait, Rome laissa échapper un soupir surpris, et je tombai presque à genoux.

Je… je ne pouvais pas me concentrer. Je restais là à regarder l'ours qui était mon ami et mon frère et à me demander ce que je venais de faire.

— Le cœur de la ville vient de le ramener ? chuchota Ash d'une voix mêlée d'émerveillement et de peur.

Je déglutis avec force.

— Je pense que oui. Oh, mon Dieu. A-t-il… ?

Je ne pus même pas terminer.

Rome était mort.

Rome était mort. Et pourtant, le cœur l'avait ramené. Il bougeait lentement, comme s'il essayait de comprendre comment il arrivait à se déplacer, et Sage sanglotait en le serrant dans ses bras.

Et moi, je voulais les rejoindre, courir vers eux et essayer de comprendre ce qui venait de se passer, mais je ne pouvais pas.

Parce que la guerre ne faisait que commencer.

Une autre explosion retentit à côté de nous, et la bibliothèque municipale prit feu, avant de s'effondrer sur elle-même. Je criai, puis poussai mon air vers l'avant, soulevant le toit et permettant à deux clients et à la bibliothécaire de s'échapper.

— Y avait-il quelqu'un d'autre là-dedans ? demandai-je à la métamorphe.

La femme âgée secoua la tête ; ses yeux avaient des reflets d'or.

— Non, nous les avons évacués. Rome. Je l'ai senti nous quitter.

Sa voix trembla. Cette vieille bibliothécaire sévère, qui avait toujours donné l'impression que rien ne l'effrayait... j'entendais la douleur dans sa voix.

— Je vais bien, Edna, chuchota Rome en s'avançant et en la serrant contre lui.

La femme le retint légèrement, lui tapota le dos, et le repoussa.

— Bien. Ne fais plus jamais ça. Mais la compagne de notre alpha est puissante. Elle t'a protégé. Maintenant, avant que je ne m'effondre et que je me mette à pleurnicher, ce pour quoi nous n'avons pas le temps, de quoi avons-nous besoin ? Que voulez-vous que nous fassions ?

Tous me regardèrent, y compris Ash, et je me dis que je pouvais y arriver. Je dirigeais cette ville, plus encore que le maire, depuis des années. Je pouvais y arriver, et c'était pour cela que nous nous étions entraînés.

Même si je ne m'attendais pas à ce que cela finisse de cette manière. Il fallait que je me concentre sur ce que je pouvais faire, pas sur ce qui était perdu.

— Rome, pouvons-nous emmener les innocents et ceux qui ont besoin d'aide dans la tanière ? Seront-ils en sécurité, là-bas ?

L'alpha hocha la tête. La détermination dans son regard était celle due à son rang, pas seulement celle de l'homme.

— Oui. Edna, trouve Ariel. Elle est au bout du chemin avec les loups. Emmenez les innocents à la tanière. Et protégez-les.

— Oui, monsieur, alpha. Et ne meurs plus jamais ! Je n'ai pas aimé cette impression.

Elle hocha la tête avant de prendre les mains des deux clients près d'elle et de courir vers Ariel.

Jaxton s'avança, les yeux rivés sur Rome, et s'adressa à nous tous.

— Je vais aller de l'autre côté, dans le quartier chic, pour protéger ce que je peux. Parce que pour l'instant, Aspen et Nelle sont seuls là-bas.

Je jetai un regard à Jaxton et approuvai d'un signe de tête.

— Vas-y. Protège le côté nord. Rome et Sage, allez protéger le côté ouest.

Laurel releva le menton.

— Je vais prendre le côté est.

— Pas seule, c'est hors de question, grogna Jaxton.

— Elle ne sera pas seule, dit Frank le jaguar en s'avançant, trois loups adolescents à ses côtés.

L'aîné au parfum d'alpha s'éclaircit la gorge.

— Nous allons vous aider. Nous sommes forts.

Ils regardèrent Rome et baissèrent les yeux.

— Si tu es d'accord, alpha.

Les loups avaient été intégrés à la tanière des ours, et Rome était leur alpha. Alors que c'était moi la leader ici, ils prenaient leurs ordres de Rome. Et en toute honnêteté, je n'étais pas sûre d'être capable d'envoyer trois adolescents vers une mort certaine.

Mais je ne pouvais pas non plus laisser mon ami s'en charger. Pas quand il s'agissait de mort et de décisions. Pas maintenant. C'était ma responsabilité. Même si je craignais que les autres m'en veuillent pour ça. Je croisai le regard de l'alpha, qui acquiesça.

— Allez-y. Suivez les instructions de Frank. Nous nous sommes entraînés pour ça. Vous comprenez ce qu'il faut faire.

Ils acquiescèrent, tournèrent les talons et partirent, suivant Frank vers l'est.

Ash se tenait à côté de moi alors qu'une autre explosion retentissait, comme si le feu, l'air, la terre et l'eau étaient tous utilisés en même temps.

— Les nécromanciens sont plus nombreux que nous le pensions, murmura Ash.

J'approuvai d'un hochement de tête.

— Et les protections lui appartenaient depuis plus longtemps que je ne l'aurais cru.

— C'est pour ça que tu étais si malade.

Je compris d'un coup, et les pièces du puzzle s'emboîtèrent.

— Je sais. Nous allons devoir trouver un moyen.

— Et nous le ferons.

À ce moment-là, les revenants arrivèrent. Ash m'embrassa passionnément sur la bouche, et je tentai de me dire que ce n'était pas un dernier baiser. C'était impossible. Mais je n'en étais pas certaine.

Les habitants affluèrent de leurs maisons, de leurs tanières et de leurs magasins, des sorciers avec un peu de magie, des petits sachets de sortilèges dans une main et des armes dans l'autre. Tous les métamorphes qui ne protégeaient pas leurs enfants ou les plus faibles étaient là, se battant au corps-à-corps, protégeant leurs secteurs de la ville. Je savais que les faë se battaient, comme tous ceux qui le pouvaient.

Mais quelque chose clochait. Les métamorphes étaient puissants, les faë étaient puissants, mais nous, sorciers, n'avions que notre cercle. Et il fallait que ça change.

Nous devions trouver un moyen d'être aussi forts que nous l'avions été autrefois. Nous avions besoin de plus de magie. Mais ce n'était pas le bon moment pour en trouver. Pas alors que le pouvoir d'Oriel était si puissant que je devais me concentrer entièrement sur lui.

Je pris l'épée d'Ash, me demandant où il l'avait dénichée, puis tranchai la tête d'un revenant. Il tomba à mes pieds, mais un autre arriva, puis un autre. Le pont avait disparu, notre dernière protection sur le flanc ouest contre ce qu'Oriel nous préparait.

Ces revenants et qui que ce soit d'autre qu'il contrôlait pourraient entrer dans la ville à n'importe quel moment, et je ne pourrais pas le sentir.

Nous devions reconstruire la protection. Mais d'abord, il fallait sauver la ville.

Je frappai d'autres revenants, et tombai à genoux quand une autre explosion retentit. Cette fois, la mairie vola en éclats, et les briques tombèrent. Je projetai ma magie de l'air, créant un tunnel, en m'assurant qu'aucune pierre ou aucun autre élément du bâtiment ne puisse blesser les autres. Un ours métamorphe écarta un morceau de bois, me fit un signe de tête et repartit en courant dans la mêlée, et je me demandai qui avait fait ça. Était-ce Oriel ? Ou quelqu'un que je ne sentais pas ? Je n'en savais rien, mais nous étions en train de perdre. Notre ville entière se battait de toutes ses forces, mais il nous manquait quelque chose. Et cela devait changer.

Oriel sortit de la fumée dans son costume sombre, avec un sourire diabolique sur le visage. Mais il ne dit rien. Il tendit les mains, et j'eus envie de pleurer. À cet instant, j'eus envie de m'écrouler. Parce qu'il ne se servait pas de nécromanciens. Ce n'était pas leur magie. Non, c'était celle des perdus. C'est la magie des nécromanciens morts qu'il utilisait.

Celle de Faith, de Renee. D'autres que je ne reconnaissais pas. De métamorphes qui avaient été assassinés. Ce n'étaient pas des revenants.

Non, c'étaient des ombres.

Des âmes corrompues et torturées dont il pouvait siphonner la magie, et qu'il pouvait attaquer.

Des ombres.

Une légende, une chose si monstrueuse que si elle vous touchait, elle pouvait aspirer votre force vitale et vous tuer instantanément.

Un ours métamorphe poussa un bref cri, puis se coucha, alors que Faith l'ombre souriait comme Oriel. Je ne savais pas si elle avait conscience de ce qu'elle faisait, si cette partie de son âme comprenait. Je n'arrivais pas à comprendre comment il avait eu accès à leurs ombres. Mais Oriel était intelligent. Et il avait accès à un pouvoir et une magie noire tels que nous n'en aurions jamais.

Et nous allions perdre.

— Laisse tomber, chère sœur. Donne-moi le cœur de la ville ou je prendrai quelqu'un d'autre. Et un autre encore. Je ferai souffrir cette ville à cause de ton orgueil.

Des larmes roulèrent sur mes joues alors que je bouillonnais de rage.

— Jamais ! Tu n'auras jamais ni cette ville ni ce pouvoir.

— Je ne te laisserai jamais avoir cette magie, gronda Ash à côté de moi.

— Tu es faible. Ton âme te rend faible. Tu n'es même pas aussi puissant que la garce à tes côtés. Et pourtant, tu crois que tu peux me battre ? Tu n'es rien.

Il poussa Renee, dont l'ombre hurla après nous. J'élevai un mur d'air, mais elle passa au travers. Il était impossible de combattre les ombres. Nous allions mourir ici. Nous allions périr alors même que nous nous battions pour nos vies.

L'air autour de nous frémit quand Ash s'avança et rugit. Je n'eus pas le temps de cligner des yeux qu'il rejetait la tête en arrière et se transformait. Un dragon se tenait devant nous, il nous protégeait, il attendait. Je n'avais pas compris qu'il allait le faire. Il rugit. La peur m'envahit, et j'eus envie de le tirer en arrière. Ash ne *pouvait pas* se sacrifier pour nous.

Pas après tout ce que nous avions perdu.

Une flamme jaillit et Renee recula, l'ombre se remit à hurler vers Oriel. Je vis les yeux du nécromancien s'illuminer un instant, mais je ne savais pas si c'était de la surprise ou de la colère. Tout ce que je vis, c'est qu'un autre bâtiment explosa, tombant en poussière.

Les gens criaient. Nous étions en train de mourir. Et nous n'étions pas assez puissants. Puis, aussi vite que cela avait démarré, Oriel s'en alla, emportant ses ombres avec lui. Et je restai debout, à contempler le dragon devant moi, qui venait de combattre une ombre tant bien que mal, puis je regardai ma ville. Ou ce qu'il en restait.

Ravenwood était en train de tomber.

Nous avions perdu.

Et je n'étais pas certaine de ce qu'il fallait faire ensuite.

DIX-NEUF

ROWEN

La ville brûlait. Pas entièrement, mais une grande partie des infrastructures et des souvenirs avaient brûlé ou s'étaient effondrés, ce qui me blessait. Le dragon d'Ash avait chassé les ombres, du moins pour le moment, et Oriel ne prenait pas plus de la ville ou ne venait pas encore vers nous. Pour l'instant, nous faisions une pause dans un champ, les étoiles au-dessus de nous, l'air apaisant mon âme endolorie.

Et nous étions sur le point de faire quelque chose qui me trottait dans la tête depuis bien trop longtemps, et qui changerait le paysage de Ravenwood pour toujours. Quelque chose que j'espérais voir enfin se concrétiser, même si cela semblait plus que tiré par les cheveux.

— Crois-tu qu'Oriel s'abstienne de nous attaquer de front comme il l'a fait jusqu'à présent à cause de son utilisation des ombres ? s'enquit Ash, me tirant de mes pensées.

Je me tournai vers mon compagnon, mon autre moitié, et déglutis.

— C'était justement à ça que je pensais. Me servir des ombres... Il s'agit de contrôler les âmes, pas les vaisseaux, ni même de faire des revenants.

Il s'agirait de contrôler une âme et de la tirer de l'autre monde, de là où nos âmes finissent auprès de la déesse.

Ash passa une main dans mon dos alors que nous réfléchissions aux évènements.

— Et il faut la plus sombre des nécromancies pour y parvenir. Il faut y mettre de la puissance. Une puissance immense de la part de l'utilisateur.

— J'aimerais seulement que ça lui en prenne assez pour le tuer, grommela Laurel en s'approchant de nous.

Je fis un signe de tête à ma meilleure amie, passai un bras autour de sa taille, et la serrai fort.

— Je ne sais pas ce qui va se passer.

Laurel haussa les sourcils.

— Bien, alors. Je ne crois pas t'avoir déjà entendue dire ça.

Je ricanai, en dépit du ton de notre conversation et de ce que nous étions sur le point de faire.

— À ce stade, nous devons espérer. Parce que rien ne se passe comme prévu. Et nous suivons le parcours d'Oriel et de ses secrets depuis bien trop longtemps. Nous savons qui il est, nous ne savons peut-être pas où il se cache, mais nous savons qu'il va venir pour nous. Et pour le cœur de la ville.

— Le cœur qui est toujours enveloppé autour de toi, marmonna Ash.

J'acquiesçai et lui caressai la joue.

— Ton dragon nous a sauvés. Et c'est la magie du cœur qui me sauve. Il ne me submerge pas. Je ne sais pas comment l'expliquer, mais j'ai l'impression que ça a toujours été le cas.

— Ce ne sera pas toujours comme ça, insista Laurel. Il te submergera bientôt. C'est bien trop de magie pour une seule sorcière, même une de ta trempe.

Je hochai la tête.

— Je comprends. Je sais. Je ne veux pas de cette magie, je veux juste la mienne, et je l'ai. En ce moment, elle se fond avec le cœur de la ville.

— Seulement, le cœur de la ville a réussi à me transférer une partie de sa magie pour Rome, dit Sage en s'avançant, en serrant fortement la main de son compagnon.

Jaxton arriva de derrière eux et entoura Laurel de ses bras. Je m'écartai d'elle pour enlacer Sage avant de faire de même avec Rome et de me rendre aux côtés d'Ash.

Nous étions à nouveau tous les six, et je regardai mes amis.

— C'est le cœur du pouvoir de la ville qui a fait ça. Il nous a rapprochés. C'est peut-être ce que nos ancêtres voulaient dire. Que nous étions censés faire quelque chose que nous n'aurions jamais imaginé.

— Je suis reconnaissant. Crois-moi, je te suis reconnaissant, putain ! grogna Rome, et les yeux de Sage s'emplirent de larmes. Mais je ne veux pas que tu t'épuises à cause de ça.

Je secouai la tête.

— Je ne m'épuiserai pas. Ce n'est pas le problème.

— Si tu le dis ! Qu'allons-nous faire, maintenant ? demanda Laurel.

Je lâchai un soupir, me préparant à ce qui allait suivre.

— Nous allons faire ce que j'ai dit. Nous allons faire ce que personne n'a jamais fait auparavant.

— C'est-à-dire ? m'interrogea Aspen en s'avançant, et il n'était pas seul.

Nelle était à ses côtés, et près d'elle se trouvait quelqu'un que je n'aurais jamais pensé revoir sur deux jambes dans la ville de Ravenwood. Pas alors que nous avions perdu une grande partie de notre magie qui assurait la stabilité de *la sienne*.

Le roi du peuple sirène s'avança, portant sur sa tête une couronne faite de pierres précieuses et de corail. Sa femme et compagne, la mère de Jaxton, une métamorphe faucon, lui tenait la main et me souriait. D'autres membres du peuple sirène étaient là, tout comme de nombreux faë. Ce n'étaient pas seulement nos proches, mais ceux qui étaient liés à nous.

— Bienvenue, murmurai-je en m'inclinant devant le roi du peuple sirène.

Il sourit et secoua la tête.

— Aucun de vous ne s'inclinera devant moi. Vous avez sauvé ma fille.

— Il me semblait que c'était Aspen, dis-je doucement en regardant le roi des faë.

Celui-ci secoua la tête.

— Je n'aurais pas pu le faire sans chacun de vous.

— Et puisque je me tiens juste là, sache que je vais bien. C'est promis. Je suis un peu différente. Mais je vais bien.

Elle était faucon, sirène, et faë à présent. Une hybride triple. Je ne savais pas quelle voie elle emprunterait, mais j'allais faire tout ce qui était en mon pouvoir pour qu'elle puisse s'y épanouir. Et cela signifiait que je devais me battre pour préserver l'intégrité de Ravenwood. Même si cela signifiait que je devais changer.

D'autres personnes emplissaient à présent le cercle de la meute. Des ours, des loups, Frank, d'autres faë et des humains.

Des humains et des sorciers. Des sorciers qui ne détenaient qu'une seule goutte de pouvoir. Edith, certains des employés de la librairie. Quelques sorciers de cuisine qui affirmaient ne détenir aucun pouvoir, mais je le sentais bourdonner en elles. Il était loin, très loin, dilué à cause du temps et du manque de croyance, mais il était là. Ils se battaient pour Ravenwood comme ils l'avaient toujours fait.

Et à présent, il était temps que mon plan se concrétise. Il se déroulerait en deux temps, et j'espérais que nous étions prêts. Nous avions déjà perdu la bataille, mais nous ne perdrions pas la guerre.

Je regardai autour de moi le groupe de personnes qui étaient venues se battre pour cette ville, pour franchir les étapes suivantes, et un sentiment d'urgence écrasant m'envahit. Cette puissante magie qui ne m'appartenait pas palpitait en même temps que la mienne, et je laissai échapper un halètement surpris alors que tout le monde me regardait fixement. Je fronçai les sourcils et serrai la main d'Ash avant de le lâcher en avalant difficilement.

— Je vais bien.

— Tu ne vas pas bien, grommela-t-il, mais je secouai la tête.

Je m'en sortirais parce que je trouverais un moyen.

Même si cela prenait plus de temps que prévu. Parce que tous ceux qui avaient besoin de savoir ce qui se passait étaient au courant, et cela signifiait que nous devions tirer profit de ce que nous avions pour l'instant et espérer que ce ne soit pas trop, finalement.

Mon compagnon me jeta un regard furieux, et je savais qu'il voulait m'envelopper dans du coton et me protéger du monde. Ou peut-être me cacher dans sa horde de dragons tout en grognant contre tous ceux qui s'approcheraient de lui. J'aurais voulu en sourire, mais j'avais trop mal à la tête pour ça.

— Merci à tous d'être venus. Nous sommes ici aujourd'hui pour reprendre Ravenwood, déclarai-je, menton relevé.

Des cris de joie retentirent au loin alors que tout le monde nous entourait, et les lèvres de Laurel tressaillirent.

— Eh bien, c'est une façon de commencer !

— Nous sommes ici parce qu'Oriel essaie de prendre cette ville. Il a brisé les protections, et il a eu beaucoup de temps et beaucoup de magie noire pour le faire, poursuivit Ash, à qui je souris.

Nous avions tous deux discuté de ce qui devait se passer aujourd'hui puisque nous n'avions pas trouvé le sommeil. Nous avions pris soin des blessés et enterré les disparus. Nous nous étions servis de magie et de sorts pour empêcher les morts de devenir des revenants et des ombres. Cela nous avait demandé de l'énergie, mais c'était indispensable.

— Comment allons-nous y parvenir ? demanda le roi du peuple sirène. Non pas que je n'aie pas confiance en vous tous. Vous êtes les sorciers, les plus forts que j'aie jamais rencontrés et vous êtes dotés de cœurs généreux. Mais contre les nécromanciens ? Quel genre de puissance apporterez-vous ?

— Papa, marmonna Nelle, dont les joues pâles s'assombrissaient.

Aspen prit la parole.

— Monsieur, j'ai le sentiment que nous allons être témoins de quelque chose que nous n'avons jamais vu auparavant.

C'était étrange de se dire qu'Aspen parlait maintenant à son beau-père, mais finalement, il croyait en nous. Je priai pour que nous soyons à la hauteur de cette confiance.

J'acquiesçai, croisant leurs regards.

— Nous allons faire quelque chose que d'autres ont demandé, et que je n'aurais jamais cru possible. Nous sommes une ville de métamorphes, de faë et de sorciers.

— C'est ainsi que la ville a été fondée, ajouta Aspen.

'— Tu as raison. Elle a été fondée avec les trois familles de sorciers, avec nos familles, confirmai-je, englobant le cercle.

Mes amis et ma famille se tenaient à côté de moi, le menton relevé. Tous savaient ce qui allait suivre et quels sacrifices seraient faits. Nous devions faire en sorte que cela fonctionne. Quoi qu'il en coûte.

Je poursuivis :

— Avec les sorciers, nous avons pu mettre en place les protections autour de notre ville pour la cacher des forces extérieures et des yeux invisibles. Nous voulions faire en sorte que vous ayez un endroit où vous promener librement, sans cacher qui vous êtes. Ça a fonctionné pendant plus de cent ans, jusqu'à ce que le temps dissipe notre magie.

Je regardai les autres, ces humains qui étaient des sorciers, la honte dans leurs yeux. Je compris qu'il fallait que j'enchaîne.

— Ce n'est pas votre faute. Ce n'est la faute de personne ici. Ce sont des choses qui arrivent, dans la vie. Nous n'avions pas le pouvoir de créer d'autres sorciers, parce qu'il vient de l'intérieur, et que la magie a changé au cours des siècles. Nous le savons. Nous pouvons faire appel à la déesse, mais ce n'est pas elle qui nous confère notre pouvoir. Elle nous montre simplement celui que nous possédons. Pourtant, nous pourrions changer ça.

Quelques-uns des sorciers écarquillèrent les yeux, mais personne ne dit rien : tous attendaient que je continue. Je soufflai un bon coup et enchaînai :

— Cette ville est née de l'idée de plus d'un : une

sorcière, un métamorphe, un faë. Le peuple sirène a toujours été présent pour aider. En dépit des difficultés qu'il a rencontrées, il a été là pour nous. Les faucons, les ours, même les loups quand ils étaient là avant.

Je regardai les cinq nouveaux loups qui faisaient à présent partie du clan des ours et leur fis un petit signe de tête.

— Vous êtes revenus. Pour une bonne raison. Nous avons plus d'un type de métamorphes, dis-je avant de déglutir difficilement. Et nous avons appris que d'autres métamorphes ont essayé de trouver leur chemin jusqu'ici, mais qu'Oriel les a arrêtés.

Certains ours grognèrent, et Aspen plissa les yeux.

J'expirai, sachant que je suivais une ligne dangereuse porteuse d'espoir pour un peuple qui avait commencé à perdre tous les siens.

— Il s'est servi d'eux comme ombres, a exploité leur pouvoir. Nous ne permettrons pas que cela se reproduise. Nous redeviendrons un sanctuaire pour ceux qui ont besoin d'aide.

— Comment veux-tu que nous fassions ? demanda un ours dominant, et Rome grogna.

Sage posa la main sur son bras, et je fis un signe de tête à l'ours alpha.

— C'est bon. Ils ont des questions, et je vais leur apporter les réponses que je pourrai.

— Fais attention à la façon dont tu lui parles, gronda-t-il.

L'ours baissa le regard, mais il avait quand même le

droit de poser des questions. Simplement, il ne pouvait pas grogner après l'alpha.

— Cette ville a été construite en créant un cœur de magie. La plupart d'entre vous le savent, mais pas tous. Oriel convoite ce cœur de magie pour ses propres desseins. Une fois obtenu, il pourrait littéralement conquérir le monde. Il aurait accès à des réserves de magie jusqu'alors inconnues. Nous devons l'en empêcher. Mais actuellement, le cœur est enveloppé autour de moi.

Je remarquai quelques halètements, et Aspen écarquilla les yeux.

Je plantai mon regard dans celui du faë.

— Je ne peux pas m'y accrocher plus longtemps dans l'état où je suis, mais il m'a permis de rester entière. Il a sauvé Rome. Nous devons le protéger, mais je crois que nous pouvons enfin faire quelque chose en nous servant de la magie qui lui a été donnée par les sorciers. Nous pouvons enfin peser de tout notre poids.

Quelques sorciers humains inspirèrent brusquement, et je leur souris.

— Nous pouvons faire naître une nouvelle magie pour libérer le potentiel de pouvoir en chacun de vous. Nous ne serons pas seulement le cercle de trois. Oui, nous serons les plus attachés à nos ancrages grâce à notre formation et à la prophétie, mais nous pouvons l'ouvrir, donc vous avez le potentiel pour trouver votre propre magie. Pour trouver la bonté en vous. Oui, ça peut faire mal. Oui, c'est dangereux. Mais tout au long de ces années, nos métamorphes se sont renforcés et ont ajouté plus de poids et de protection à notre ville. Les faë sont devenus plus forts et plus étroitement liés. Nos connexions avec les autres meutes et royaumes ont augmenté. Mais nous, les sorciers, nous nous sommes effacés. Nous pouvons changer ça. Enfin, nous pouvons trouver un moyen de faire de nous un véritable cercle. Non pas de trois, mais de puissance, d'honnêteté et de bonté. Le cœur me dit que c'est possible. Les ancêtres avec lesquels j'ai parlé nous ont poussés ici. Ensemble, nous pouvons construire des protections pour empêcher Oriel d'entrer, pour lutter contre lui. Et une fois que nous aurons fait ça, nous pourrons protéger Ravenwood une fois pour toutes.

Les autres crièrent, applaudirent, et je déglutis, la bouche sèche. Je regardai Ash, qui prit le relais parce que j'étais épuisée.

Il s'éclaircit la gorge.

— Nous n'allons pas vous imposer ça. Ce doit être votre choix. Vous serez formés au fil du temps, *après* la bataille, parce que... parce que j'ai comme l'impression que la déesse attend quelque chose.

Nous ne pouvions pas être plus précis que cela, et je savais que cela venait du Ravenwood originel, un étrange sentiment de connaissance qui me surprit.

J'avançai d'un pas.

— Vous apprendrez ce que signifie être un vrai sorcier, en plus des pouvoirs de sorcier de cuisine que vous pouvez posséder et maîtriser. Vous n'êtes pas rien. Vous n'êtes pas moins maintenant que ce que vous serez. Sachez que le pouvoir que vous avez ne fera que s'amplifier. Il ne changera pas qui vous êtes, mais améliorera qui vous pourriez être. Ce sera douloureux. Vous trouverez peut-être un élément, peut-être pas, mais nous quatre avons les éléments, et nous pouvons vous les enseigner. Quoi qu'il en soit, aujourd'hui, en cet instant, si vous faites un pas en avant, nous construirons un nouveau cercle, plus puissant.

Ash se tourna vers moi, je lui fis un signe de tête et continuai :

— Et ensuite, nous construirons les gardes en tant que groupe. Pas le cercle, mais Ravenwood. Elles ne seront pas simplement liées aux sorciers ou à moi. Elles le seront à tous ceux qui feront un pas en avant pour protéger leur famille, leur maison et notre futur. Si nous sommes capables de faire ça, nous pourrons garder Oriel à l'écart et aller le combattre. Si nous pouvons le faire, je vous donnerai tout ce que j'ai. Je vous le promets.

Edith s'avança et agrippa ma main de ses doigts osseux.

— Tu nous as tout donné. Maintes et maintes fois, nous t'avons vu presque tomber, presque disparaître à cause de la puissance qui est en toi. Tu nous as toujours protégés. Tu as vu tes amis et ta famille partir et mourir à cause du pouvoir que tu nous as donné en tant que notre Ravenwood. Je te suivrai jusqu'au bout du monde, Rowen. Et si tu me donnes la chance de toucher du doigt la magie que j'aurais toujours pu détenir, je te devrai ma vie.

— Non, tu ne me devras rien.

— Nous te devons tout. Tu es Ravenwood, mais nous

sommes Ravenwood avec toi. Alors, je vais me dresser et me battre. Je suis peut-être vieille, mes jours sont comptés, mais je me battrai à tes côtés. Et ce sera plutôt sympa de voir quel genre de sorcière je pourrais être. Surtout après toutes ces années.

Mes larmes se mirent à couler malgré moi quand je vis s'avancer les uns après les autres tous les sorciers. Des jeunes filles, des garçons plus âgés, des hommes ridés et des femmes fortes. Chaque personne ayant un jour pensé pouvoir être un sorcier au sein de la ville, qui avait sacrifié une partie d'elle-même en tant qu'humain pour être ici afin de protéger les autres. Pour trouver un endroit où se sentir accepté.

Tous s'avancèrent, et nous n'étions plus seuls.

Cinquante. Nous serions *cinquante* sorciers. Je les comptai. Avec le cercle déjà en place, nous serions cinquante sorciers.

Et alors que je sentais palpiter en moi le cœur de la magie, je sus que nous serions assez.

— Où veux-tu qu'on aille ? s'enquit doucement Aspen alors que les sorciers se tenaient devant moi, pâles, mais prêts.

Enfin, ils seraient capables de se battre et pas seulement d'essayer de protéger les faibles. Ils seraient capables de se défendre. Et je savais que cela nous donnait l'énergie nécessaire pour y parvenir.

— S'il te plaît, travaille avec les métamorphes et le peuple sirène, et protège ce cercle. Et ensuite, nous nous réunirons, créerons les nouvelles protections, et prévoirons de nous présenter à Oriel. Plus besoin de l'attendre.

— Nous allons le faire. Bénie sois-tu, sorcière !

Il releva le menton, et j'inclinai la tête. Le roi des faë s'en alla protéger notre cercle, petit pour l'instant, mais pas pour longtemps.

Je regardai mon cercle, mes meilleurs amis et mon compagnon, et je pris leurs mains.

— Vous êtes prêts ?

— Aussi prêts que nous le serons jamais, commença Ash. Tu es brillante. Tu es puissante. Tu peux le faire. Mais ne compte pas uniquement sur toi-même. Appuie-toi sur nous.

— Tu as plutôt intérêt ! intervint Laurel, et je ris.

— Ne t'épuise pas pour ça. Sers-toi de nous tous.

— Si tu meurs à cause de ça, nous te hanterons, s'écria Edith, et je ris malgré moi.

Alors, je regardai les autres et hochai vivement la tête, et nous nous tînmes tous les quatre en cercle pendant un moment avant de nous séparer pour nous mettre en ligne.

— Sorciers devant moi, tenez-vous droits, les épaules en arrière, la poitrine sortie, les paumes de mains tendues et tournées vers le ciel. Fermez les yeux et concentrez-vous sur ce noyau de magie en vous.

Les sorciers hochèrent fermement la tête avant de s'exécuter. Je ressentais leur peur, leur impatience, leur anticipation.

Il était temps.

— Bénie soit la sorcière.

Trois sorcières prédestinées.

Entre dans la lumière.

Car la magie n'a pas toujours raison.

Oublie ton pouvoir.

Oublie ton chemin.

Deviens qui tu devais être.

Trouve le cœur des ancêtres.

Trouve le cœur des perdus.

Trouve ton pouvoir intérieur.

Deviens cercle.

Deviens sorcier.

Deviens toi.

Je le veux, qu'il en soit ainsi.

L'énergie se répandit en cascade à travers moi, bouleversant mon organisme. J'entendis des halètements et des cris, et certains tombèrent à genoux. Une lumière jaillit dans l'air, mais les faë firent quelque chose, comme une bulle de temps et de magie pour nous dissimuler. Personne ne pouvait voir ce moment à part nous.

J'en étais reconnaissante à Aspen, mais pour le moment, je devais me concentrer sur les sorciers. Laurel rayonnait tandis qu'Ash était semblable à de la pierre, prêt à protéger tous ceux qui tombaient, pour qui la magie était trop forte.

Mais ces sorciers étaient le pouvoir. Ils étaient puissants. Ils pouvaient encaisser.

Sage rit, les yeux emplis de larmes, tandis que je regardais mes amis et ma famille, mon nouveau cercle. Sorciers du feu, de la terre, de l'air, de l'eau. Tout le spectre, ils se tenaient là, chacun d'entre eux détenait un élément. Des cris retentirent alors que la chaleur, les étincelles, les diamants et les éclats de lumière emplissaient l'air, et que des ancres s'imprimaient sur la peau. Mais il n'y avait aucune douleur.

Pas avec le cœur de la magie et les ancêtres eux-mêmes qui nous maintenaient en place.

J'observai le cercle, puis au-delà de lui, je vis le Ravenwood originel. Le Prince originel. Le Christopher originel. Ils nous sourirent et hochèrent la tête, et je sus que j'avais fait le bon choix.

Nous vous aiderons à travers cette bataille à passer outre une certaine formation, mais ensuite, vous devrez devenir un véritable cercle, apprendre ce que nous pourrons accélérer pour le moment, chuchota mon ancêtre, et je compris enfin. Les nouveaux sorciers n'auraient le contrôle soudain de leurs pouvoirs que pendant quelques courtes heures, puis ils devraient être formés.

Nous n'étions pas le troisième ou le quatrième cercle. Nous étions le Cercle de Ravenwood.

Et nous étions enfin qui nous étions censés être.

Il y eut des larmes, quelques petites étincelles de feu au bout des doigts et des halètements.

— On dirait qu'on va avoir besoin d'entraînement, dit Laurel en riant alors qu'elle tapait des mains.

Puis nous avançâmes. Nous nous embrassâmes tous, nous nous touchâmes pour nous connecter à nos camarades sorciers.

— Je n'arrive pas à y croire ! s'exclama Edith en faisant tournoyer de l'eau entre ses doigts. Je suis une sorcière de l'eau !

— Et j'ai hâte de te montrer ce que j'ai appris, dit Sage en la serrant très fort dans ses bras.

D'autres sourirent et s'étreignirent, puis nous regardèrent. Nous étions prêts. Le cœur de la ville s'éloigna légèrement de moi et reprit sa place. Nous n'en avions pas besoin pour l'instant. Il le savait. Il avait donné ce qu'il pouvait, et maintenant, il se reposait. Et jamais je ne m'étais sentie aussi vivante.

— Et maintenant, j'ai besoin que vous donniez la main à la première personne que vous voyez. À une sorcière, un faë, un métamorphe. Mélangez-vous, créez une connexion avec quelqu'un que vous ne connaissez pas, que vous aimez, avec n'importe qui. Et je veux que vous répétiez tous après moi. Nous n'avons pas beaucoup de temps, ajoutai-je rapidement, et Ash hocha la tête.

— Il est en chemin, chuchota-t-il, et je vis le dragon au fond de son regard. Je le sens.

— Nous allons construire les protections maintenant ? demanda l'un des loups adolescents, qui tenait la main d'Edith et du roi du peuple sirène.

— Tout de suite. De toutes les espèces, de toutes les vies. Nous sommes Ravenwood. Nous sommes forts. Nous bannirons Oriel de cette terre, et nous le combattrons à nos conditions. Nous ne serons plus sur la défensive. Il est temps de nous rappeler qui nous sommes, dis-je avant de soupirer. Nous sommes Ravenwood ! criai-je.

— Ravenwood ! crièrent les autres à leur tour.

Et ce fut comme si une étincelle de magie avait été allumée, une impulsion de magie et d'énergie rayonnant de notre centre.

Je tins les mains de Nelle et d'Ash, sachant que j'avais

besoin de mon compagnon pour cela, ainsi que des autres parties de mon cercle originel. Chacun tenait la main de son compagnon et celle d'un inconnu.

Nous étions prêts.

— Répétez après moi ! m'écriai-je alors que le vent tourbillonnait.

Comme Oriel était en chemin, j'entendais les revenants se frayer un chemin dans la forêt. Je sentais les ombres qui se glissaient comme une brume sombre. Oriel était en route, mais il ne gagnerait pas.

Je sentis la peur jusque sur ma langue, comme les autres. Mais personne ne recula. Car nous étions prêts.

— *Chère déesse, protège-nous.*

Renforce notre détermination, du foyer à la maison, de l'air à l'eau.

Du feu à la cendre. De l'espoir à la poussière.

Fais jaillir notre puissance.

Fais jaillir notre lumière.

Protégez-nous, chers ancêtres.

Nous sommes un, pas de sorcier, pas d'ombre.

Protège-nous, déesse.

Car nous sommes Ravenwood.

Et nous ne faisons qu'un.

Les protections se mirent en place, une force massive de puissance et de vent qui commença au centre de notre cercle et s'élança hors de nous. Nos cheveux volèrent sous les rafales, et quelqu'un cria, mais tout le monde tint bon. Même les petits oursons sous leur forme animale accrochés à leur mère faisaient partie de notre pouvoir. Avec l'immensité de ce que nous étions, cela ne nous tiraillait pas. Nous n'étions pas vidés de ce que nous étions. Non, c'était une amplification. Enfin, nous avions résolu qui nous devions être. Et nous ne faisions qu'un.

Il y eut un cri, un hurlement, et ensuite, ce fut comme si je pouvais le sentir et le voir.

— Elles sont magnifiques, chuchota Sage derrière moi, et j'entendis les larmes dans sa voix.

Les nouvelles protections étaient en place. Et elles n'étaient plus liées à une unique personne. Ni aux seuls sorciers. Elles étaient liées à Ravenwood.

Elles ne tomberaient plus, ni devant les ténèbres ni devant l'indécision. Elles ne pouvaient pas.

Nous étions notre avenir.

Et il était temps d'en finir avec Oriel une fois pour toutes.

CHAPITRE
VINGT

ORIEL

O riel claqua la porte derrière lui, la mâchoire douloureuse. Il se dirigea vers son atelier et se passa de l'hamamélis sur les mains et le visage. Il regarda son reflet et se renfrogna. Des brûlures couvraient sa peau, mais il savait qu'elles guériraient rapidement.

— Ces maudites protections ! grommela-t-il.

Comment avaient-elles pu se dresser aussi vite ? Il lui avait fallu des mois pour se tisser dans la magie, pour drainer lentement les protections en se servant de l'âme de Rowen. Elle ne s'en était même pas rendu compte avant qu'il ne soit presque trop tard. À présent, il ne comprenait pas ce qui se passait et il savait que s'il ne travaillait pas rapidement, toutes ces années de planification et de combat auraient été vaines.

Et merde ! Il avait tout sacrifié pour son droit de naissance. Et sa petite sœur allait devoir s'écarter du chemin. Sinon il la tuerait, comme il l'avait toujours prévu. À un moment donné, il s'était dit qu'elle voudrait peut-être se battre à ses côtés, devenir le commandant en second de Ravenwood pour aider à contrôler les métamorphes et la magie elle-même. Elle était assez forte pour être une bonne alliée, mais maintenant, elle était une traîtresse. Elle n'était rien.

Il était temps pour Ravenwood de comprendre vraiment qui était son chef. Il obtiendrait le cœur de la ville. Il obtiendrait sa magie. Et il briserait ces protections. Il l'avait déjà fait. Il le ferait à nouveau.

Les ombres de ceux qui avaient combattu avec lui, qui s'étaient sacrifiés pour lui planaient autour de lui. Faith, Renee, le faucon. Ils étaient tous là. Pour lui. Il déglutit et poussa sa magie, en appuyant sur les runes de ses avant-bras. Les ombres se renforcèrent et il hocha la tête.

Bien. Il était seul, maintenant. Juste avec ses ombres, ses revenants. Seul.

Il était la seule personne en qui il puisse avoir confiance.

Et bien qu'il ne puisse pas se fier aux autres, il était temps de ramener ceux qui voulaient de la magie et du pouvoir à eux. Il faudrait qu'il les achève le moment venu, mais il pourrait exploiter leur puissance et leur nombre en attendant.

Il se servirait de tout ce qu'il pouvait et de tout ce qu'il avait rassemblé au fil des ans pour prendre ce qui lui appartenait.

Il était temps que Rowen Ravenwood comprenne exactement ce qui se passait quand on déconnait avec le mauvais homme. Quand quelqu'un s'emparait de ce qui ne lui appartenait pas.

Parce que cette magie était la sienne.

Rien qu'à lui.

Il était le Ravenwood. Par son droit de naissance et par sa puissance.

Et il était temps qu'il reprenne tout ce qui lui avait été volé au départ.

CHAPITRE
VINGT-ET-UN

ASH

L'énergie présente sous mes griffes vibra et je battis des ailes une fois, deux fois, pour me stabiliser dans les airs. Cela ne faisait qu'une semaine que je m'étais transformé, une semaine que j'avais retrouvé mon âme et mon lien avec Rowen. À certains égards, j'avais l'impression que cela faisait toute une vie.

On aurait dit que d'innombrables vies s'étaient écoulées depuis que j'avais posé les yeux sur Rowen et mon propre pouvoir.

Au cours de la semaine précédente, ma vie avait basculé avec mon corps dans cette forme, et le monde s'était transformé en chaos et en maîtrise. Je n'arrivais toujours pas à croire que nous n'étions qu'à quelques heures de livrer bataille à Oriel.

Après des années d'attente, il était temps d'affronter nos ténèbres en face et de reprendre ce qui nous revenait de droit.

Pas le pouvoir. Pas même la ville. Mais notre paix et

notre droit à la vie. Cela nous appartenait, en vérité, et avec les liens forgés dans une ville de difficultés et de secrets, nous allions nous battre comme un seul homme.

À condition, bien sûr, que je réussisse à atterrir après un vol de plus de trente minutes. Ce qui était plus facile à dire qu'à faire tandis que je plongeais entre deux faucons, dont l'un était Jaxton. Ils volaient et plongeaient comme s'ils s'entraînaient pour un spectacle aérien, et j'étais encore quelque peu maladroit dans les airs *et* au sol. Mais je m'améliorais, et je devais sans cesse me le répéter de façon à ne pas être un handicap sur le champ de bataille aux côtés de Rowen.

Parce que je *serais* à côté d'elle.

Ma belle compagne sorcière qui tenait le pouvoir du monde entre ses mains et l'avait généreusement donné à ceux qui en avaient besoin plutôt que de s'y accrocher égoïstement.

C'était ma sorcière.

Pour qui je me battrais et mourrais librement.

Non pas que je *veuille* réellement mourir pour elle. Non, j'avais des projets qui incluaient un avenir où nous étions tous deux en vie. Seulement, au cours de la semaine précédente, nous n'avions pratiquement jamais eu de temps ensemble et plus d'une fois, l'un d'entre nous avait été inconscient à cause d'un manque d'énergie ou d'une bataille.

Ce soir, une fois que j'aurais atterri et me serais transformé, nous prendrions du temps.

Les autres faisaient de même, et honnêtement, c'était

quelque chose dont nous avions besoin, même si nous avions l'impression de gaspiller notre temps.

Pas ce soir, cependant. Ce soir, je volerais, trouverais ma compagne et lui montrerais exactement ce pour quoi nous nous battions.

Les faucons de chaque côté de moi volaient en formation, et je laissai échapper un soupir, la fumée s'échappant de mes narines. J'aurais juré avoir vu les yeux de Jaxton se plisser en me regardant, et je retins un petit sourire alors que les faucons continuaient leur formation et se posaient. Je fis de même, et heureusement, cette fois, je ne retombai pas sur mon visage. Mais ce n'était que de justesse, et j'avais honnêtement un peu peur de finir par percuter le sol la prochaine fois. Il fallait que j'apprenne à me servir de mes nouveaux pouvoirs pour autre chose que faire barrage aux ombres. Bien sûr, peut-être que j'étais bon pour ça. Pour bloquer ceux qui voulaient nuire à Rowen et lui donner le temps nécessaire pour faire ce pour quoi elle était douée.

Combattre Oriel et sauver Ravenwood.

J'atterris en douceur, mes pieds s'enfonçant dans le sol près du nid. Jaxton se transforma et remit son jean et son t-shirt pendant que je me concentrais sur le lien entre mon dragon et moi pour reprendre ma forme humaine. Il me jeta mon pantalon et mon pull noirs, et je le remerciai d'un signe de tête.

— J'aimerais que les vêtements se transforment avec nous. Ça rendrait les choses plus faciles.

— C'est vrai, mais alors, ma compagne ne pourrait

pas voir mon torse nu, alors je me dis que ça s'équilibre, finalement.

Le bêta du faucon ricana et s'éloigna tandis que je me contentais de lever les yeux au ciel.

— Tu te rends compte que ta compagne est ma sœur ? Et que ça rend les choses un peu bizarres ?

— Peut-être. Même si avant, tu te contentais de me jeter à peine un regard noir. J'aime le fait que tu sois tout énervé, maintenant, monsieur Dragon avec une âme. C'est une sensation chaleureuse et heureuse.

Je secouai la tête.

— Tu restes à la maison avec Laurel, ce soir, alors ? Je ne veux pas savoir ce qui va se passer. Je suppose que vous allez manger des biscuits et boire du thé au coin du feu pendant que vous discutez de vos habitudes d'oiseaux.

— Bien sûr. Les us et coutumes des oiseaux. Je pourrais sûrement trouver une blague là-dessus, mais je vais m'abstenir. La soirée a été longue.

Je finis de m'habiller et enfilai mes chaussures.

— Je vais chez Rowen. Pas pour parler oiseaux.

Jaxton ricana.

— Tu vois ? Tu peux parler de ce genre de choses, mais pas moi.

Je plissai les yeux et souris.

— Parce que c'est ma sœur. Et franchement, Laurel te tuera pour avoir abordé un tel sujet.

Celle-ci s'avança, l'air faussement agacé.

— Abordé quel sujet ? Il vaudrait mieux que ce ne soit pas notre vie sexuelle, monsieur Faucon.

— Tu me connais. Je ne peux pas m'en empêcher.

Il se pencha en avant, embrassa Laurel sur la bouche et elle lui adressa un large sourire.

Ma poitrine se réchauffa en les regardant tous les deux. J'avais presque perdu ma sœur. Et le fait d'avoir failli la perdre, même en essayant de sacrifier une partie de moi-même pour la protéger alors que je n'avais plus d'âme, m'avait presque brisé. Parce que je n'avais pas réagi comme j'aurais dû le faire. Je ne l'avais pas fait. Je l'avais crue morte, comme Jaxton, et une partie de moi n'avait pas été capable d'aller au-delà de mes propres ténèbres pour ressentir ce que je devais ressentir.

Et je me détestais pour ça.

— C'est quoi, ce regard, grand frère ?

Elle s'approcha de moi et me serra fort dans ses bras, et j'embrassai le sommet de la tête de ma petite sœur.

Chaque fois que je pensais à ce qui était arrivé à Laurel lorsque je n'étais pas vraiment moi-même, mon dragon rugissait, et j'avais envie de brûler quelque chose.

— Rien. Je réfléchis.

— Demain sera un grand jour. Dors un peu. Serre ta compagne dans tes bras. Je sais que Rowen a besoin de repos et d'un moment ou deux pour respirer. Aide-la à le faire.

— Je vais le faire. Je l'aime. Elle m'appartient.

Laurel croisa mon regard.

— Alors, fais en sorte qu'elle le sache.

Je souris. C'était plus fort que moi.

— Évidemment ! Et je suis heureux aussi que tu sois

à moi. Ma famille, mon sang. Et je me battrai à tes côtés demain. Nous allons nous en sortir. Je te le promets.

Elle haussa un sourcil en me regardant.

— J'aimerais espérer que ce sera le cas. Toi et moi contre le monde. Comme toujours, ou peut-être un peu différemment.

Je la serrai à nouveau fort contre moi, puis croisai le regard de Jaxton.

— Rome et Sage sont déjà partis dans leur repaire, et je vais rejoindre Rowen, mais nous nous retrouverons demain matin, et nous nous battrons.

— Je sais. Et nous gagnerons. Parce qu'il n'y a pas d'autre option.

— Tu as raison. Il n'y en a pas. Mais je veux juste que vous sachiez tous les deux que je vous suis reconnaissant. Je l'ai toujours été. Même lorsque je n'étais pas moi-même, je suis reconnaissant pour votre amitié, vos liens, et le fait que vous vous soyez trouvés.

Laurel cilla pour chasser ses larmes et me jeta un regard noir.

— Pourquoi me fais-tu pleurer ? Je ne sais pas si j'aime ça.

— J'ai beaucoup d'années à rattraper, Laurel. Je regrette beaucoup de choses.

— Ce n'était pas toi, commença-t-elle, et je l'interrompis.

— Non, c'était moi. La partie de moi que je déteste et que je regretterai toujours, mais c'était moi. Mais tu m'as toujours retenu. Tu as été ma conscience quand je n'en avais pas. Merci d'être mon guide et ma sœur. Merci d'avoir toujours cru en moi quand les autres devaient me repousser.

Je regardai Jaxton et soupirai.

— Merci d'avoir été là pour elle et pour Trace.

Je ravalai la boule qui m'obstruait la gorge. Jaxton serra Laurel fort contre lui.

— Je suis désolé de ne pas avoir été là pleinement pour le pleurer avec vous. Mais ça va changer. Je le ferai tous les jours de ma vie. Il était mon ami, et je l'ai perdu bien avant qu'il ne quitte ce monde, et c'est un regret de plus que j'aurai jusqu'à la fin de mes jours.

— Ne regrette rien. Va de l'avant et sois l'homme que je sais que tu es.

Je leur souris encore, pressai l'épaule de Laurel, puis fis de même avec Jaxton.

— Je ne peux pas tout à fait t'écouter, mais je vais essayer. Maintenant, je vais aller voir ma compagne.

— Il est hors de question que ces paroles soient un au revoir. Je ne crois pas que je le prendrais bien si je devais dire au revoir.

Sous le regard noir de Laurel qui pleurait, je laissai ma sœur et mon meilleur ami dans leur maison et sautai dans ma voiture pour me rendre chez Rowen. La semaine précédente, je n'avais pas mis les pieds dans ma maison. Dans ce lieu que j'avais acheté avec l'argent gagné quand je n'avais pas d'âme. De l'argent qui ne signifiait plus rien maintenant, à part peut-être la possibilité d'aider les autres plus tard. Mais cela viendrait. D'abord, c'était Rowen. Puis Ravenwood. Je vendrais ma maison, ou peut-être la démolirais-je, car c'était une horreur, bien trop grande pour une ville comme celle-ci, et que la maison de Rowen serait toujours la sienne. Elle faisait partie de la famille, je n'allais donc pas la forcer à déménager. Au contraire, j'envisageais de la supplier de me laisser emménager. Ou peut-être le ferais-je simplement, quand elle ne regarderait pas, bien sûr. Je me pointerais et ne repartirais jamais.

C'était mon côté sournois qui n'était pas là avant que je perde mon âme, mais qui existait désormais. Et cela ne me dérangeait pas le moins du monde.

Je me garai dans l'allée de ma compagne, et mes yeux faillirent sortir de ma tête quand j'aperçus une Rowen très nue marchant dans les jardins.

Puis je levai les yeux vers la pleine lune et souris.

— Oh, ça va être ce genre de soirée !

Je coupai le moteur et me dirigeai vers le jardin autour de la maison, déglutissant fortement en la regardant marcher, vêtue de ciel, sous la lune, ses doigts jouant dans les roses.

Elle était magnifique, ses longs cheveux noirs retombant sur son dos, ses seins hauts et pleins. Ses hanches s'arrondissaient en une taille fine, la tache sombre des boucles entre ses jambes m'attirait. J'avais mis ma bouche et mes mains sur chaque centimètre de la peau exposée à la lune, et je le referais si la déesse le voulait.

Rowen ouvrit les yeux, ces yeux gris qui m'imploraient, et sourit.

— Bienvenue à la maison, Ash.

— La maison. J'étais justement en train de penser à la maison.

— Nous n'en avons jamais parlé, mais c'est ici, n'est-ce pas ? C'est ici, notre maison ?

— Oh que oui ! grognai-je, puis je m'avançai et pris son visage dans mes mains.

Je plaquai mes lèvres contre les siennes, et elle sourit, ses ongles s'enfonçant dans mon dos alors qu'elle m'embrassait en retour.

— Je pourrais m'habituer à ce que tu sois nue quand je rentre à la maison, lui dis-je.

— Je suppose que tu me préférerais nue avec un collier de perles et un verre de whisky prêt pour toi.

— Si tu veux juste porter les perles et peut-être des talons hauts, on peut se débrouiller.

Elle me poussa en riant.

— Dégoûtant.

Je lui fis un clin d'œil.

— Tu ne me trouves pas si dégoûtant quand je m'enfonce en toi.

— Bien sûr. Si tu le dis.

Elle me fit signe de partir, les yeux rieurs.

— C'est la pleine lune, et j'allais lancer quelques sorts pour essayer de renforcer mes propres ressources. Normalement, nous devrions le faire avec le cercle, mais avec autant de nouveaux sorciers, je me suis dit que ce serait trop pour tout le monde. Et franchement, je ne sais pas si je suis prête à me mettre nue devant tout le cercle.

— Tu ne fais jamais rien nue devant eux.

— C'est vrai, seulement quand je suis seule, dit-elle avant de déglutir difficilement. Ou quand je suis avec toi.

— Toujours.

— Tu es de retour, Ash. Je ne me suis jamais autorisée à penser à ce moment, à l'espérer. Mais tu es de retour, et jamais plus je ne te laisserai partir. J'ai tellement peur de ce qui nous attend demain, des combats que nous allons devoir mener, des pertes ! Nous avons déjà tant perdu, et je ne veux pas que ça recommence !

Je posai mon front contre le sien et la serrai fort, sa peau contre mes vêtements.

— Tu es à moi. Tu l'as toujours été. Je regretterai jusqu'à la fin de mes jours que nous ayons perdu autant de temps à cause de la malédiction. Mais je suis de retour, et je vais te mériter.

— Je n'ai pas été parfaite pendant ton absence. Tu n'as pas à me mériter. Mais nous devons mériter les souhaits de la déesse. Et gagner son espoir. Alors, faisons-le ensemble. Plus besoin de regarder dans le passé et de regretter ce que nous aurions pu avoir et ce que nous n'avons pas maintenant. Certes, nous avons perdu ces années, mais nous avons tant d'années devant nous si nous vainquons Oriel demain !

Elle s'écarta, serrant les poings sur ses flancs.

— J'aimerais juste pouvoir regarder dans une boule de cristal et savoir exactement comment faire.

Elle se tourna vers moi, les mains sur les hanches, et elle avait l'air d'une déesse guerrière nue. Je tombai amoureux une fois encore.

— J'ai l'impression que je devrais être nu pour cette conversation.

Elle haussa un sourcil.

— Quand nous ferons les sorts tout à l'heure, tu le

seras, mais si tu te déshabilles maintenant, je ne serai pas capable de réfléchir.

— En ce moment même, je suis tellement dur que j'ai du mal à réfléchir. Je dis ça comme ça.

Elle sourit doucement.

— C'est ce pour quoi nous nous sommes battus toute ma vie. Bien avant notre naissance, grâce à la prophétie de nos ancêtres, nous savions que nous allions devoir affronter les ténèbres. Elle vient de *mon sang,* et je n'arrive pas à y croire. Mais je devrais, pourtant. C'est logique. Un Ravenwood a créé tout ceci, et un autre peut le détruire.

Je m'avançai à nouveau, retirant ma chemise au passage. Elle écarquilla les yeux, mais je secouai la tête et pris son visage entre mes mains, frôlant ses lèvres des miennes.

— C'est un Ravenwood qui a fait tout ça, mais un autre peut aussi sauver tout le monde. Et un Christopher, un ours et un Prince, et tous les autres. Tu n'es pas seule. Nous venons de réaliser quelques sorts étonnants pour le prouver.

Je tapotai le bout de son nez avec mon index.

— Cesse d'oublier que tu n'es pas seule.

Elle passa les bras autour de ma taille et se blottit contre moi.

— Je vais essayer de ne pas oublier. Maintenant, retire ton pantalon.

— J'ai cru que tu n'allais jamais le demander.

— Nous allons tirer de l'énergie de la lune et demander la bénédiction de la déesse.

— D'accord, faisons ça.

Je retirai mes chaussures, puis mon pantalon, et je pris les mains de Rowen, tous les deux face à face, les yeux fermés tandis que nous inclinions nos mentons vers la lune. Et je respirai l'énergie de la déesse, la magie qui nous entourait, en espérant que cela suffise.

L'énergie irradiait autour de nous, et je regardai ma compagne rayonnante, la femme que je voulais voir devenir mon épouse, la mère de mes enfants, et je sus d'abord qu'elle était guerrière, chef du cercle de Ravenwood.

Et qu'elle m'appartenait.

Je l'embrassai fort, et elle enroula ses bras autour de mon cou. Je plongeai ma langue entre ses lèvres, et nous nous mîmes à gémir tous les deux. Mon sexe était dur entre nous, et quand je changeai de position pour que ma jambe soit entre les siennes, je constatai qu'elle était mouillée. Nous étions tous les deux prêts et en manque. Nous tombâmes sur le sol, tout en membres, en respirations brûlantes et en halètements, puis je me retrouvai sur le dos, la terre sous moi. Je me servis de ma magie pour adoucir les coups sur ses genoux alors qu'elle se mettait à cheval sur moi. Et la magie de l'air au-dessus d'elle et celle de la terre en dessous de moi palpitèrent entre nous, nos éléments s'unissant alors que nous faisions de même. Notre lien flamba, elle enfonça sa moiteur sur mon sexe et nous nous immobilisâmes, sachant que c'était un moment parfait pour nous deux.

Elle parcourut mon corps de ses mains, se plaça au-dessus de moi, ses seins tombant devant ma bouche, et je souris. Je léchai un mamelon, puis je passai à l'autre, et ensuite nous nous mîmes en mouvement. Elle se cambra contre moi, et je la pénétrai, nous étions tous les deux rapides, en manque et humides, et tout ce dont nous pouvions avoir besoin. Notre lien d'accouplement s'enflamma, transmettant de l'énergie entre nous, et je sentis que le cœur de la ville nous poussait, qu'il voulait nous étreindre. Mais je bougeai, plaquant Rowen contre la terre pour qu'elle soit sous moi, une jambe au-dessus de mon épaule, tandis que je la pénétrais, tous les deux à bout de souffle. Je n'allais pas laisser trop de pouvoir prendre le dessus, car nous n'avions plus besoin du cœur de la ville. Nous devions le protéger. Je ne pouvais pas laisser l'immense quantité de pouvoir inexploité submerger ma compagne. Et nous le savions tous les deux. Nous fîmes l'amour, jouissant à l'unisson tout en murmurant le nom de l'autre.

Je respirai son parfum enivrant, laissant la magie s'installer sur notre peau.

Et alors que je prenais son visage dans mes mains et que je la regardais, je savais que le lendemain serait la fin de quelque chose. Cependant, je ne savais pas de quoi.

Je savais que nous devions nous battre. Et que nous devions gagner.

Car à n'importe quel prix, notre paiement arrivait à échéance. Par conséquent, nous devions nous montrer plus forts qu'Oriel, plus intelligents, mais finalement, c'était le destin que nous devions affronter.

Et nous battre les uns pour les autres.

VINGT-DEUX

ROWEN

J'avais le sentiment que j'avais attendu ça toute ma vie, et que le moment était enfin venu. Nous allions mettre un terme à cette guerre. Parce que nous devions le faire. Je ne voulais pas perdre d'autres amis, d'autres membres de ma famille. Je ne voulais pas perdre cette ville. Mais je savais que nous étions prêts à réduire Ravenwood en cendres dès lors que nous pouvions sauver son peuple et empêcher la magie de tomber entre les mains d'Oriel. Je le savais. Tous les habitants de Ravenwood le savaient. Nous ferions tout notre possible pour que cela ne se produise pas. Ash arriva alors à mes côtés, les traits renfrognés, et je regardai l'homme que j'aimais, celui dont j'étais consciente qu'il se battrait jusqu'au bout avec moi. Je ne pouvais pas le perdre. Je le savais, mais je n'étais pas certaine que lui le savait. Je n'étais pas certaine qu'il comprenne ce que j'étais capable de faire pour lui. Après avoir été si longtemps séparés, nous étions enfin ensemble, et une partie de moi craignait vraiment que nous n'ayons pas la fin que nous méritions.

— Pourquoi tu me regardes comme ça ? demanda-t-il, haussant un sourcil.

À ce moment précis, Ash ressemblait énormément à l'homme qu'il avait été dans le passé, avec le regard hautain de celui qui savait ce qu'il voulait et qui ne se préoccupait pas du froid qui l'habitait.

— J'étais en train de me dire que tu es très différent de celui que tu étais, mais j'aime cette personne. J'aime l'homme que tu es devenu, Ash.

J'aurais pu jurer qu'il avait rougi avant de secouer la tête, et qu'il avait souri.

— J'apprends aussi à aimer l'homme que je suis devenu. Même si ce n'est pas tout à fait celui que je pensais devenir quand nous nous sommes mis ensemble la première fois. Et ni l'un ni l'autre ne sommes plus ces gens. Je suis le mélange de l'homme que je croyais que je serais et de celui que je suis, qui a tout perdu. Et tu es aussi le mélange de la femme qu'il a fallu que tu deviennes pendant cet intervalle.

Alors, je souris et pris son visage entre mes mains.

— Tu as raison. Et nous commençons tout juste à découvrir qui sont ces deux personnes ensemble.

Il prit mon visage, plaqua ses lèvres sur les miennes avant de chuchoter :

— Et je me battrai jusqu'au bout du monde pour m'assurer que nous ayons le temps de découvrir qui nous sommes ensemble. Nous allons nous battre aujourd'hui, mais nous le ferons côte à côte. Nous ferons tomber Oriel. Et nous y parviendrons ensemble.

J'acquiesçai, mais je n'avais pas de larmes. Je n'en avais plus, et honnêtement, il fallait que je sois forte pour ce qui se préparait. Les gens nous attendaient, et nous allions à la rencontre d'Oriel. Nous allions nous battre, car Ravenwood nous appartenait.

— Es-tu prête à y aller ? me demanda-t-il, et je répondis d'un signe de tête avant de me retourner et de sortir de chez moi pour retrouver Laurel, Jaxton, Sage et Rome.

Je scrutai à nouveau Rome, comme si je craignais qu'il ne soit pas vraiment là. Et quand Sage lui serra la main un peu plus fort, je sus qu'elle pensait aussi à ce qui s'était passé avant. Nous n'avions pas eu beaucoup de temps pour discuter du fait que Rome était *mort*, et que seul le cœur de la ville l'avait ramené. Nous finirions par essayer d'accepter ce qui s'était passé, comme il l'avait fait avec ses frères. Mais d'abord, Oriel.

— Mes sœurs et mes frères. Nous allons nous battre aujourd'hui et nous allons gagner. Nous avons un plan. Nous avons nos magies. Et nous lançons le combat contre Oriel.

— Oh que oui ! s'exclama Rome avec un petit sourire avant de faire rouler ses épaules. Les autres sont en position, et nous savons où aller.

C'était le cas. Tout ce temps, Oriel était bien plus proche que nous avions pu l'imaginer. Juste de l'autre côté de la forêt qui entourait ma maison. Il avait été tout près de moi, très près de la maison ancestrale des Ravenwood, et aucun de nous ne l'avait su.

Il nous narguait, et j'avais du mal à y croire. Je n'arrivais pas à croire qu'il avait été si proche pendant tout ce temps. Mais cela signifiait aussi simplement qu'il serait plus facile de se battre contre lui.

— Pour Ravenwood, chuchotai-je.

— Pour Ravenwood, crièrent les autres.

Nous avançâmes parmi les arbres comme un seul homme, les autres sorciers se frayant un chemin pour venir nous rejoindre.

Certains étaient jeunes, *si jeunes*, mais ils étaient préparés. Ou du moins aussi bien préparés que possible. Ils connaissaient leur magie, et la déesse était avec nous. Je devais y croire. Si nous n'agissions pas maintenant, Oriel s'en prendrait à nous. Nous le savions. Alors, nous devions agir rapidement.

Et je devais être la première. Je franchis les protections, sachant que notre nouvelle magie protégerait la ville et les innocents, mais que les combattants se trouveraient en dehors des limites de la ville. Pour qu'Oriel reste sur ses gardes.

Je posai le pied sur sa terre, et l'odeur de la mort m'envahit. Il y avait tant de morts, tant de mourants ! Les cadavres des revenants, de ceux qui n'avaient pas été détruits. Et ils étaient là depuis tout ce temps, et il nous les avait cachés. Jusqu'aux nouvelles magies. La force qui pouvait protéger la ville, qui avait dévoilé la magie intérieure de chaque sorcier nous l'avait montré. Et enfin, nous savions ce qu'était Oriel.

— Oh, grand frère, il est temps d'en finir !

J'en avais assez d'attendre. Assez d'être blessée, d'être attaquée. À présent, nous allions nous battre.

Ash arriva ensuite, se tenant à mes côtés.

— Crois-tu qu'il soit trop faible pour sortir de sa petite maison ? Je crois qu'elle est plus grande que la mienne. Ça doit nous indiquer quelque chose. Que lui manque-t-il exactement ?

Sa voix portait, et je retins un sourire en dépit de la tension.

— Il doit voler sa magie et se servir des runes noires pour essayer de se battre. Donc, ça ne doit pas être grand-chose.

Les autres arrivèrent, rien que notre petit cercle, les sorciers cachés restant dans les limites des protections dans les arbres, à observer et à attendre. Nous allions nous battre sorcier contre sorcier, sorcier contre revenant. Et Oriel perdrait. Au fond de mon cœur, je savais que c'était vrai, même si j'étais en proie à l'inquiétude.

Le nécromancien sortit de sa maison dans son costume impeccable, tandis que les revenants rampaient lentement de la galerie de la maison pour l'entourer.

— Je vois que tu m'as trouvé. Ce n'était vraiment pas si difficile, n'est-ce pas ? Je veux dire, ça t'a pris du temps. Bien plus longtemps que je ne le pensais. Pour les Raven-wood et tout...

Il inclina la tête en me fixant.

— Je sens quelque chose de différent chez toi, chère sœur.

J'adoptai le même ton que lui, même si la colère bouillonnait en moi.

— Je suis prête à en finir, mon frère. Nous aurions pu avoir une chance. Tu aurais pu faire quelque chose de toi-même et essayer de venir me voir. Nous aurions pu être de véritables frère et sœur, nous nous serions battus aux côtés l'un de l'autre, et nous aurions pris soin de cette ville ensemble. Mais au lieu de ça, tu as choisi le côté des ténèbres. Tu as imprimé ces runes sur ta peau, et maintenant, tu vas devoir en assumer les conséquences.

— Je suis fatigué. Je suis lassé d'essayer de faire comme si je me souciais vraiment de ce que tu veux. Tu t'inclineras devant moi ou tu mourras. Il n'y a pas d'autre option.

Je relevai le menton, mes pouvoirs magiques se mêlant à ceux du cœur de la ville, qui m'entourait.

— Tu as tué notre famille. Tu as tué mes amis. Tu as essayé de nous prendre tant de choses… mais jamais tu ne prendras Ravenwood. Tu ne prendras jamais qui nous sommes.

Les larmes menaçaient, mais cette fois à cause de ce que j'étais et avais toujours été.

— Je l'ai déjà fait, chérie. Et j'en prendrai davantage avant la fin de la nuit.

Alors, il bougea. Les revenants se déversèrent hors du bâtiment, ainsi que de la ferme voisine. Ils étaient des centaines, tous sous l'emprise d'un seul nécromancien. Je n'avais jamais vu une telle noirceur, une telle puissance en même temps, et pourtant nous devions la vaincre. Puis je me rendis compte qu'Oriel n'était peut-être pas seul. Les ombres elles-mêmes contrôlaient aussi les revenants. D'une certaine manière, il avait assez de pouvoir pour contrôler une ombre et, par conséquent, lui faire contrôler ses propres revenants. Sa maîtrise et son intense pouvoir étaient stupéfiants.

Il aurait pu être un sorcier extraordinaire au sein de Ravenwood, mais il avait choisi la violence et les ténèbres à la place. Et maintenant, c'était la fin. Oriel leva les mains et une fumée noire se répandit dans le champ qui nous séparait. Elle était noir et violet parsemée d'étincelles, et elle glissa et serpenta autour des revenants avant de venir vers nous.

Mais Oriel se croyait seul avec nous. Ce n'était pas le cas. Il avait peut-être ses ombres, mais nous avions plus.

Ash me jeta un coup d'œil, hocha fermement la tête, puis se transforma en dragon pour nous protéger des ombres. Mon cœur explosa à la vue de cette splendeur, alors que la peur m'envahissait. Je craignais tellement que ce soit la dernière fois que je le voyais, la dernière fois que nous nous battions côte à côte !

Je n'allais pas le laisser mourir.

Je ne pouvais pas.

Les revenants arrivèrent, toutes griffes dehors, et je sortis mon épée en même temps que Laurel, usant de ma magie aérienne pour trancher le plus proche. Je me battais pour essayer d'atteindre Oriel. Ce devait être moi. Je devais être la seule à l'atteindre. Je le savais. Alors, j'avançai, me servant d'Ash comme d'un bouclier, et je me frayai un chemin vers Oriel. Mon frère se tenait là avec un sourire en coin alors qu'il usait de sa magie pour les ténèbres, tirant sur les âmes de ceux qui l'entouraient et poussant ses ombres vers nous. Ash les bloquait, crachant du feu. Oriel leva une main pour empêcher le feu de le toucher, mais il brûla l'ombre la plus proche, un jeune homme que je ne reconnaissais pas, et je fis taire la douleur dans mon cœur. Parce qu'Oriel avait tué cet homme. Il s'était servi de ce métamorphe à des fins atroces. Et avec un peu de chance, grâce au pouvoir d'Ash à ce moment-là, nous avions pu apporter la paix à sa victime. Je devais espérer que c'était le cas, sinon nous faisions tout ceci pour rien. Il n'y aurait de paix pour personne.

Le dragon avança vers les ombres, mais ce n'était pas suffisant. Pas encore. Les autres sorciers sortirent d'entre les arbres, leurs veines abreuvées du pouvoir de nos ancêtres. Ils m'avaient observée, s'étaient entraînés, mais pas complètement. Je savais que les ancêtres étaient avec nous à travers eux et faisaient en sorte que nous puissions lutter ensemble.

Les sorciers avancèrent en groupes tout en murmurant des sorts à voix basse. Mais ils n'étaient pas seuls, dans chaque petite section du cercle se trouvaient un sorcier de la terre, du feu, de l'air et de l'eau, plus deux métamorphes. Un loup, un ours, un jaguar, une panthère ou un faucon. Des métamorphes de partout, des étrangers qui étaient venus en ville au cours des derniers mois, et certains que nous ne connaissions même pas étaient en route. Ils protégeaient nos sorciers. Ceux-ci combattaient les revenants avec l'aide des métamorphes. Nous travaillions comme un seul homme.

Ce n'était pas tout. Je vis Ash plisser les yeux, mais je savais que nous devions continuer de nous battre.

Mon compagnon grogna, et je faillis tituber sous le poids d'un revenant. Je sautai sur le dos d'Ash, qui posa sur moi ses yeux de dragon, mais je ne restai pas longtemps. Je glissai de l'autre côté de lui, sachant que je devais continuer à me battre. Lui resterait au niveau des ombres, et je le protégerais de la seule manière que je connaissais. J'atteindrais Oriel.

Mais d'autres arrivèrent. Et ils n'étaient pas des nôtres.

Je restai bouche bée alors que des dizaines de sorciers obscurs arrivaient sur la crête, tous vêtus de manteaux noirs, tous empestant la magie de mort et les runes.

— Tu croyais que j'étais seul ? Oh, j'avais mon équipe, mais plus d'un sorcier au-dehors veut s'emparer de Ravenwood. Bientôt, ils seront à moi, tous. Mais d'abord, nous allons travailler ensemble. C'est toi qui nous y as obligés. Êtes-vous capables de nous vaincre tous ? Je ne pense pas, petite sœur. Abandonne maintenant.

— Jamais ! m'écriai-je avant de regarder par-dessus l'autre crête et de crier : maintenant !

Des flèches enflammées jaillirent des arbres tandis que les faë quittaient leur cachette, leur propre magie en alerte et prêts à tout. Les sorciers en cape noire exerçaient leur magie, mais Aspen et les faë étaient puissants. Bien plus puissants qu'ils ne nous l'avaient laissé croire pendant tout ce temps. Une magie étincelante et crépitante jaillit d'eux, puis de l'eau surgit de sous eux, œuvre du peuple sirène qui travaillait avec eux. Nelle et son compagnon, le roi des faë, se battaient comme un seul homme, repoussant les sombres sorciers qui voulaient s'en prendre à nous.

Certains n'étaient peut-être pas des nécromanciens à part entière, mais les runes tatouées sur leur peau indiquaient quand même qu'ils étaient passés dans les ténèbres. Qu'ils se servaient de la magie pour nous atteindre. Alors, nous allions nous défendre. Nous continuerions à nous battre. Aspen et Nelle et ses parents, le faucon et le roi des sirènes se battaient, leur peuple affrontant les nouveaux arrivants.

Nous avions compris qu'Oriel aurait d'autres atouts dans sa manche que les ombres et les revenants, et nous avions raison. Mais lui ignorait que nous en avions tant d'autres. Et alors que d'autres revenants arrivaient, au moins une centaine de plus, je savais que nous aurions été dépassés en nombre, mais nous avions aussi d'autres atouts dans notre manche.

— Maintenant ! grogna Rome tandis qu'Ash redevenait humain, le sort que je lui avais jeté lui permettant de porter au moins un pantalon pour se battre.

Il me fit un clin d'œil et sortit une épée du fourreau d'Aspen alors que le roi faë s'approchait, et nous combattîmes côte à côte, terrassant les revenants. Les ombres arrivaient toujours, mais je savais que cela épuisait trop Oriel. De la sueur perlait sur le front de mon frère, et les ombres se retirèrent comme si elles se rechargeaient.

Bien, ça prenait du temps. Mais au son de l'appel de

Rome, je sus que les renforts étaient arrivés, et d'autres métamorphes sortirent des arbres.

L'alpha de tous les alphas, le père de Rome, jaillit de la forêt avec sa meute. D'innombrables ours, loups et autres métamorphes qui n'étaient pas de Ravenwood, mais tout de même apparentés arrivèrent à leur tour. Nous avions prévu et espéré ce moment pendant des années, mais ce n'était que maintenant que nous pouvions faire appel à tout notre peuple. Nous savions que les ténèbres viendraient, mais pas leur vraie nature jusqu'à ce que Sage se montre.

Si nous nous étions servis de notre peuple avant, nous n'aurions pas été assez nombreux. Sans le cœur, sans les sorciers, sans savoir où mon frère attendait ou même qui il était, nous n'aurions pas pu être là.

Nous aurions perdu avant d'avoir commencé.

Oriel hurla, les yeux écarquillés par la panique. Un moment fugace, mais je le vis.

— Nous sommes Ravenwood ! m'écriai-je. Nous nous battrons. Tu n'as rien, Oriel. Rien que de la magie noire et des amis qui n'en sont pas.

L'homme qui était de mon sang, mais rien d'autre, secoua la tête, un rictus sur le visage.

— Regarde tout ce qu'il t'a fallu pour t'en prendre à moi ! Tu ne peux pas jouer en tête-à-tête, petite sœur ?

J'avançai, mon pouvoir en attente.

— Pourquoi en aurais-je besoin ? Je n'ai jamais dit que j'étais Ravenwood. C'est *nous*. Nous pouvons t'éliminer. Je n'ai pas besoin de face-à-face avec toi, espèce de monstre !

— Regarde dans le miroir si tu veux voir un monstre.

Je ricanai, c'était plus fort que moi. Il n'avait même pas les mots pour m'atteindre. Il n'était rien.

Le cercle, nos originels, se battait alors que d'autres métamorphes et nos nouveaux sorciers arrivaient sur le champ de bataille. Le peuple sirène, les faucons et les faë se battaient tous. C'était une mêlée, mais nous étions plus forts.

Et nous avions quelque chose qu'il n'avait pas, quelque chose qu'il désirait. Nous avions le cœur de Ravenwood. Je ne laisserais personne que j'aimais mourir aujourd'hui.

D'innombrables revenants et sorciers noirs tombaient, mais aucun des nôtres n'était encore vaincu. Et alors que la douleur de la puissance se tordait sur les liens en moi, je regardai Ash, et je sus que nous manquions de temps. J'avais fait quelque chose, et mon compagnon était le seul au courant. Je savais qu'il était en colère après moi à cause de ça.

Je tirais sur le cœur de la ville, et il s'enroulait autour de moi, aidant mon pouvoir à protéger ceux que j'aimais. Chaque individu de notre camp avait un bouclier, qu'il ne sentait peut-être même pas, mais en combattant, il était protégé. En se battant côte à côte et en se protégeant les uns les autres, ils renforçaient le cœur du pouvoir.

Et ma magie, qui se répandait dans le cœur de la ville, en étirant ma peau comme si elle était beaucoup trop serrée, les aidait.

Nous survivrions à tout ça, mais seulement si nous éliminions Oriel.

Ash se transforma à nouveau alors que l'ombre Renee s'avançait vers nous, toutes griffes dehors, son compagnon à ses côtés. Il rugit, du feu jaillissant de sa bouche, et elle hurla, l'ombre s'éteignant, puis une autre et une autre. Je me servis de mon épée pour taillader les revenants et atteindre Oriel.

Rome était sous sa forme d'ours, griffant l'ennemi, Sage à ses côtés, les éliminant les uns après les autres. Laurel était dans sa forme de phénix, volant au-dessus des autres, lançant le feu sur ceux qui étaient venus nous attaquer. Son compagnon était à ses côtés. Jaxton utilisait ses serres pour arracher les yeux de quiconque s'approchait de sa compagne ou de sa famille.

Nous nous battions comme un seul homme, ce pour quoi nous nous étions entraînés toute notre vie. Seulement, ce n'était pas suffisant. Ce n'était pas suffisant jusqu'à ce que nous arrivions à Oriel. Le cœur de la ville palpitait, faisant trembler mon corps.

Ash grogna après moi et reprit forme humaine.

— Laisse tomber ! Nous pouvons prendre soin de nous.

Je secouai la tête. Je *savais*.

— Non.

— C'est toi seule, alors ? demanda Sage, les yeux écarquillés. Non, Rowen. Ne te sers pas du cœur de la ville. C'est trop pour toi. Tu vas exploser.

— Je vais bien. Nous devons juste atteindre Oriel.

— Hypocrite ! cracha Oriel. Tu te sers du cœur de la

magie que tu ne me laisses même pas avoir ? Et regarde-toi. Tu n'es même pas capable de le contrôler. Tu es faible. Tu vas exploser, périr à cause de la puissance en toi, et tu vas la gâcher !

Ses mots me frappèrent, mais je les repoussai, sachant qu'il avait un but.

— Non, je ne te laisserai pas toucher à mon peuple. Je ne te laisserai pas toucher à ma ville. Va te faire voir, Oriel ! Tu ne nous auras pas.

— Alors, viens vers moi, petite sœur.

— Pas seule, gronda Ash, et mes yeux s'écarquillèrent quand je le vis derrière Oriel.

Ni lui ni moi ne l'avions vu se faufiler. Il brandit sa magie, la terre s'élevant de part et d'autre de lui en formations de pierre tout en encerclant Oriel. Puis Ash passa le bras autour du cou de notre ennemi et serra.

— Rappelle les autres. Sauve ceux qui peuvent être sauvés, Oriel.

Je m'avançai, ma magie de l'air se déployant autour de moi alors que tous les autres continuaient à se battre. Personne d'autre ne pouvait faire partie de ça, rien qu'Ash, Oriel et moi. C'était ainsi que ç'avait toujours été prévu. Même si je ne l'avais pas compris, c'était prévu ainsi.

— Laisse tomber. Il y a encore une chance.

— Jamais, *sale garce* ! Ravenwood est à moi.

Alors, je regardai mon frère, et je sus qu'il avait raison. Il n'existait pas d'autre fin que celle-ci. Et je songeai à Penelope. À mes parents. Je pensai à Esmeralda. À Rome. À Trace. À Alden. À tous ceux qui avaient péri.

Et il n'y avait pas moyen de sauver Oriel.

Il n'y en avait jamais eu.

Et alors que mes larmes coulaient, je projetai ma magie, le cœur de la ville se déchaînant en moi, et je priai la déesse de me pardonner.

Avec un seul coup de ma magie, alors qu'Ash le retenait, les yeux d'Oriel s'écarquillèrent, sa peau pâlit, des veines sombres bouillonnant en dessous, les runes s'étendirent, couvrant sa peau, puis, alors qu'il criait, il n'y eut plus rien.

Rien que le rugissement dans mes oreilles alors que le cœur de la magie de la ville résonnait, s'intensifiant au point que je ne pouvais plus respirer. Ash laissa retomber le cadavre de l'homme qui avait menacé nos vies pendant des années sans que nous le sachions et accourut vers moi. J'essayai de lui dire que je l'aimais. J'essayai de dire aux autres que maintenant, Oriel était parti. Que nous pouvions survivre. Que Ravenwood survivrait.

Mais je n'avais pas de mots. Cette magie qui ne m'appartenait pas étira ma peau, la faisant craquer sur les côtés. De la lumière jaillit de mon corps, et je voulus crier, mais aucun son ne sortit. Mes genoux lâchèrent et je tombai. Je savais qu'Ash m'avait attrapée parce que je pouvais lire l'horreur dans ses yeux. Je voulus tendre la main, faire quelque chose. Mais ce n'était pas suffisant.

Cela ne serait pas suffisant.

VINGT-TROIS

ASH

Le lien entre Rowen et moi commença à s'effilocher, un fil à la fois, comme s'il se dévidait de lui-même. Je hurlai, le dragon en moi voulait rugir. Mais il n'avait aucun pouvoir pour la ramener. Ni pour couper cette connexion au cœur de la ville qui était trop dure à encaisser pour elle. Je levai les yeux sur Laurel quand elle tomba à genoux à mes côtés. Elle avait quitté sa forme de phénix et déposa son épée à côté de nous, les yeux écarquillés.

— Que fait-on ? demanda-t-elle.

Je regardai ma sœur sans savoir quoi dire.

— Il y a trop de magie. Trop de puissance.

— Nous devons faire quelque chose, chuchota Sage en saisissant la main de Rowen.

L'ours métamorphe avait repris sa forme humaine, il était à présent agenouillé à côté de moi et me pressait l'épaule. Jaxton était derrière Laurel, et tous les cinq, nous regardions Rowen dans mes bras, alors que ses yeux s'écarquillaient et qu'elle essayait de respirer.

Je ne savais pas quoi faire.

— Sers-toi du lien, insista Jaxton. Sers-toi du lien pour l'instant, pour siphonner le pouvoir. Je ne vois pas quoi faire d'autre. Quelqu'un doit savoir ce qu'il faut faire.

— Où est Aspen ? Demandez-le-lui, il saura, dit Sage, des larmes coulant sur son visage. Elle nous a tous sauvés. Vous deux, vous l'avez fait. On ne peut pas laisser faire ça.

Je hochai la tête, fermai les yeux et me concentrai sur le lien entre Rowen et moi. Je sentis sa magie de l'air s'enrouler autour du lien en lambeaux et ses pleurs, même si elle ne bougeait pas. Je la serrai contre moi, siphonnant toute la magie que je pouvais, et pourtant, tout se brisait. Je n'arrivais pas à me concentrer. C'était trop. Comment pouvait-elle s'accrocher à tout ce pouvoir ? J'avais du mal à m'accrocher au peu que j'avais. C'était trop pour elle, trop pour moi, trop pour tout le monde. Le cœur de la ville devenait hors de contrôle, et Rowen était en train de mourir.

Des crevasses dentelées s'ouvrirent sur sa peau alors que la lumière et la magie se déversaient, frappant l'air et se heurtant aux protections de la ville à notre droite. La magie d'Oriel avait disparu, les autres métamorphes et sorcières s'occupant de ce qui restait de revenants. Les ombres avaient disparu. Je m'en étais occupé moi-même. Je pouvais les forcer à retourner dans leurs corps, dans leur propre royaume, pour protéger leurs âmes. Les sombres nécromanciens qui étaient restés encapuchonnés, qui ne s'étaient battus que pour un semblant de pouvoir avec Oriel, étaient maintenant partis, tous morts, sans qu'aucun d'entre eux demande même le pardon ou la rédemption. Non, ils s'étaient battus jusqu'au bout, et je ne savais pas trop ce que je pouvais faire d'autre.

L'énergie me pénétra à travers le lien, et je reculai en titubant. Rome se plaça dans mon dos et me soutint. Je regardai mon ami pendant que Rowen mourait dans mes bras.

— Nous devons repousser le cœur de la magie. Il est littéralement en train de déchirer Rowen pour retourner dans la terre. Elle ne doit pas toucher complètement la terre, ajouta Aspen en s'avançant et en s'agenouillant.

Le roi sirène et le père de Rome se tenaient derrière le faë ; les chefs des factions qui nous avaient aidés à combattre. D'autres sorciers arrivèrent ainsi que Frank, et les gens qui nous connaissaient, qui étaient notre famille, nous encerclèrent. Nous nous étions occupés des revenants, mais notre ville n'était pas complète. Notre famille n'était pas complète.

— La magie ne peut pas revenir en arrière, ajouta le père de Rome dans un faible grognement. C'est trop pour le royaume des humains. Ça le brisera.

Le roi sirène acquiesça.

— Si cette magie se répand dans le royaume des humains, elle donnera naissance à une nouvelle génération de magie qui ne pourra pas leur être cachée. Si ça se produit, ça déclenchera une guerre. C'est la raison pour laquelle, il y a toutes ces années, nos ancêtres ont repoussé la magie vers le bas. Et pour laquelle les dragons qui parcouraient autrefois cette terre ont aidé. C'est la raison pour laquelle nous avons un dragon maintenant.

Le roi sirène croisa mon regard.

Je compris alors, tandis que la douleur ricochait le long de mon corps, entaillant ma peau. La lumière transperça mon propre corps, et Sage lâcha un soupir quand Laurel saisit ma main.

— Ça te tue aussi, chuchota ma sœur.

— Nous devons créer un nouveau cercle de protection pour le cœur de la magie. Nous devons le protéger plus que nous ne l'avons déjà fait. Ce n'est pas seulement un secret de cette ville, mais il est à la base de tous les pouvoirs. Et ça ne dépend pas uniquement d'elle. Ou de moi.

Aspen hocha la tête.

— Nous devions en arriver là. Nous ne nous en rendions pas compte, mais c'était prévu.

— Que fait-on ? demandai-je en regardant Aspen. Vous étiez là. Je sais que vous y étiez.

Le roi faë sourit doucement.

— C'est vrai. J'étais le roi, à l'époque. Je suis le roi maintenant. Et je vais nous aider à créer une meilleure protection pour cette ville et nos habitants. Et, espérons-le, nous apprendrons tous de nos erreurs.

— Je me fous de nos putains d'erreurs ! Aidez-moi à sauver ma compagne, crachai-je.

Les autres se déplacèrent autour de nous, et je vis les

métamorphes, les sorciers, les faë... tous nous entourèrent en cercles concentriques, explosant dans un ensemble de magie et de puissance, tandis que je baissais les yeux sur la femme dans mes bras.

Elle ouvrit les yeux, sa bouche remua, mais aucun mot n'en sortit. Je me penchai pour déposer un baiser sur son front, sachant que c'était mon tour.

— Tu nous as sauvés. Maintenant, laisse-moi te sauver.

— Répétez après moi, et ensuite, nous devrons tous sacrifier quelque chose. Donner une partie de nous-mêmes.

Je regardai Aspen.

— Que voulez-vous dire par-là ?

— Du sang, dit Aspen avec un sourire triste. Nous devrons percer nos paumes et utiliser la magie du sang sur Rowen. Elle sera notre point focal, mais elle ne sera pas la seule à être connectée. Nous serons tous connectés. Nous allons tous nous lier. Nous nous protégerons tous les uns les autres.

Je hochai la tête tandis qu'Aspen retirait la lame de sa hanche et me la tendait.

— Allons-y. Nous n'avons pas beaucoup de temps.

Le lien se brisait. Rowen nous quittait. Ma compagne nous quittait.

— *Protégez notre royaume. Protégez notre ville.*

Utilisez le pouvoir des trois, le pouvoir de nos protections.
Nous sommes l'avenir. Nous sommes le passé.
Nous sommes les erreurs. Nous sommes les vérités.

Mélangez nos pouvoirs, mélangez nos croyances, et ne faisons qu'un.

Nous sommes Ravenwood. Nous sommes la force.

Et nous sommes une famille.

Pour la déesse, pour l'avenir, pour nous.

Je perçai ma main à ce moment-là, faisant glisser la lame sur ma peau alors que le sang coulait. J'en déposai une goutte sur la peau de Rowen, au-dessus de son cœur, et elle disparut immédiatement. La magie l'aspirait comme si elle avait soif, faim. Aspen fit de même, puis chacun d'entre nous. Laurel. Jaxton. Sage. Rome. Même l'alpha des alphas donna son sang, bien qu'il ne soit pas un Ravenwood, il était de la même puissance que nous. Chaque personne qui avait risqué sa vie sur ce champ de bataille sacrifia une partie d'elle-même pour cette ville et pour Rowen.

Et quand le monde trembla, que le sol sous nos pieds se mit à céder à la puissance, je sus. Je sus que c'était ce que nous étions venus chercher. Ce pour quoi tout avait changé.

— Ash, chuchota Rowen en tendant la main vers moi et en me prenant le visage.

Je me penchai et l'embrassai à nouveau sur le front tandis que le cœur de Ravenwood s'installait et devenait ce qu'il avait toujours été censé être.

Un sanctuaire pour ceux qui avaient un pouvoir magique, un lieu de protection. Pour la famille. Et alors que j'embrassais ma compagne sous les acclamations des autres, les derniers échos de la bataille disparaissant dans le vent, je chuchotai à l'oreille de la femme que j'aimais :

— Nous avons gagné.

— Ravenwood a gagné.

Et je souris, sachant que ce n'était que le début, mais un début de paix. Après des années de ténèbres, de prophétie, de sacrifice, nous étions chez nous.

C'était notre maison.

VINGT-QUATRE

ROWEN

Dans les deux semaines qui suivirent la bataille, cela ne semblait toujours pas réel. Il me faudrait des années pour assimiler tout ce qui s'était passé, et pourtant, je ne pouvais qu'essayer de faire le point sur notre situation actuelle par rapport à notre situation initiale. Assise dans mon atelier, entourée de mes amies, je souris.

— C'est quoi, ce sourire ? demanda Laurel en sirotant son verre de vin. Tant qu'il ne s'agit pas de pensées salaces impliquant mon frère. Ce serait un peu trop.

Je ris. C'était plus fort que moi.

— Je suis juste en train de me dire que nous sommes assises dans mon atelier sans nous préoccuper des protections, sans essayer de briser une malédiction, juste à boire du vin, manger du fromage, à nous amuser.

— C'est un changement de rythme, chuchota Sage en regardant un livre de sorts.

Juste pour le plaisir, pour son art. Pour son pouvoir.

Pas pour combattre un sorcier noir. C'était différent, sans le moindre doute, et je savourais.

— Alors, sommes-nous prêts pour la grande réunion du cercle que nous sommes sur le point d'avoir ? demanda Laurel en posant les pieds sur l'établi.

Je ne réprimandai pas ma sœur pour ça. Je ne pouvais pas. Pas alors que j'étais simplement heureuse que tout le monde s'en soit sorti. Au moins dans cette bataille finale.

La guerre elle-même avait failli tout nous coûter, mais cela en valait la peine, à la fin. Et lorsque je craquais avec Ash la nuit en essayant d'accepter ce que nous avions perdu, c'est ce que je me disais.

— Avec un peu de chance, nous pourrons loger tout le monde ici, dis-je en chassant de mon esprit les pensées au sujet du chemin parcouru et en regardant autour de moi, l'air renfrogné.

— Je ne sais pas comment mes grands-parents et arrière-grands-parents faisaient entrer leurs cercles dans leur maison.

— Et ils n'avaient même pas cet atelier. Je suppose que nous allons devoir investir dans d'autres chaises.

Laurel balaya l'endroit du regard avec une expression rayonnante. Elle avait l'air tellement plus jeune, tellement plus heureuse ! Je ne pus retenir un sourire.

Sage se pencha en avant.

— Nous avons tellement de nouveaux sorciers qui veulent apprendre leur pouvoir, au-delà de ce que les ancêtres leur ont donné sur le champ de bataille !

Je hochai la tête.

— Jamais je n'aurais cru que les ancêtres puissent nous faire don de leurs connaissances sur le champ de bataille. Mais maintenant, nous devons tous réapprendre à exercer notre art, et pas seulement ce qui était inhérent à ce jour-là.

Grâce au sort utilisé, les sorciers sur le terrain avaient pu se battre comme s'ils avaient été entraînés pendant des années plutôt que de se contenter des quelques petits sorts qu'ils connaissaient auparavant. Les ancêtres avaient pu aider pendant cette courte période, mais maintenant qu'ils s'étaient dispersés, que la bataille était terminée depuis longtemps, les nouveaux sorciers repartaient de zéro.

— Ce sera bizarre d'avoir un cercle de plus d'un.

Sage m'envoya son eau, la magie dansant dans l'air.

— Vous êtes un cercle de plus d'une personne depuis bien plus longtemps que les deux semaines depuis la bataille, jeune fille.

Je sirotai mon verre et regardai mes amies, ma famille. Mes sœurs.

— Vous avez raison. C'est étrange de ne pas être seule, comme je m'étais résignée à penser que je le serais. Mais je ne le suis pas. Je vous ai. J'ai Ash. J'ai cette ville. Et nous sommes en train de la reconstruire. Lentement, morceau par morceau, nous la reconstruisons.

Laurel se pencha en avant et posa son verre de vin sur la table.

— Cette ville, c'est bien plus que des briques et du mortier. Oui, nous sommes en train de reconstruire les bâtiments et de renforcer ce que nous avons, mais nous

nous en sommes sortis ensemble. Toutes les créatures magiques, *tout le monde*. Nous sommes une ville qui se protège, qui protège ceux que nous aimons, et nous l'avons toujours été. Et maintenant, nous veillerons à ce que ce soit toujours le cas.

Je regardai Sage, puis Laurel, et je souris.

— Je suppose que nous devrions nous préparer pour la réunion du cercle. Et je suppose que Sage devrait nous dire pourquoi elle boit de l'eau et non du vin dans son verre à vin. Je sais reconnaître un sort quand j'en vois un.

Celle-ci rougit et Laurel leva les mains en criant.

— Oh, mon Dieu ! Tu es enceinte ?

Sage baissa la tête, et nous nous levâmes toutes pour nous serrer dans les bras.

— Il est encore tôt, mais je le sens. Rome et moi allons avoir un bébé.

J'embrassai le haut de sa tête, puis la joue de Laurel.

— Et si je ne me trompe pas, il semble que la lignée de l'ours ne se démente pas.

Sage cligna des yeux et rit, pendant que Laurel fronçait les sourcils un moment avant de ricaner.

— Des triplés ?

La future mère acquiesça, puis recula légèrement, passant sa main sur le petit renflement de son ventre, qui n'était visible que maintenant. C'était comme si sa magie l'avait caché jusqu'au moment opportun.

— Il semble que l'ADN de Rome soit très puissant. Des triplés, c'est sûr.

Ses yeux se remplirent de larmes et Laurel essuya les siennes.

— Trace aurait été un oncle extraordinaire. Alden aussi, s'il n'avait pas été perverti à la fin, mais ces bébés vont avoir tellement d'oncles et de tantes extraordinaires qu'ils ne sauront pas où donner de la tête.

— J'ai tellement de chance ! Honnêtement, jamais je n'aurais imaginé que ma vie serait comme ça, de cette façon. Mais j'ai tellement de chance de vous avoir tous dans ma vie. Merci de m'avoir accueillie dans votre famille. Depuis ce jour où je suis arrivée dans cette ville, sans savoir ce qui allait se passer, sans connaître les ténèbres. Merci de m'avoir accueillie. D'avoir été ma famille.

— Dans la même optique, merci de m'avoir sauvée, dit Laurel avec un haussement d'épaules. De n'avoir jamais renoncé à moi, même quand je renonçais à moi-même.

Elle me regarda alors, et nous avions toutes les deux les larmes aux yeux.

Je déglutis avec difficulté.

— Merci d'être mes sœurs. De m'avoir rappelé que je n'avais pas à faire ça toute seule.

— Et maintenant, je suis un gros tas de larmes, répondit Sage en riant, et nous nous étreignîmes et pleurâmes, et je m'appuyai sur mes sœurs, et je savais que ce n'était que le début.

Je ne m'attendais pas à ça.

En réalité, je ne m'étais pas permis de penser à ce qui se passerait une fois que nous aurions vaincu les ténèbres. Je ne m'étais concentrée que sur la protection de Ravenwood et la défaite d'Oriel. Il était parti, tout comme ses revenants et ses ombres. Seules restaient les cicatrices que nous gardions en nous, mais maintenant que nous avions travaillé ensemble en tant que ville, au lieu d'une seule personne, au lieu de la prophétie qui exigeait le sacrifice d'un tout, nous nous étions réunis. Et cela signifiait que, quelles que soient les cicatrices que nous portions, nous pouvions guérir grâce à l'autre.

Et bientôt, nous aurions une réunion de cercle, avec plus que les trois. Ash serait là, et je m'accrocherais à mon compagnon, et nous prendrions un nouveau départ.

J'étais la Ravenwood. Le leader du cercle des sorciers les plus puissants du monde.

Mais je n'étais pas seule.

Enfin, je n'étais plus seule !

VINGT-CINQ

ASH

Même si Sage et Rome avaient déjà eu une cérémonie d'accouplement tranquille, de même que Laurel et Jaxton, les choses étaient différentes avec une nouvelle ville et une nouvelle vie. Notre ville et notre famille avaient besoin de quelque chose pour consolider notre objectif de changement et d'espoir.

Les ténèbres avaient disparu, la menace avait été éliminée. Nous étions *en sécurité*. Ce qui signifiait, pour ainsi dire, que j'avais accepté une fête commune à nous six pour la cérémonie d'accouplement.

Je regardai mes amis et secouai la tête. Des mois s'étaient écoulés depuis l'attaque. La ville avait commencé à se reconstruire, les bâtiments n'étant plus en ruines, mais neufs avec une touche d'ancien. Nous nous étions servis de la magie pour reconstruire certaines structures afin que le monde des humains ne s'en rende pas compte, mais une grande partie avait été faite à la sueur et aux larmes de la ville elle-même.

Nous étions tous ici, trouvant notre chemin. La ville avait souhaité une fête pour se souvenir de ce pour quoi nous nous étions battus. Et même si nous aurions pu faire n'importe quoi, la communauté avait voulu que nous six fassions une fête pas comme les autres. Ainsi, je me tenais en costume, sachant que nous étions toujours confrontés aux décisions et aux conséquences des choix que nous avions faits dans le passé. Jamais plus je ne serais l'homme que j'avais été. Je devais toujours assumer les décisions que j'avais prises lorsque je n'avais pas d'âme.

Mon âme était ici désormais, tout comme ma compagne. Elle portait une longue robe bleu foncé qui mettait en valeur ses courbes et descendait bas sur sa poitrine. Ça me mettait l'eau à la bouche, et j'avais hâte de la déshabiller ou de la laisser la garder pendant que je la remonterais sur ses hanches et que je la pénétrerais lentement. À la manière dont elle me regardait depuis l'autre côté du champ, j'avais l'impression qu'elle savait ce que je pensais.

Sage portait une robe violette qui recouvrait son ventre de femme enceinte. L'idée qu'elle faisait pousser des triplés là-dedans me faisait peur. Cependant, j'avais hâte de rencontrer les nouveaux bébés. De rencontrer la prochaine génération d'ours et de sorciers. La prochaine génération de Ravenwood.

Nelle et Aspen se tenaient à côté de Jaxton et Laurel, ma sœur dans une longue robe rouge fluide. Elle avait la main sur son ventre, sa petite bosse n'étant visible que maintenant pour tous les autres. Je réprimai un sourire, sachant que c'était quelque chose que nous n'avions jamais pensé possible.

J'avais cru que je perdrais ma sœur bien avant cela, et elle était là, à sa cérémonie d'accouplement, et enceinte.

Elle avait peur, comme nous tous, mais la malédiction des Christopher était brisée. Enfin, la malédiction était brisée !

Le père de Rome s'approcha de moi et je lui souris.

— Merci de présider la cérémonie.

— Eh bien, je me suis dit que je pourrais me rendre utile quelque part. Je n'ai jamais présidé de cérémonie avec autant de métamorphes qui ne sont pas des ours. Et franchement, superviser la cérémonie d'accouplement d'un dragon est quelque chose dont j'ai hâte de me vanter autour d'un verre !

J'éclatai de rire. Je ne pus m'en empêcher.

— Nous aimons faire des choses différentes, ici, à Ravenwood.

— Je sais. Cette ville me manque. Vous vous êtes toujours montrés si accueillants avec moi ! Mais maintenant, c'est la place de Rome, ça l'a toujours été. C'est un bon alpha.

— Je dirais bien le *meilleur*, mais vous êtes juste à côté de moi, dis-je en haussant les sourcils.

Mon acolyte rit, puis me serra l'épaule.

— J'aurais seulement aimé que mes trois fils soient ici, mais peut-être le sont-ils, d'une certaine manière. À veiller sur nous.

Ma gorge se serra en pensant à tout ce que nous avions perdu au fil des ans.

— Vous savez qu'ils le sont. Même avec leurs choix, qui n'étaient peut-être même pas de leur fait, ils sont là. Ils regardent.

L'alpha sourit doucement avant de s'éloigner pour parler avec le père de Nelle. Les deux rois, à leur manière, avaient créé un lien après la bataille, et je savais que d'autres liens se noueraient entre les métamorphes du monde entier grâce à Ravenwood.

Nelle se pencha contre Aspen et lui fit un sourire. Ses yeux brillèrent d'un éclat magenta pendant un instant avant de retrouver leur gris normal, et je souris. Elle n'était ni faë, ni sirène, ni faucon. Elle était les trois, et je savais que ses pouvoirs ne feraient que croître avec le temps. Encore une fois, quelque chose d'unique pour la ville.

Frank passa devant moi et me fit un sourire avant de retourner parler avec les triplés loups, un triplé ourson dans les bras. Celui-ci dormait, les deux autres étaient dans les bras de leur maman de l'autre côté du champ. Ariel, l'ourse bêta, était très enceinte et assise alors qu'elle regardait ses propres oursons jouer avec les autres. Les sorciers étaient plus nombreux que jamais, et eux et tous les autres se mêlaient comme si c'était ce pour quoi nous nous étions battus pendant tout ce temps.

Et je n'arrivais toujours pas à croire que nous en étions là.

Rowen s'approcha alors de moi et me prit le visage dans les mains.

— Es-tu prêt ? demanda-t-elle d'une voix pleine d'amour et de chaleur.

Elle se déposa sur moi comme une seconde peau et mon dragon gronda de bonheur.

Je me penchai pour l'embrasser doucement.

— Je suppose qu'il est temps. Ça fait un moment que le père de Rome attend ce moment, maintenant.

Elle rit, puis elle se hissa sur la pointe des pieds et m'embrassa à nouveau.

— Tu dois savoir quelque chose avant que nous commencions.

Je plongeai mon regard dans ses yeux gris et sentis le long du lien son âme, son amour pour moi, un avenir que nous avions presque perdu avant même qu'il ne commence.

— Qu'est-ce que c'est ?

En réponse, elle plaça ma main sur son ventre. Mes yeux s'écarquillèrent, mes genoux flanchèrent.

— Tu es sérieuse ? chuchotai-je, sachant que d'autres nous regardaient, mais qu'ils ignoraient ce dont nous parlions.

— Apparemment, la magie fonctionne de manière mystérieuse, et elle voulait s'assurer que la prochaine génération de Ravenwood soit entière et heureuse.

Je rejetai la tête en arrière et éclatai de rire, puis je me penchai et embrassai fougueusement ma compagne sur la bouche, tandis que les autres applaudissaient et que la magie s'envolait dans l'air.

Je pris Rowen, la fis tourner autour du champ avant que nous prenions tous place devant le père de Rome.

Nous riions, nous nous serrions dans les bras, debout côte à côte, tous les six, le cercle originel. Et alors que nous nous tenions sous la déesse, sous le regard des ancêtres, nous célébrâmes Ravenwood. Et nous-mêmes.

Car j'avais épousé et m'étais accouplé à la Ravenwood. Pas la dernière de sa lignée. Non, elle était notre futur. Mon avenir.

Et c'était le commencement de nous.

More from Carrie Ann Ryan:
Elle et aucune autre

NOTE DE CARRIE ANN

Merci d'avoir lu Clarté nocturne !

J'adore écrire des romances paranormales et quelques amis ont tout misé sur l'univers des sorcières, des rassemblements mystiques et du pouvoir féminin. C'est ce qui m'a donné l'idée de la ville de Ravenwood. Je suis impatiente de vous faire découvrir un peu plus ce monde magique !

Pour plus d'informations, abonnez-vous à la <u>LISTE DE DIFFUSION</u> de Carrie Ann Ryan.

Sorcellerie à Ravenwood

Tome 1 : Mystères de l'aube

Tome 2 : Révélations au crépuscule

Tome 3 : Clarté nocturne

DE LA MÊME AUTRICE

Montgomery Ink:

Tome 8.7: À l'encre de l'espoir

Montgomery Ink: Colorado Springs

Tome 1: Point à la ligne

Tome 2: À grands traits

Tome 3: En pleins et déliés

L'un pour l'autre:

Tome 1: Elle et aucune autre

Tome 2: Nul autre que toi

Tome 3: Rien d'autre que nous

Whiskey Town:

Tome 1: Comme un avant-goût

Tome 2: Un goût d'inachevé

Tome 3: Le goût des secrets

Les Frères Gallagher:

Tome 1: Un amour nouveau

Tome 2: Une passion nouvelle

Tome 3: Un nouvel espoir

Sorcellerie à Ravenwood

Tome 1 : Mystères de l'aube

Tome 2 : Révélations au crépuscule

Tome 3 : Clarté nocturne

Redwood:

1. Jasper

2. Reed

3. Adam
4. Maddox
5. North
6. Logan
7. Quinn

Griffes

1. Gideon
2. Finn
3. Ryder
4. Bram
5. Parker

À PROPOS DE L'AUTEUR

Carrie Ann Ryan n'avait jamais pensé devenir écrivaine. C'est seulement quand elle est tombée sur un roman sentimental alors qu'elle était adolescente qu'elle s'est intéressée à cette activité. Lorsqu'un autre romancier lui a suggéré d'utiliser la petite voix dans sa tête à bon escient, la saga *Redwood* ainsi que ses autres histoires ont vu le jour. Carrie Ann a publié plus d'une vingtaine de romans et son esprit foisonne d'idées, alors elle n'a guère l'intention de renoncer à son rêve de sitôt.